中国20世纪
名家散文经典

丰子恺散文集

丰子恺◎著

林非◎主编

他的散文用平常的字句，务求明白，不喜欢繁复粉饰，文字有一种朴讷而又明亮的味道。

陕西新华出版
太白文艺出版社·西安

图书在版编目（CIP）数据

丰子恺散文集 / 丰子恺著. -- 西安 : 太白文艺出版社, 2016.3（2024.5重印）
（中国20世纪名家散文经典 / 林非主编）
ISBN 978-7-5513-0887-8

Ⅰ. ①丰… Ⅱ. ①丰… Ⅲ. ①散文集—中国—现代 Ⅳ. ①I266

中国版本图书馆CIP数据核字(2016)第004482号

丰子恺散文集
FENG ZIKAI SANWENJI

作　　者　丰子恺
主　　编　林　非
责任编辑　王大伟　荆红娟　张　笛
整体设计　和兴文化
出版发行　太白文艺出版社
经　　销　新华书店
印　　刷　三河市嵩川印刷有限公司
开　　本　700mm×960mm　1/16
字　　数　206千字
印　　张　13
版　　次　2016年3月第1版
印　　次　2024年5月第2次印刷
书　　号　ISBN 978-7-5513-0887-8
定　　价　49.80元

联系电话：029-81206800
出版社地址：西安市曲江新区登高路1388号（邮编：710061）
营销中心电话：029-87277748　029-87217872

主　编　林　非
副主编　陈华昌
编　委　（以姓氏笔画为序）
王湜华　乔继堂
刘应争　张品兴
苏　冰　李晓丽
惠西平

序　言

张品兴

丰子恺是一位饮誉海内外的现代文化名人，他以画家、散文家、书法家和翻译家著称于世。他是本世纪早期我国美术、音乐教育的倡导者，也是我国漫画事业的推动者。1925年出版的《子恺漫画》是我国新美术史上第一部个人漫画专集，在画坛发生过巨大影响。丰子恺也是随笔作家，他从1925年开始他的随笔创作，一生写作了《缘缘堂随笔》《子恺小品集》《中学生小品》《随笔二十篇》《缘缘堂再笔》《子恺随笔集》《车厢社会》《漫文漫画》《甘美的回忆》《子恺近作散文集》《文明国》《教师日记》《率真集》《丰子恺杰作选》《猫叫一声》《小钞票历险记》《博士见鬼》以及解放后写作编就而未能出版的《新缘缘堂随笔》《缘缘堂续笔》等20本随笔集。随笔写作如同绘画一样，是他毕生的事业。他以对艺术的执着追求和宗教徒的虔诚从事随笔写作，直到逝世前35天才搁笔。

丰子恺在谈到他的随笔写作时曾说："文艺之事，无论绘画，无论文学，无论音乐，都要具有艺术的形式，表现的技巧，与最重要的思想。艺术缺乏了这一点，就都变成了机械的、无聊的雕虫小技。"他还说，"倘是创作，即使是随笔，我也得预先胸有成竹，然后可以动笔。详言之，须得先有一个'烟士比里纯'（灵感），然后考虑适于表达这'烟士比里纯'的材料，然后经营这些材料的布置，计划这篇文章的段落和起讫。这准备工作需要相当的时间。准备完成之后，方才可以动笔。动笔的时候提心吊胆，思前想后，脑筋里仿佛有一根线盘旋着。直到脱稿之后，直到推敲完毕之后，这根线才从脑筋里取出。"丰子恺对于艺术创作的态度是认真的，真诚的，也是有着自己的理解和追求的。

他说："我自己觉得真像沉郁的诗人。诗人作诗喜沉郁。'沉郁者，意在笔先，神在言外。写怨夫思妇之怀，写孽子孤臣之感。凡交情之冷淡，身世之飘零，皆可于一草一木发之。而发之又须若隐若现，欲露不露，

反复缠绵,终不许一语道破。'(陈亦峰语)此言先得我心。"在《〈丰子恺画集〉代自序》中他说自己"最喜小中能见大,还求弦外有余音"。

丰子恺的散文,率真朴素,自成一格。他信笔所至,直抒胸臆,用的是自己真诚的态度,自己的语言,没有一点虚情和假意,没有一句空话和假话,更没有一度成为流行病的大话和套话。这是十分难能可贵的。他在1946年编定一本集子时说:"此等文稿,虽无足观,但皆出于率真。"正因为率真,我们读他的随笔,能看清他的心灵。他青年时代对社会黑暗的不满和由此而产生的人生无常的感叹,在作品中时有流露。30年代后,由于时代的变化和生活认识的渐趋深入,对民族前途的忧虑和对被压迫民众的同情之情涌上了他的笔端。抗日战争爆发后,这位皈依佛门主张戒杀护生的居士终于被日寇的暴行所激怒,他怒吼了:"世间竟有以侵略以杀人为业的暴徒,我很想剖出他们的心来看看,是虎的?还是狼的?"(《辞缘缘堂》)并表示,"我虽老弱,但只要不转乎沟壑,还可凭五寸不烂之笔来抗暴敌。"(《还我缘缘堂》)

丰子恺的散文盈溢着赤诚、率真的感情,加之内容丰富,笔法朴素、自然,毫无雕饰,清新隽永,行文又幽默机趣。因而读他的作品,读者每每有一种如听好友促膝谈心的亲切和愉悦感。读过丰子恺散文的人,都不能不为其艺术魅力所感染。大作家巴金回忆说:即使在抗战的颠沛流离中也总在关注着"他在各地发表的散文,能找到的我全读了,阅读时就像见到老朋友一样,感到亲切的喜悦"。他赞许丰子恺的散文"写得十分朴素,非常真诚,他的悲欢,他的幸与不幸,紧紧抓住我的心"。所以,巴金称丰子恺为"人民喜爱的优秀艺术家。"

小中能见大,弦外有余音,是丰子恺随笔的另一特点。丰子恺的随笔往往从小处着手,从平凡琐碎的生活中取材,孩子的一句话一个动作,一棵普通的树,一只习见的猫,自己的居所,一次普通的旅行,都会引发作者的灵感,而任何琐屑轻微的事情,一到他的笔端,就有一种风韵。所以,散文大家郁达夫称赞他的散文有"一粒沙里见世界,半瓣花上说人情"之妙。

丰子恺是位有着自己理想的艺术家。他的随笔反映了他对人生根本问题的体察和思考,有着深刻的内容。他憧憬的理想,就是人类的真诚和爱心。"天下如一家,人们如亲族,互相亲爱,互相帮助,共乐其生活,那时陌路就变成家庭"(《东京某晚的事》),这是个充满人情味的理想世界。

但现实生活卑鄙、肮脏、相互倾轧、互相残杀，使丰子恺美好的理想成为泡影，在现实中到处碰壁。于是，他身边一群天真的孩子成了他憧憬的对象，他从活泼无私的儿童生活中寻找创作的灵感。他讴歌童真，赞美童心、童趣，赞美儿童的人格美、天真、诚实、纯洁、活泼、生命力旺盛、创造欲强烈。将一切人类美好的品质都加在儿童身上。他在《我的漫画》一文中说："我向来憧憬于儿童生活，尤其是那时，我初尝了世味，看见了当时社会里的虚伪骄矜之状，觉得成人大都失了本性，只有儿童天真烂漫，人格完整，这才是真正的'人'，于是，变成了儿童崇拜者，在随笔中，漫画中，处处赞扬儿童。现在回忆当时的意识，这正是从反面诅咒成人社会的恶劣。"他神往于儿童世界的纯真美好，来反照世俗社会的虚伪污浊。这就是丰子恺描写儿童生活相的随笔社会价值所在。正因为如此，他的这些随笔大多成为现代散文史上脍炙人口的名篇。

早在半个多世纪前，郁达夫在《中国新文学大系散文二集·序言》中说："人家只晓得他的漫画入神，殊不知他的散文清幽玄妙，灵达处反远在他的画笔之上。"赵景深教授也说："他不把文字故意写的很深，以掩饰他那实际内容的空虚。他只是平易的写去，自然有一种美，文字的干净流利和漂亮，怕只有朱自清可以和他媲美。以前我对于朱自清的小品文非常喜爱，现在我的偏嗜又加上丰子恺。"

《缘缘堂随笔》翻译成日文后，日本作家谷崎润一郎在《读缘缘堂随笔》中曾说："丰子恺，是现代中国最像艺术家的艺术家，这并不是因为他多才多艺，会弹钢琴，作漫画，写随笔的缘故，我所喜欢的，乃是他的像艺术家的真率，对于万物的丰富的爱，和他的气品，气骨。如果在现代要想找寻陶渊明、王维那样的人物，那么，就是他了罢。他在庞杂诈伪的海派文人之中，有鹤立鸡群之感。"

在现代散文史上，丰子恺是一位有着独特风格的散文大家。

1995年6月

目　　录

渐

使人生圆滑进行的微妙的要素，莫如“渐”；造物主骗人的手段，也莫如“渐”。在不知不觉中，天真烂漫的孩子“渐渐”变成野心勃勃的青年；慷慨豪侠的青年“渐渐”变成冷酷的成人；血气旺盛的成人“渐渐”变成顽固的老头子。因为其变更是渐进的，一年一年的、一月一月的、一日一日的、一时一时的、一分一分的、一秒一秒的渐进，犹如从斜度极缓的长远的山坡上走下来，使人不察其递降的痕迹，不见其各阶段的境界，而似乎觉得常在同样的地位，恒久不变，又无时不有生的意趣与价值，于是人生就被确实肯定，而圆滑进行了。假使人生的进行不像山坡而像风琴的键板，由 do 忽然移到 re，即如昨夜的孩子今朝忽然变成青年；或者像旋律的“接离进行”地由 do 忽然跳到 mi，即如朝为青年而夕暮忽成老人，人一定要惊讶、感慨、悲伤，或痛感人生的无常，而不乐为人了。故可知人生是由“渐”维持的。这在女人恐怕尤为必要：歌剧中，舞台上的如花的少女，就是将来火炉旁边的老婆子，这句话，骤听使人不能相信，少女也不肯承认，实则现在的老婆子都是由如花的少女“渐渐”变成的。

人之能堪受境遇的变衰，也全靠这“渐“的助力。巨富的纨绔子弟因屡次破产而“渐渐”荡尽其家产，变为贫者；贫者只得作佣工，佣工往往变为奴隶，奴隶容易变为无赖，无赖与乞丐相去甚近，乞丐不妨作偷儿……这样的例，在小说中，在实际上，均多得很。因为其变衰是延长为十年二十年而一步一

步的"渐渐"的达到的,在本人不感到甚么强烈的刺激。故虽到了饥寒病苦刑笞交迫的地步;仍是熙熙然贪恋着目前的生的欢喜。假如一位千金之子忽然变了乞丐或偷儿,这人一定愤不欲生了。

这真是大自然的神秘的原则,造物主的微妙的功夫!阴阳潜移,春秋代序,以及物的衰荣生杀,无不暗合于这法则。由萌芽的春"渐渐"变成绿荫的夏,由凋零的秋"渐渐"变成枯寂的冬。我们虽已经历数十寒暑,但在围炉拥衾的冬夜仍是难于想象饮冰挥扇的夏日的心情;反之亦然。然而由冬一天一天的、一时一时的、一分一分的、一秒一秒的移向夏,由夏一天一天的、一时一时的,一分一分的、一秒一秒的移向冬,其间实在没有显著的痕迹可寻。昼夜也是如此:傍晚坐在窗下看书,书页上"渐渐"的黑起来,倘不断的看下去(目力能因了光的渐弱而渐渐加强),几乎永远可以认识书页上的字迹,即不觉昼之已变为夜。黎明凭窗,不瞬目的注视东天,也不辨自夜向昼的推移的痕迹。儿女渐渐长大起来,在朝夕相见的父母全不觉得,难得见面的远亲就相见不相识了。往年除夕,我们曾在红蜡烛底下守候水仙花的开放,真是痴态!倘水仙花果真当面开放给我们看,便是大自然的原则的破坏,宇宙的根本的摇动,世界人类的末日临到了!

"渐"的作用,就是用每步相差极微极缓的方法来隐蔽时间的过去与事物的变迁的痕迹,使人误认其为恒久不变,这真是造物主骗人的一大诡计!这有一件比喻的故事:某农夫每天朝晨抱了犊而跳过一沟,到田里去工作,夕暮又抱了它跳过沟回家。每日如此,未尝间断。过了一年,犊已渐大,渐重,差不多变成大牛,但农夫全不觉得,仍是抱了它跳沟。有一天他因事停止工作,次日就不能抱了这牛而跳沟了。造物的骗人,使人留连于其每日每时的生的欢喜而不觉得其变迁与辛苦,就是用这个方法的。人们每日在抱了日重一日的牛而跳沟,不准停止。自己误以为是不变的,其实每日在增加其苦劳!

我觉得时辰钟是人生的最好的象征了。时辰钟的针,平常一看总觉得是"不动"的;其实人造物中最常动的无过于时辰钟的针了。日常生活中的人生也如此,刻刻觉得我是我,似乎这"我"永远不变,实则与时辰钟的针一样的无常!一息尚存,总觉得我仍是我,我没有变,还是留连着我的生,可怜受尽"渐"的欺骗!

"渐"的本质是"时间"。时间我觉得比空间更为不可思议,犹之时间艺术的音乐比空间艺术的绘画更为神秘。因为空间姑且不追究它如何广大或无限,我们总可以把握其一端,认定其一点。时间则全然无从把握,不可挽留,只有过去与未来在渺茫之中不绝的相追逐而已。性质上既已渺茫不可思议,分量上在人生也似乎太多。因为一般人对于时间的悟性,似乎只够支配搭船乘车的短时间;对于百年的长期间的寿命,他们不能胜任,往往迷于

局部而不能顾及全体。试看乘火车的旅客中,常有明达的人,有的宁牺牲暂时的安乐而让其位于老弱者,以求心的太平(或博暂时的美誉);有的见众人争先下车,而退在后面,或高呼"勿要轧,总有得下去的!""大家都要下去的!"然而在乘"社会"或"世界"的大火车的"人生"的长期的旅客中,就少有这样的明达之人。所以我觉得百年的寿命,定得太长。像现在的世界上的人,倘定他们搭船乘车的期间的寿命,也许在人类社会上可减少许多凶险残惨的争斗,而与火车中一样的谦让,和平,也未可知。

然人类中也有几个能胜任百年的或千古的寿命的人。那是"大人格","大人生"。他们能不为"渐"所迷,不为造物所欺,而收缩无限的时间并空间于方寸的心中。故佛家能纳须弥于芥子。中国古诗人(白居易)说:"蜗牛角上争何事?石火光中寄此身。"英国诗人(Blake)①也说:"一粒沙里见世界,一朵花里见天国;手掌里盛住无限,一刹那便是永劫。"

一九二五年作

① 布莱克(Willam Blake,1757—1827)。——本书注文除标明者外,均为丰一吟所作。

东京某晚的事

我在东京某晚遇见一件很小的事，然而这件事我永远不能忘记，并且常常使我憧憬。

有一个夏夜，初黄昏时分，我们同住在一个“下宿”里的四五个中国人相约到神保町去散步。东京的夏夜很凉快。大家带着愉快的心情出门，穿和服的几个人更是风袂飘飘，徜徉徘徊，态度十分安闲。

一面闲谈，一面踱步，踱到了十字路口的时候，忽然横路里转出一个伛偻的老太婆来。她两手搬着一块大东西，大概是铺在地上的席子，或者是纸窗的架子罢，鞠躬似的转出大路来。她和我们同走一条大路，因为走得慢，跟在我们后面。

我走在最先，忽然听得后面起了一种与我们的闲谈调子不同的日本语声音，意思却听不清楚。我回头看时，原来是老太婆在向我们队里的最后的某君讲甚么话。我只看见某君对那老太婆一看，立刻回转头来，露出一颗闪亮的金牙齿，一面摇头，一面笑着说：

“Iyada，iyada！”（不高兴，不高兴！）

似乎趋避后面的甚么东西，大家向前挤挨一阵，走在最先的我被他们一推，跨了几脚紧步。不久似乎到安全地带，大家稍稍回复原来的速度的时候，我方才探问刚才所发生的事情。

原来这老太婆对某君说话，是因为她搬那块大东西搬得很吃力，想我们中间哪一个帮她搬一会。她的话是：

“你们哪一位替我搬一搬，好不好？”

某君大概是因为带了轻松愉快的心情出来散步，实在不愿意替她搬运重物，所以回报她两个“不高兴”。然而说过之后，在她近旁徜徉，看她吃苦，心里大概又觉得过意不去，所以趋避似的快跑几步，务使吃苦的人不在自己眼睛面前。我探问情由的时候，我们已经离开那老太婆十来丈路，颜面已经看不清楚，声音也已听不到了。然而大家的脚步还是有些紧，不像初出门时候那么从容安闲。虽然不说话，但各人一致的脚步，分明表示大家都有这样的感觉。

我每次回想起这件事，总觉得很有意味。我从来不曾从素不相识的路人受到这样唐突的要求。那老太婆的话，似乎应该用在家庭里或学校里，决不是在路上可以听到的。这是关系深切而亲爱的小团体中的人们之间所有的话，不适用于“社会”或“世界”的大团体中的所谓“陌路人”之间。这老太婆误把陌路当作家庭了。

这老太婆原是悖事的，唐突的。然而我却想象：假如真能像这老太婆所希望，有这样的一个世界：天下如一家，人们如家族，互相亲爱，互相帮助，共乐其生活，那时陌路就变成家庭，这老太婆就并不悖事，并不唐突了。这是多么可憧憬的世界！

秋

我的年岁上冠用了“三十”二字，至今已两年了。不解达观的我，从这两个字上受到了不少的暗示与影响。虽然明明觉得自己的体格与精力比二十九岁时全然没有甚么差异，但“三十”这一个观念笼在头上，犹之张了一顶阳伞，使我的全身蒙了一个暗淡色的阴影，又仿佛在日历上撕过了立秋的一页以后，虽然太阳的炎威依然没有减却，寒暑表上的热度依然没有降低，然而只当得余威与残暑，或霜降木落的先驱，大地的节候已从今移交于秋了。

实际，我两年来的心情与秋最容易调和而融合。这情形与从前不同。在往年，我只慕春天。我最欢喜杨柳与燕子。尤其欢喜初染鹅黄的嫩柳。我曾经名自己的寓居为“小杨柳屋”，曾经画了许多杨柳燕子的画，又曾经摘取秀长的柳叶，在厚纸上裱成各种风调的眉，想象这等眉的所有者的颜貌，而在其下面添描出眼鼻与口。那时候我每逢早春时节，正月二月之交，看见杨柳枝的线条上挂了细珠，带了隐隐的青色而“遥看近却无”的时候，我心中便充满了一种狂喜，这狂喜又立刻变成焦虑，似乎常常在说：“春来了！不要放过！赶快设法招待它，享乐它，永远留住它。”我读了“良辰美景奈何天”等句，曾经真心的感动。以为古人都太息一春的虚度，前车可鉴！到我手里决不放它空过了。最是逢到了古人惋惜最深的寒食

清明，我心中的焦灼便更甚。那一天我总想有一种足以充分酬偿这佳节的举行。我准拟作诗，作画，或痛饮，漫游。虽然大多不被实行；或实行而全无效果，反而中了酒，闹了事，换得了不快的回忆；但我总不灰心，总觉得春的可恋。我心中似乎只有知道春，别的三季在我都当作春的预备，或待春的休息时间，全然不曾注意到它们的存在与意义。而对于秋，尤无感觉：因为夏连续在春的后面，在我可当作春的过剩；冬先行在春的前面，在我可当作春的准备；独有与春全无关联的秋，在我心中一向没有它的位置。

自从我的年龄告了立秋以后，两年来的心境完全转了一个方向，也变成秋天了。然而情形与前不同：并不是在秋日感到像昔日的狂喜与焦灼。我只觉得一到秋天，自己的心境便十分调和。非但没有那种狂喜与焦灼，且常常被秋风秋雨秋色秋光所吸引而融化在秋中，暂时失却了自己的所在。而对于春，又并非像昔日对于秋的无感觉。我现在对于春非常厌恶。每当万象回春的时候，看到群花的斗艳，蜂蝶的扰攘，以及草木昆虫等到处争先恐后的孳生繁殖的状态，我觉得天地间的凡庸，贪婪，无耻，与愚痴，无过于此了！尤其是在青春的时候，看到柳条上挂了隐隐的绿珠，桃枝上着了点点的红斑，最使我觉得可笑又可怜。我想唤醒一个花蕊来对它说："啊！你也来反复这老调了！我眼看见你的无数的祖先，个个同你一样的出世，个个努力发展，争荣竞秀；不久没有一个不憔悴而化泥尘。你何苦也来反复这老调呢？如今你已长了这孽根，将来看你弄娇弄艳，装笑装颦，招致了蹂躏、摧残、攀折之苦，而步你的祖先们的后尘！"

实际，迎送了三十几次的春来春去的人，对于花事早已看得厌倦，感觉已经麻木，热情已经冷却，决不会再像初见世面的青年少女为花的幻姿所诱惑而赞之、叹之、怜之、惜之了。况且天地万物没有一件逃得出荣枯，盛衰，生灭，有无之理。过去的历史昭然的证明着这一点，无须我们再说。古来无数的诗人千篇一律的为伤春惜花费词，这种效颦也觉得可厌。假如要我对于世间的生荣死灭费一点词，我觉得生荣不足道，而宁愿欢喜赞叹一切的死灭。对于前者的贪婪，愚昧，与怯弱，后者的态度何等谦逊，悟达，而伟大！我对于春与秋的舍取，也是为了这一点。

夏目漱石三十岁的时候，曾经这样说："人生二十而知有生的利益；二十五而知有明之处必有暗；至于三十的今日，更知明多之处暗亦多，欢浓之时愁亦重。"我现在对于这话也深抱同感；有时又觉得三十的特征不止这一端，其更特殊的是对于死的体感。青年们恋爱不遂的时候惯说生生死死，然而这不过是知有"死"的一回事而已，不是体感。犹之在饮冰挥扇的夏日，不能体感到围炉拥衾的冬夜的滋味。就是我们阅历了三十几度寒暑的人，在前几天的炎阳之下也无论如何感不到浴日的滋味。围炉、拥衾、浴日等事，在夏天的人的心中只是一种空虚的知识，不过晓得将来须有这些事而已，但是

不能体感它们的滋味。须得入了秋天，炎阳逞尽了威势而渐渐退却，汗水浸胖了的肌肤渐渐收缩，身穿单衣似乎要打寒噤，而手触法郎绒觉得快适的时候，于是围炉、拥衾、浴日等知识方能渐渐融入体验界中而化为体感。我的年龄告了立秋以后，心境中所起的最特殊的状态便是这对于"死"的体感。以前我的思虑真疏浅！以为春可以常在人间，人可以永在青年，竟完全没有想到死。又以为人生的意义只在于生，我的一生最有意义，似乎我是不会死的。直到现在，仗了秋的慈光的鉴照，死的灵气钟育，才知道生的甘苦悲欢，是天地间反复过亿万次的老调，又何足珍惜？我但求此生的平安的度送与脱出而已，犹之罹了疯狂的人，病中的颠倒迷离何足计较？但求其去病而已。

我正要搁笔，忽然西窗外黑云弥漫，天际闪出一道电光，发出隐隐的雷声，骤然洒下一阵夹着冰雹的秋雨。啊！原来立秋过得不多天，秋心稚嫩而未曾老练，不免还有这种不调和的现象，可怕哉！

一九二九年秋作

两个“?”

我从幼小时候就隐约的看见两个“?”。但我到了三十岁上方才明确的看见它们。现在我把看见的情况写些出来。

第一个“?”叫作“空间”。我孩提时跟着我的父母住在故乡石门湾的一间老屋里,以为老屋是一个独立的天地。老屋的壁的外面是甚么东西,我全想不起。有一天,邻家的孩子从壁缝间塞进一根鸡毛来,我吓了一跳;同时,悟到了屋的构造,知道屋的外面还有屋,空间的观念渐渐明白了。我稍长,店里的伙计抱了我步行到离家二十里的石门城里的姑母家去,我路上看见屋宇毗连,想象这些屋与屋之间都有壁,壁间都可塞过鸡毛。经过了很长的桑地和田野之后,进城来又是毗连的屋宇,地方似乎是没有穷尽的。从前我把老屋的壁当作天地的尽头,现在知道不然。我指着城外问大人们:“再过去还有地方么?”大人们回答我说:“有嘉兴、苏州、上海;有高山,有大海,还有外国。你大起来都可去玩。”一个粗大的“?”隐约的出现在我的眼前。回家以后,早晨醒来,躺在床上驰想:床的里面是帐,除去了帐是壁,除去了壁是邻家的屋,除去了邻家的屋又是屋,除完了屋是空地,空地完了又是城市的屋,或者是山是海,除去了山,渡过了海,一定还有地方……空间到甚么地方为止呢?我把这疑问质问大姊。大姊回答我说:“到天边上为止。”她说天像一只极大的碗覆在地面上。天边上是地的尽头,这话我当时还听得懂;但天边的外面又是甚么地方呢?大姊说:“不可知了。”很大的“?”又出现在我的眼前,但须臾就隐去。我且吃我的糖果，玩我的游戏罢。

我进了小学校，先生教给我地球的知识。从前的疑问到这时候豁的解决了。原来地是一个球。那么，我躺在床上一直向里床方面驰想过去，结果是绕了地球一匝而仍旧回到我的床前。这是何等新奇而痛快的解决！我回家来欣然的把这新闻告诉大姊。大姊说："球的外面是甚么呢？"我说："是空。""空到甚么地方为止呢？"我茫然了。我再到学校去问先生，先生说："不可知了。"很大的"？"又出现在我的眼前，但也不久就隐去，我且读我的英文，作我的算术罢。

我进师范学校，先生教我天文。我怀着热烈的兴味而听讲，我希望对于小学时代的疑问，再得一个新奇而痛快的解决。但终于失望。先生说："天文书上所说的只是人力所能发见的星球。"又说："宇宙无穷大的。"无穷大的状态，我不能想象。我仍是常常驰想，这回我不再躺在床上向横方驰想，而是仰首向天上驰想；向这苍苍者中一直上去，有没有止境？有的么，其处的状态如何？没有的么，使我不能想象。我眼前的"？"比前愈加粗大，愈加迫近，夜深人静的时候，我屡屡为了它而失眠。我心中愤慨的想：我身所处的空间的状态都不明白，我不能安心作人！世人对于这个切身而重大的问题，为甚么都不说起？以后我遇见人，就向他们提出这疑问。他们或者说不可知，或一笑置之，而谈别的世事了。我愤慨的反抗："朋友，这个问题比你所谈的世事重大得多，切身得多！你为甚么不理？"听到这话的人都笑了。他们的笑声中似乎在说："你有神经病了。"我不好再问，只得让那粗大的"？"照旧挂在我的眼前。

第二个"？"叫作"时间"。我孩提时关于时间只有昼夜的观念。月、季、年、世等观念是没有的。我只知道天一明一暗，人一起一睡，叫作一天。我的生活全部沉浸在"时间"的急流中，跟了它流下去，没有抬起头来望望这急流的前后的光景的能力。有一次新年里，大人们问我几岁，我说六岁。母亲教我："你还说六岁？今年你是七岁了，已经过了年了。"我记得这样的事以前似曾有过一次。母亲教我说六岁时也是这样教的。但相隔久远，记忆模糊不清了。我方才知道这样时间的间隔叫作一年，人活过一年增加一岁。那时我正在父亲的私塾里读完《千字文》，有一晚，我到我们的染坊店里去玩，看见账桌上放着一册账簿，簿面上写着"菜字元集"这四字。我问管账先生，这是甚么意思？他回答我说："这是用你所读的《千字文》上的字来记年代的。这店是你们祖父手里开张的。开张的那一年所用的第一册账簿，叫作'天字元集'，第二年的叫作'地字元集'，天地玄黄，宇宙洪荒……每年用一个字。用到今年正是'菜重芥姜'的'菜'字。"因为这事与我所读的书有关连，我听了很有兴味。他笑着摸摸他的白胡须，继续说道："明年'重'字，后年'芥'字，我们一直开下去，开到'焉哉乎也'的'也'字，大家发财！"我口快

的接着说:“那时你已经死了!我也死了!”他用手掩住我的口道:“话勿得!话勿得!大家长生不老!大家发财!”我被他弄得莫名其妙,不敢再说下去了。但从这时候起,我不复全身沉浸在“时间”的急流中跟它飘流。我开始在这急流中抬起头来,回顾后面,眺望前面,想看看“时间”这东西的状态。我想,我们这店即使依照《千字文》开了一千年,但“天”字以前和“也”字以后,一定还有年代。那么,时间从何时开始,何时了结呢?又是一个粗大的“?”隐约的出现在我的眼前。我问父亲:“祖父的父亲是谁?”父亲道:“曾祖。”“曾祖的父亲是谁?”“高祖。”“高祖的父亲是谁?”父亲看见我有些像孟尝君,笑着抚我的头,说:“你要知道他作甚么?人都有父亲,不过年代太远的祖宗,我们不能一一知道他的人了。”我不敢再问,但在心中思维“人都有父亲”这句话,觉得与空间的“无穷大”同样不可想象。很大的“?”又出现在我的眼前。

我入小学校,历史先生教我盘古氏开天辟地的事。我心中想:天地没有开辟的时候状态如何?盘古氏的父亲是谁?他的父亲的父亲的父亲……又是谁?同学中没有一个提出这样的疑问,我也不敢质问先生。我入师范学校,才知道盘古氏开天辟地是一种靠不住的神话。又知道西洋有达尔文的“进化论”,人类的远祖就是作戏法的人所畜的猴子。而且猴子还有它的远祖。从我们向过去逐步追溯上去,可一直追溯到生物的起源,地球的诞生,太阳的诞生,宇宙的诞生。再从我们向未来推想下去,可一直推想到人类的末日,生物的绝种,地球的毁坏,太阳的冷却,宇宙的寂灭。但宇宙诞生以前和寂灭以后,“时间”这东西难道没有了么?“没有时间”状态,比“无穷大”的状态愈加使我不能想象。而时间的性状实比空间的性状愈加难于认识。我在自己的呼吸中窥探时间的流动痕迹,一个个的呼吸鱼贯的翻进“过去”的深渊中,无论如何不可挽留。我害怕起来,屏住了呼吸,但自鸣钟仍在“的格,的格”的告诉我时间的经过。一个个的“的格”鱼贯的翻进过去的深渊中,仍是无论如何不可挽留的。时间究竟怎样开始?将怎样告终?我眼前的“?”比前愈加粗大,愈加迫近了。夜深人静的时候,我屡屡为它失眠。我心中愤慨的想:我的生命是跟了时间走的。“时间”的状态都不明白,我不能安心作人!世人对于这个切身而重大的问题,为甚么都不说起?以后我遇见人,就向他们提出这个问题。他们或者说不可知,或者一笑置之,而谈别的世事了。我愤慨的反抗:“朋友!我这个问题比你所谈世事重大得多,切身得多!你为甚么不理?”听到这话的人都笑了。他们的笑声中似乎在说:“你有神经病了!”我不再问,只能让那粗大的“?”照旧挂在我的眼前。

一九三三年二月二十四日作

随感十三则

一

花台里生出三枝扁豆秧来。我把它们移种到一块空地上,并且用竹竿搭一个棚,以扶植它们。每天清晨为它们整理枝叶,看它们欣欣向荣,自然发生一种兴味。

那蔓好像一个触手,具有可惊的攀缘力。但究竟因为不生眼睛,只管盲目的向上发展,有时会钻进竹竿的裂缝里,回不出来,看了令人发笑。有时一根长条独自脱离了棚,颤袅的向空中伸展,好像一个摸不着壁的盲子,看了又很可怜。这等时候便需我去扶助。扶助了一个月之后,满棚枝叶婆娑,棚下已堪纳凉闲话了。

有一天清晨,我发现豆棚上忽然有了大批的枯叶和许多软垂的蔓,惊奇得很。仔细检查,原来近地面处一枝总干,被不知甚么东西伤害了。未曾全断,但不绝如缕。根上的养分通不上去,凡属这总干的枝叶就全部枯萎,眼见得这一族快灭亡了。

这状态非常凄惨,使我联想起世间种种的不幸。

二

有一种椅子,使我不易忘记:那坐的地方,雕着一只屁股的模子,中间还有一条凸起,坐时可把屁股精密的装进模子中,好像浇塑石膏模型一般。

大抵中国式的器物，以形式为主，而用身体去迁就形式。故椅子的靠背与坐板成九十度角，衣服的袖子长过手指。西洋式的器物，则以身体的实用为主，形式即由实用产生。故缝西装须量身体，剪刀柄上的两个洞，也完全依照手指的横断面的形状而制造。那种有屁股模子的椅子，显然是西洋风的产物。

但这已走到西洋风的极端，而且过分了。凡物过分必有流弊。像这种椅子，究竟不合实用，又不雅观。我每次看见，常误认它为一种刑具。

三

散步中，在静僻的路旁的杂草间拾得一个很大的钥匙。制造非常精致而坚牢，似是巩固的大洋箱上的原配。不知从何人的手中因何缘而落在这杂草中的？我未被“路不拾遗”之化，又不耐坐在路旁等候失主的来寻；但也不愿把这个东西藏进自己的袋里去，就擎在手中走路，好像采得了一朵野花。

我因此想起《水浒》中五台山上挑酒担者所唱的歌：“九里山前作战场，牧童拾得旧刀枪……”这两句怪有意味。假如我作了那个牧童，拾得旧刀枪时定有无限的感慨：不知那刀枪的柄曾经受过谁人的驱使？那刀枪的尖曾经吃过谁人的血肉？又不知在它们的活动之下，曾经害死了多少人之性命。

也许我现在就同“牧童拾得旧刀枪”一样。在这个大钥匙塞在大洋箱的键孔中时的活动之下，也曾经害死过不少人的性命，亦未可知。

四

打开十年前堆塞着的一箱旧物来，一一检视，每一件东西都告诉我一段旧事。我仿佛看了一幕自己为主角的影戏。

结果从这里面取出一把油画用的调色板刀，把其余的照旧封闭了，塞在床底下。但我取出这调色板刀，并非想描油画。是利用它来切芋艿，削萝卜吃。

这原是十余年前我在东京的旧货摊上买来的。它也许曾经跟随名贵的画家，指挥高价的油画颜料，制作出[①]帝展一等奖的作品来博得沸腾的荣誉。现在叫它切芋艿、削萝卜，真是委屈了它。但芋艿，萝卜中所含的人生的滋味，也许比油画中更为丰富，让它尝尝罢。

五

十余年前有一个时期流行用紫色的水写字。买三五个铜板洋青莲，可

① 近代有不用笔而用刀来描画的画风，故云。——作者原注。

泡一大瓶紫水，随时注入墨匣，有好久可用。我也用过一回，觉得这固然比磨墨简便。但我用了不久就不用，我嫌它颜色不好，看久了令人厌倦。

后来大家渐渐不用，不久此风便息。用不厌的，毕竟只有黑和蓝两色：东洋人写字用黑。黑由红黄蓝三原色等量混和而成，三原色具足时，使人起安定圆满之感。因为世间一切色彩皆由三原色产生，故黑色中包含着世间一切色彩了。西洋人写字用蓝，蓝色在三原色中为寒色，少刺激而沉静，最可亲近。故用以写字，使人看了也不会厌倦。

紫色为红蓝两色合成。三原色既不具足，而性又刺激，宜其不堪常用。但这正是提倡白话文的初期，紫色是一种蓬勃的象征，并非偶然的。

六

孩子们对于生活的兴味都浓。而这个孩子特甚。

当他热衷于一种游戏的时候，吃饭要叫到五六遍才来，吃了两三口就走，游戏中不得已出去小便，常常先放了半场，勒住裤腰，走回来参加一歇游戏，再去放出后半场。看书发见一个疑问，立刻捧了书来找我，茅坑间里也会找寻过来。得了解答，拔脚便走，常常把一只拖鞋遗剩在我面前的地上而去。直到划袜走了七八步方才觉察，独脚跳回来取鞋。他有几个星期热衷于搭火车，几个星期热衷于着象棋，又有几个星期热衷于查《王云五大词典》，现在正热衷于捉蟋蟀。但凡事兴味一过，便置之不问。无可热衷的时候，镇日没精打采，度日如年，口里叫着"饿来！饿来！"其实他并不想吃东西。

七

有一回我画一个人牵两只羊，画了两根绳子。有一位先生教我："绳子只要画一根。牵了一只羊，后面的都会跟来。"我恍悟自己阅历太少。后来留心观察，看见果然：前头牵了一只羊走，后面数十只羊都会跟去。无论走向屠场，没有一只羊肯离群众而另觅生路的。

后来看见鸭也如此。赶鸭的人把数百只鸭放在河里，不须用绳子系住，群鸭自能互相追随，聚在一块。上岸的时候，赶鸭的人只要赶上一二只，其余的都会跟了上岸。无论在四通八达的港口，没有一只鸭肯离群众而走自己的路的。

牧羊的和赶鸭的就利用它们这模仿性，以完成他们自己的事业。

八

每逢赎得一剂中国药来，小孩们必然聚拢来看拆药。每逢打开一小包，

他们必然惊奇叫喊。有时一齐叫道:“啊! 一包瓜子!”有时大家笑起来:“哈哈! 四只骰子!”有时惊奇得很:“咦! 这是洋团团的头发呢?”又有时吓了一跳:“啊唷! 许多老蝉!”……病人听了这种叫声,可以转颦为笑。自笑为甚么生了病要吃瓜子,骰子,洋团团的头发,或老蝉呢? 看药方也是病中的一种消遣。药方前面的脉理大都乏味;后面的药名却怪有趣。这回我所服的,有一种叫作“知母”,有一种叫作“女贞”,名称都很别致。还有“银花”,“野蔷薇”,好像新出版的书的名目。吃外国药没有这种趣味。中国数千年来为世界神秘风雅之国,这特色在一剂药里也很显明的表示着,来华考察的外国人,应该多吃几剂中国药回去。

九

《项脊轩记》里归熙甫描写自己闭户读书之久,说“能以足音辨人”。我近来卧病之久,也能以足音辨人。房门外就是扶梯,人在扶梯上走上走下,我不但能辨别各人的足音,又能在一人的足音中辨别其所为何来。“这回是徐妈送药来了?”果然。“这回是五官送报纸来了?”果然。

记得从前寓居在嘉兴时,大门终日关闭。房屋进深,敲门不易听见,故在门上装一铃索。来客拉索,里面的铃响了,人便出来开门。但来客极稀,总是这几个人,我听惯了,也能以铃声辨人。有时一种顽童或闲人经过门口,由于手痒或奇妙的心理,无端把铃索拉几下就逃,开门的人白跑了好几回;但以后不再上当了。因为我能辨别他们的铃声中含有仓皇的音调,便置之不理了。

十

盛夏的某晚,天气大热,而且奇闷。院子里纳凉的人,每人隔开数丈,默默的坐着摇扇。除了扇子的微音和偶发的呻吟声以外,没有别的声响。大家被炎威压迫得动弹不得,而且不知所云了。

这沉闷的静默继续了约半小时之久。墙外的弄里一个嘹亮清脆而有力的叫声,忽然来打破这静默:

“今夜好热! 啊咦——好热!”

院子里的人不期的跟着他叫:“好热!”接着便有人起来行动,或者起立,或者欠伸,似乎大家出了一口气。炎威也似乎被这喊声喝退了些。

十一

尊客降临,我陪他们吃饭往往失礼。有的尊客吃起饭来慢得很:一粒一

粒的数进口去。我则吃两碗饭只消五六分钟，不能奉陪。

我吃饭快速的习惯，是小时在寄宿学校里养成的。那校中功课很忙，饭后的时间要练习弹琴。我每餐连盥洗只限十分钟了事，养成习惯。现在我早已出学校，可以无须如此了，但这习惯仍是不改。我常自比于牛的反刍：牛在山野中自由觅食，防猛兽迫害，先把草囫囵吞入胃中，回洞后再吐出来细细嚼食，养成了习惯。现在牛已被人关在家喂养，可以无须如此了，但这习惯仍是不改。

据我推想，牛也许是恋慕着野生时代在山中的自由，所以不肯改去它的习惯的。

十二

新点着一支香烟，吸了三四口，拿到痰盂上去敲烟灰。敲得重了些，雪白而长长的一支大美丽香烟翻落在痰盂中，"吱"的一声叫，溺死在污水里了。

我向痰盂怅望，嗟叹了两声，似有"一失足成千古恨"之感。我觉得这比丢弃两个铜板肉痛得多。因为香烟经过人工的制造，且直接有惠于我的生活。故我对于这东西本身自有感情，与价钱无关。两角钱可买二十包火柴。照理，丢掉两角钱同焚去二十包火柴一样。但丢掉两角钱不足深惜，而焚去二十包火柴人都不忍心作。作了即使别人不说暴殄天物，自己也对不起火柴。

十三

一位开羊行的朋友为我谈羊的话。据说他们行里有一只不杀的老羊，为它颇有功劳：他们在乡下收罗了一群羊，要装进船里，运往上海去屠杀的时候，群羊往往不肯走上船去。他们便牵这老羊出来。老羊向群羊叫了几声，奋勇的走到河岸上，蹲身一跳，首先跳入船中。群羊看见老羊上船了，便大家模仿起来，争先恐后地跳进船里去。等到一群羊全部上船之后，他们便把老羊牵上岸来，仍旧送回棚里。每次装羊，必须央这老羊引导。老羊因有这点功劳，得保全自己的性命。

我想，这不杀的老羊，原来是该死的"羊奸"。

一九三三年九月

春

春是多么可爱的一个名词！自古以来的人都赞美它，希望它长在人间。诗人，特别是词客，对春爱慕尤深。试翻词选，差不多每一页上都可以找到一个春字。后人听惯了这种话，自然的随喜附和，即使实际上没有理解春的可爱的人，一说起春也会觉得欢喜。这一半是春这个字的音容所暗示的。“春！”你听，这个音读起来何等铿锵而惺忪可爱！这个字的形状何等齐整妥帖而具足对称的美！这么美的名字所隶属的时节，想起来一定很可爱。好比听见名叫“丽华”的女子，想来一定是个美人。

然而实际上春不是那么可喜的一个时节。我积三十六年之经验，深知暮春以前的春天，生活上是很不愉快的。

梅花带雪开了，说道是漏泄春的消息。但这完全是精神上的春，实际上雨雪霏霏，北风烈烈，与严冬何异？所谓迎春的人，也只是瑟缩地躲在房栊内，战栗地站在屋檐下，望望枯枝一般的梅花罢了！

再迟个把月罢，就像现在：惊蛰已过，所谓春将半了。住在都会里的朋友想象此刻的乡村，足有画图一般美丽，连忙写信来催我写春的随笔。好像因为我偎傍着春，惹他们妒忌似的。其实我们住在乡村间的人，并没有感到快乐，却生受了种种的不舒服：寒暑表激烈地升降于三十六度至六十二度之间。一日之内，乍暖乍寒。暖起来可以想起都会里的冰淇淋，寒起来几乎可见天然冰，饱尝了所谓“料峭”的滋味。天气又忽晴

忽雨,偶一出门,干燥的鞋子往往拖泥带水归来。“一春能有几番晴”是真的;“小楼一夜听春雨”其实没有甚么好听,单调得很,远不及你们都会里的无线电的花样繁多呢。春将半了,但它并没有给我们一点舒服,只教我们天天愁寒,愁暖,愁风,愁雨。正是“三分春色二分愁,更一分风雨!”

春的景象,只有乍寒、乍暖、忽晴、忽雨是实际而明确的。此外虽有春的美景,但都隐约模糊,要仔细探寻,才可依稀仿佛的见到,这就是所谓“寻春”罢?有的说“春在卖花声里”,有的说“春在梨花”,又有的说“红杏枝头春意闹”,但这种景象在我们这枯寂的乡村里都不易见到。即使见到了,肉眼也不易认识。总之,春所带来的美,少而隐;春所带来的不快,多而确。诗人词客似乎也承认这一点,春寒、春困、春愁、春怨,不是诗词中的常谈么?不但现在如此,就是再过个把月,到了清明时节,也不见得一定春光明媚,令人极乐。倘又是落雨,路上的行人将要“断魂”呢。

可知春徒美其名,在实际生活上是很不愉快的。实际,一年中最愉快的时节,是从暮春开始的。就气候上说,暮春以前虽然大体逐渐由寒向暖,但变化多端,始终是乍寒乍暖,最难将息的时候。到了暮春,方才冬天的影响完全消灭,而一路向暖。寒暑表上的水银爬到 temperate① 上,正是气候最 temperate 的时节。就景色上说,春色不须寻找,有广大的绿野青山,慰人心目。古人词云:“杜宇一声春去,树头无数青山。”原来山要到春去的时候方才全青,而惹人注目。我觉得自然景色中,青草与白雪是最伟大的现象。造物者描写“自然”这幅大画图时,对于春红、秋艳,都只是略蘸些胭脂、硃磦,轻描淡写。到了描写白雪与青草,他就毫不吝惜颜料,用刷子蘸了铅粉、藤黄和花青而大块的涂抹,使屋屋皆白,山山皆青。这仿佛是米派山水的点染法,又好像 Cezanne② 风景画的“色的块”,何等泼辣的画风!而草色青青,连天遍野,尤为和平可亲,大公无私的春色。花木有时被关闭在私人的庭园里,吃了园丁的私刑而献媚于绅士淑女之前。草则到处自生自长,不择贵贱高下。人都以为花是春的作品,其实春工不在花枝,而在于草。看花的能有几人?草则广泛的生长在大地的表面,普遍的受大众的欣赏。这种美景,是早春所见不到的。那时候山野中枯草遍地,满目憔悴之色,看了令人不快。必须到了暮春,枯草尽去,才有真的青山绿野的出现,而天地为之一新。一年好景,无过于此时。自然对人的恩宠,也以此时为最深厚了。

讲求实利的西洋人,向来重视这季节,称之为 May(五月)。May 是一年中最愉快的时节,人间有种种的娱乐,即所谓 May - queen(五月美人)、May - pole(五月彩柱)、May - games(五月游艺)等。May 这一个字,原是“青春”

① 温和。

② 保罗·萨让纳(1839—1906),法国画家。

"盛年"的意思。可知西洋人视一年中的五月,犹如人生中的青年,为最快乐、最幸福、最精彩的时期。这确是名副其实的。但东洋人的看法就与他们不同:东洋人称这时期为暮春,正是留春、送春、惜春、伤春,而感慨、悲叹、流泪的时候,全然说不到乐。东洋人之乐,乃在"绿柳才黄半未匀"的新春,便是那忽晴、忽雨、乍暖、乍寒、最难将息的时候。这时候实际生活上虽然并不舒服,但默察花柳的萌动,静观天地的回春,在精神上是最愉快的。故西洋的"May"相当于东洋的"春"。这两个字读起来声音都很好听,看起来样子都很美丽。不过 May 是物质的、实利的,而春是精神的、艺术的。东西洋文化的判别,在这里也可窥见。

一九四三年三月二日

作客者言

有一位天性真率的青年，赴亲友家作客，归家的晚上，垂头丧气的跑进我的房间来，躺在藤床上，不动亦不语。看他的样子很疲劳，好像作了一天苦工而归来似的。我便和他问答：

“你今天去作客，喝醉了酒么？”

“不，我不喝酒，一滴儿也不喝。”

“那么为甚么这般颓丧？”

“因为受了主人的异常优礼的招待。”

我惊奇的笑道：“怪了！作客而受主人优待，应该舒服且高兴，怎的反而这般颓丧？倒好像被打翻了似的。”

他苦笑的答道：“我宁愿被打一顿，但愿以后不再受这种优待。”

我知道他正在等候我去打他的话匣子来。便放下笔，推开桌上的稿纸，把坐着的椅子转个方向，正对着他。点起一支烟来，津津有味的探问他：

“你受了怎样异常优礼的招待？来！讲点给我听听看！”

他抬起头来看看我桌上的稿件，说：“你不是忙写稿么？我的话说来长呢！”

我说：“不，我准备一黄昏听你谈话。并且设法慰劳你今天受优待的辛苦呢。”

他笑了，从藤床上坐起身来，向茶盘里端起一杯菊花茶来喝了一口，慢慢的、一五一十的把这一天赴亲友家作客而受异常优礼的招待的经过情形描摹给我听。

以下所记录的便是他的话。

我走进一个幽暗的厅堂,四周阒然无人。我故意把脚步走响些,又咳嗽几声,里面仍然没有人出来,外面的厢房里倒走进一个人来。这是一个工人,好像是管门的人。他两眼钉住我,问我有甚么事。我说访问某先生。他说"片子!"我是没有名片的,回答他说:"我没有带名片,我姓某名某,某先生是知道我的,烦你去通报罢。"他向我上下打量了一会,说一声"你等一等",怀疑似的进去了。

我立着等了一会,望见主人缓步的从里面的廊下走出来。走到望得见我的时候,他的缓步忽然改为趋步,拱起双手,口中高呼"劳驾,劳驾!"一步紧一步的向我赶将过来,其势急不可当,我几乎被吓退了。因为我想,假如他口中所喊的不是"劳驾,劳驾",而换了"捉牢,捉牢",这光景定是疑心我是窃了他家厅上的宣德香炉而赶出来捉我去送公安局。幸而他赶到我身边,并不捉牢我,只是连连的拱手,弯腰,几乎要拜倒在地。我也只得模仿他拱手,弯腰,弯到几乎拜倒在地,作为相当的答礼。

大家弯好了腰,主人袒开了左手,对着我说:"请坐,请坐!"他的袒开的左手所照着的,是一排八仙椅子。每两只椅子夹着一只茶几,好像城头上的一排女墙。我选择最外口的一只椅子坐了。一则贪图近便。二则他家厅上光线幽暗,除了这最外口的一只椅子看得清楚以外,里面的椅子都埋在黑暗中,看不清楚;我看见最外边的椅子颇有些灰尘,恐怕里面的椅子或有更多的灰尘与龌龊,将污损我的新制的淡青灰哔叽长衫的屁股部分,弄得好像被摩登破坏团射了镪水一般。三则我是从外面来的客人,像老鼠钻洞一般的闯进人家屋里深暗的内部去坐,似乎不配。四则最外面的椅子的外边,地上放着一只痰盂,丢香烟头时也是一种方便。我选定了这个好位置,便在主人的"请,请,请"声中捷足先登的坐下了。但是主人表示反对,一定要我"请上坐"。请上坐者,就是要我坐到里面的、或许有更多的灰尘与龌龊、而近旁没有痰盂的椅子上去。我把屁股深深的埋进我所选定的椅子里,表示不肯让位。他便用力拖我的臂,一定要夺我的位置。我终于被他赶走了,而我所选定的位置就被他自己占据了。

当此夺位置的时间,我们二人在厅上发出一片相骂似的声音,演出一种打架似的举动。我无暇察看我的新位置上有否灰尘或龌龊,且以客人的身份,也不好意思俯下头仔细察看椅子的干净与否。我不顾一切的坐下了。然而坐下之后,很不舒服。我疑心椅子板上有甚么东西,一动也不敢动。我想,这椅子至少同外面的椅子一样地颇有些灰尘,我是拿我的新制的淡青灰哔叽长衫来给他揩抹了两只椅子。想少沾些龌龊,我只得使个劲儿,将屁股摆稳在椅子板上,绝不转动摩擦。宁可费些气力,扭转腰来对主人谈话。

正在谈话的时候,我觉得屁股上冷冰冰起来。我脸上强装笑容——因

为这正是"应该"笑的时候——心里却在叫苦。我想用手去摸摸看，但又逡巡不敢，恐怕再污了我的手。我作种种猜想，想象这是梁上挂下来的一只蜘蛛，被我坐扁，内脏都流出来了。又想象这是一朵鼻涕，一朵带血的痰。我浑身难过起来，不敢用手去摸。后来终于偷偷的伸手去摸了。指尖触着冷冰冰的湿湿的一团，偷偷摸出来一看，色彩很复杂，有白的，有黑的，有淡黄的，有蓝的，混在一起，好像五色的牙膏。我不辨这是何物，偷偷的丢在椅子旁边的地上了。但心里疑虑得很，料想我的新制的淡青灰哔叽长衫上一定染上一块五色了。但主人并不觉察我的心事，他正在滥用各种的笑声，把他近来的得意事件讲给我听。我记念着屁股底下的东西，心中想皱眉头，然而不好意思用颦蹙之颜来听他的得意事件，只得强颜作笑。我感到这种笑很费力。硬把嘴巴两旁的筋肉吊起来，久后非常酸痛。须得乘个空隙用手将脸上的筋肉用力揉一揉，然后再装笑脸听他讲。其实我没有仔细听他所讲的话，因为我听了很久，已能料知他的下文了。我只是顺口答应着，而把眼睛偷看环境中，凭空的研究我屁股底下的究竟是甚么东西。我看见他家梁上筑着燕巢，燕子飞进飞出，遗弃一朵粪在地上，其颜色正同我屁股底下的东西相似。我才知道，我新制的淡青灰哔叽长衫上已经沾染一朵燕子粪了。

外面走进来一群穿长衫的人。他们是主人的亲友和邻居。主人因为我是远客，特地邀他们来陪我。大部分的人是我所未认识的，主人便立起身来为我介绍。他的左手臂伸直，好像一把刀。他用这把刀把新来的一群人一个一个地切开来，同时口中说着：

"这位是某某先生，这位是某某君……"等到他说完的时候，我已把各人的姓名统统忘却了。因为当他介绍时，我只管在那里看他那把刀的切法，不曾用心听着。我觉得很奇怪，为甚么介绍客人姓名时不用食指来点，必用刀一般的手来切？又觉得很妙，为甚么用食指来点似乎侮慢，而用刀一般的手来切似乎客气得多？这也许有造形美术上的根据：五指并伸的手，样子比单伸一根食指的手美丽、和平、而恭敬得多。这是合掌礼的一半。合掌是作个揖，这是作半个揖，当然客气得多。反之，单伸一根食指的手，是指示路径的牌子上或"小便在此"的牌子上所画的手。若用以指客人，就像把客人当作小便所，侮慢太甚了！我当时忙着这样的感想，又叹佩我们的主人的礼貌，竟把他所告诉我的客人的姓名统统忘记了。但觉姓都是百家姓所载的，名字中有好几个"生"字和"卿"字。

主人请许多客人围住一张八仙桌坐定了。这回我不自选座位，一任主人发落，结果被派定坐在左边，独占一面。桌上已放着四只盆子，内中两盆是糕饼，一盆是瓜子，一盆是樱桃。

仆人送到一盘茶，主人立起身来，把盘内的茶一一端送客人。客人受茶时，有的立起身来，伸手遮住茶杯，口中连称"得罪，得罪"。有的用中央三个

指头在桌子边上敲击:"答,答,答,答",口中连称"叩头,叩头"。其意仿佛是用手代表自己的身体,把桌子当作地面,而伏在那里叩头。我是第一个受茶的客人,我点一点头,应了一声。与别人的礼貌森严比较之下,自觉太过傲慢了。我感觉自己的态度颇不适合于这个环境,局促不安起来。第二次主人给我添茶的时候,我便略略改变态度,也伸手挡住茶杯。我以为这举动可以表示两种意思,一种是"够了,够了"的意思,还有一种是用此手作半个揖道谢的意思,所以可取。但不幸技巧拙劣,把手遮隔了主人的视线,在幽暗的厅堂里,两方大家不易看见杯中的茶。他只管把茶注下来,直到泛滥在桌子上,滴到我的新制的淡青灰哔叽长衫上,我方才觉察,动手拦阻。于是找抹桌布,揩拭衣服,弄得手忙脚乱。主人特别关念我的衣服,表示十分抱歉的样子,要亲自给我揩拭。我心中很懊恼,但脸上只得强装笑容,连说"不要紧,没有甚么";其实是"有甚么"的!我的新制的淡青灰哔叽长衫上又染上了芭蕉扇大的一块茶渍!

主人以这事件为前车,以后添茶时逢到伸手遮住茶杯的客人,便用开诚布公似的语调说:"不要客气,大家老实来得好!"客人都会意,便改用指头敲击桌子:"答,答,答,答。"这办法的确较好,除了不妨碍视线的好处外,又是有声有色,郑重得多。况且手的样子活像一个小形的人:中指像头,食指和无名指像手,大指和小指像足,手掌像身躯,口称"叩头"而用中指"答,答,答,答"的敲击起来,俨然是"五体投地"而"捣蒜"一般叩头的模样。

主人分送香烟,座中吸烟的人,连主人共有五六人,我也在内。主人划一根自来火,先给我的香烟点火。自来火在我眼前烧得正猛,匆促之间我真想不出谦让的方法来,便应了一声,把香烟凑上去点着了。主人忙把已烧了三分之一的自来火给坐在我右面的客人的香烟点火。这客人正在咬瓜子,便伸手推主人的臂,口里连叫"自来,自来"。"自来"者,并非"自来火"的略语,是表示谦让,请主人"自"己先"来"(就是点香烟)的意思。主人坚不肯"自来"。口中连喊"请,请,请",定要隔着一张八仙桌,拿着已剩二分之一弱的火柴杆来给这客人点香烟。我坐在两人中间,眼看那根不知趣的火柴杆越烧越短,而两人的交涉尽不解决,心中替他们异常着急。主人又似乎不大懂得燃烧的物理,一味把火头向下,因此火柴杆烧得很快。幸而那客人不久就表示屈服,丢去正咬的瓜子,手忙脚乱的向茶杯旁边捡起他那枝香烟,站起来,弯下身子,就火上去吸。这时候主人手中的火柴杆只剩三分之一弱,火头离开他的指爪只有一粒瓜子的地位了。

出乎我意外的,是主人还要撮着这一粒火柴杆,去给第三个客人点香烟,第三个客人似乎也没有防到这一点,不曾预先取烟在手。他看见主人有"燃指之急",特地不取香烟,摇手喊道:"我自来,我自来。"主人依然强硬,不肯让他自来。这第三个客人的香烟的点火,终于像救火一般惶急万状的成就了。他在匆忙之中带翻了一只茶杯，幸而杯中盛茶不多，不曾作再度的泛滥。我屏息静观，几乎发呆了，到这时候才抽一口气。主人把拿自来火的手指用力的搓了几搓，再划起一根自来火来，为第四个客人的香烟点火。在这事件中，我顾怜主人的手指烫痛，又同情于客人的举动的仓皇。觉得这种主客真难作：吸烟，原是一件悠闲畅适的事；但在这里变成救火一般惶急万状了。

这一天，我和别的几位客人在主人家里吃一餐饭，据我统计，席上一共闹了三回事：第一次闹事，是为了争座位。所争的是朝里的位置。这位置的确最好：别的三面都是两人坐一面的，朝里可以独坐一面；别的位置都很幽暗，朝里的位置最亮。且在我更有可取之点，我患着羞明的眼疾，不耐对着光源久坐，最喜欢背光而坐。我最初看中这好位置，曾经一度占据；但主人立刻将我一把拖开，拖到左边的里面的位置上，硬把我的身体装进在椅子里去。这位置最黑暗，又很狭窄，但我只得忍受。因为我知道这座位叫作“东北角”，是最大的客位；而今天我是远客，别的客人都是主人请来陪我的。主人把我驱逐到“东北”之后，又和别的客人大闹一场：坐下去，拖起来；装进去，逃出来；约莫闹了五分钟，方才坐定。“请，请，请”，大家“请酒”，“用菜”。

第二次闹事，是为了灌酒。主人好像是开着义务酿造厂的，多多益善的劝客人饮酒。他有时用强迫的手段，有时用欺诈的手段。客人中有的把酒杯藏到桌子底下，有的拿了酒杯逃开去。结果有一人被他灌醉，伏在痰盂上呕吐了。主人一面照料他，一面劝别人再饮。好像已经“作脱”了一人，希望再麻翻几个似的。我幸而以不喝酒著名，当时以茶代酒，没有卷入这风潮的旋涡中，没有被麻翻的恐慌。但久作壁上观，也觉得厌倦了，便首先要求吃饭。后来别的客人也都吃饭了。

第三次闹事，便是为了吃饭问题。但这与现今世间到处闹着的吃饭问题性质完全相反。这是一方强迫对方吃饭，而对方不肯吃。起初两方各提出理由来互相辩论；后来是夺饭碗——一方硬要给他添饭，对方决不肯再添；或者一方硬要他吃一满碗，对方定要减少半碗。粒粒皆辛苦的珍珠一般的白米，在这社会里全然失却其价值，几乎变成狗子也不要吃的东西了。我没有吃酒，肚子饿着，照常吃两碗半饭。在这里可说是最肯负责吃饭的人，没有受主人责备。因此我对于他们的争执，依旧可作壁上观。我觉得这争执状态真是珍奇；尤其是在到处闹着没饭吃的中国社会里，映成强烈的对比。可惜这种状态的出现，只限于我们这主人的客厅上，又只限于这一餐的时间。若得因今天的提倡与励行而普遍于全人类，永远的流行，我们这主人定将在世界到处的城市被设立生祠，死后还要在世界到处的城市中被设立铜像呢。我又因此想起了以前在你这里看见过的日本人描写乌托邦的几幅漫画：在那漫画的世界里，金银和钞票是过多而没有人要的，到处被弃掷在

垃圾桶里。清道夫满满的装了一车子钞票，推到海边去烧毁。半路里还有人开了后门，捧出一畚箕金镑来，硬要倒进他的垃圾车中去，却被清道夫拒绝了。马路边的水门汀上站着的乞丐，都提着一大筐子的钞票，在那里哀求苦苦的分送给行人，行人个个远而避之。我看今天座上为拒绝吃饭而起争执的主人和客人们，足有列入那种漫画人物中的资格。请他们侨居到乌托邦去，再好没有了。

我负责的吃了两碗半白米饭，虽然没有受主人责备，但把胃吃坏，积滞了。因为我是席上第一个吃饭的人，主人命一仆人站在我身旁，伺候添饭。这仆人大概受过主人的训练，伺候异常忠实：当我吃到半碗饭的时候，他就开始鞠躬如也的立在我近旁，监督我的一举一动，注视我的饭碗，静候我的吃完。等到我吃剩三分之一的时候，他站立更近，督视更严，他的手跃跃欲试的想来夺我的饭碗。在这样的监督之下，我吃饭不得不快。吃到还剩两三口的时候，他的手早已搭在我的饭碗边上，我只得两三口并作一口的吞食了，让他把饭碗夺去。这样急急忙忙的装进了两碗半白米饭，我的胃就积滞，隐隐的作痛，连茶也喝不下去。但又说不出来。忍痛坐了一会，又勉强装了几次笑颜，才得告辞。我坐船回到家中，已是上灯时分，胃的积滞还没有消，吃不进夜饭。跑到药房里去买些苏打片来代夜饭吃了，便倒身在床上。直到黄昏，胃里稍觉松动些，就勉强起身，跑到这里来抽一口气。但是我的身体、四肢还是很疲劳，连脸上的筋肉，也因为装了一天的笑，酸痛得很呢。我但愿以后不再受人这种优礼的招待！

他说罢，又躺在藤床上了。我把香烟和火柴送到他手里，对他说："好，待我把你所讲的一番话记录出来。倘能卖得稿费，去买许多饼干、牛奶、巧格力和枇杷来给你开慰劳会罢。"

一九三四年五月旅中

车厢社会

我第一次乘火车，是在十六七岁时，即距今二十余年前。虽然火车在其前早已通行，但吾乡离车站有三十里之遥，平时我但闻其名，却没有机会去看火车或乘火车。十六七岁时，我毕业于本乡小学，到杭州去投考中等学校，方才第一次看到又乘到火车。以前听人说："火车厉害得很，走在铁路上的人，一不小心，身体就被碾作两段。"又听人说："火车快得邪气，坐在车中，望见窗外的电线木如同栅栏一样。"我听了这些话而想象火车，以为这大概是炮弹流星似的凶猛唐突的东西，觉得可怕。但后来看到了，乘到了，原来不过尔尔。天下事往往如此。

自从这一回乘了火车之后，二十余年中，我对火车不断的发生关系。至少每年乘三四次，有时每月乘三四次，至多每日乘三四次。（不过这是从江湾到上海的小火车）一直到现在，乘火车的次数已经不可胜计了。每乘一次火车，总有种种感想。倘得每次下车后就把乘车时的感想记录出来，记到现在恐怕不止数百万言，可以出一大部乘火车全集了。然而我哪有工夫和能力来记录这种感想呢？只是回想过去乘火车时的心境，觉得可分三个时期，现在记录出来，半为自娱，半为世间有乘火车的经验的读者谈谈，不知他们在火车中是否作如是想的？

第一个时期，是初乘火车的时期。那时候乘火车这件事在我觉得非常新奇而有趣。自己的身体被装在一个大木箱中，而用机械拖了这大木箱狂奔，这种经验是我向来所没有

的,怎不教我感到新奇而有趣呢?那时我买了车票,热烈的盼望车子快到。上了车,总要拣个靠窗的好位置坐。因此可以眺望窗外旋转不息的远景,瞬息万变的近景,和大大小小的车站。一年四季住在看惯了的屋中,一旦看到这广大而变化无穷的世间,觉得兴味无穷。我巴不得乘火车的时间延长,常常嫌它到得太快,下车时觉得可惜。我欢喜乘长途火车,可以长久享乐。最好是乘慢车,在车中的时间最长,而且各站都停,可以让我尽情观赏。我看见同车的旅客个个同我一样的愉快,仿佛个个是无目的的在那里享受乘火车的新生活的。我看见各车站都美丽,仿佛个个是桃源仙境的入口。其中汗流满背的扛行李的人,喘息狂奔的赶火车的人,急急忙忙的背着箱笼下车的人,拿着红绿旗子指挥开车的人,在我看来仿佛都干着有兴味的游戏,或者在那里演剧。世间真是一大欢乐场,乘火车真是一件愉快不过的乐事!可惜这时期很短促,不久乐事就变为苦事。

第二个时期,是老乘火车的时期。一切都看厌了,乘火车在我就变成了一桩讨嫌的事。以前买了车票热烈的盼望车子快到。现在也盼望车子快到,但不是热烈的而是焦灼的。意思是要它快些来载我赴目的地。以前上车总要拣个靠窗的好位置,现在不拘,但求有得坐。以前在车中不绝的观赏窗内窗外的人物景色,现在都不要看了,一上车就拿出一册书来,不顾环境的动静,只管埋头在书中,直到目的地的到达。为的是老乘火车,一切都已见惯,觉得这些千篇一律的状态没有甚么看头。不如利用这冗长无聊的时间来用些功。但并非欢喜用功,而是无可奈何似的用功。每当看书疲倦起来,就埋怨火车行得太慢,看了许多书才走得两站!这时候似觉一切乘车的人都同我一样,大家焦灼的坐在车厢中等候到达。看到凭在车窗上指点谈笑的小孩子,我鄙视他们,觉得这班初出茅庐的人少见多怪,其浅薄可笑。有时窗外有飞机驶过,同车的人大家立起来观望,我也不屑从众,回头一看立刻埋头在书中。总之,那时我在形式上乘火车,而在精神上仿佛遗世独立,依旧笼闭在自己的书斋中。那时候我觉得世间一切枯燥无味,无可享乐,只有沉闷,疲倦,和苦痛,正同乘火车一样。这时期相当的延长,直到我深入中年时候而截止。

第三个时期,可说是惯乘火车的时期。乘得太多了,讨嫌不得许多,还是逆来顺受罢。心境一变,以前看厌了的东西也会从新有起意义来,仿佛"温故而知新"似的。最初乘火车是乐事,后来变成苦事,最后又变成乐事,仿佛"返老还童"似的。最初乘火车欢喜看景物,后来埋头看书,最后又不看书而欢喜看景物了。不过这回的欢喜与最初的欢喜性状不同:前者所见都是可喜的,后者所见却大多数是可惊的,可笑的,可悲的。不过在可惊可笑可悲的发见上,感到一种比埋头看书更多的兴味而已。故前者的欢喜是真

的“欢喜”,若译英语可用 happy 或 merry。后者却只是 like 或 fond of[①],不是真心的欢乐。实际,这原是比较而来的;因为看书实在没有许多好书可以使我集中兴味而忘却乘火车的沉闷。而这车厢社会里的种种人间相倒是一部活的好书,会时时向我展出新颖的 page[②] 来。惯乘火车的人,大概对我这话多少有些儿同感的罢!

不说车厢社会里的琐碎的事,但看各人的座位,已够使人惊叹了。同是买一张票的,有的人老实不客气的躺着,一人占有了五六个人的位置。看见找寻座位的人来了,把头向着里,故作鼾声,或者装作病人,或者举手指点那边,对他们说“前面很空,前面很空”。和平谦虚的乡下人大概会听信他的话,让他安睡,背着行李向他所指点的前面去另找“很空”的位置。有的人教行李分占了自己左右的两个位置,当作自己的卫队。若是方皮箱,又可当作自己的茶儿。看见找座位的人来了,拚命埋头看报。对方倘不客气的向他提出:“对不起,先生,请把你的箱子放在上面了,大家坐坐!”他会指着远处打官话拒绝他:“那边也好坐,你为甚么一定要坐在这里?”说过管自看报了。和平谦虚的乡下人大概不再请求,让他坐在行李的护卫中看报,抱着孩子向他指点那边去另找“好坐”的地方了。有的人没有行李,把身子扭转来,教一个屁股和一支大腿占据了两个人的座位,而悠闲的凭在窗中吸烟。他把大乌龟壳似的一个背部向着他的右邻,而用一支横置的左大腿来拒远他的左邻[③]。这大腿上面的空间完全归他所有,可在其中从容的抽烟,看报。逢到找寻座位的人来了,把报纸堆在大腿上,把头钻出窗外,只作不闻不见。还有一种人,不取大腿的策略,而用一册书和一个帽子放在自己身旁的座位上。找座位的人倘来请他拿开,就回答他说“这里有人”。和平谦虚的乡下人大概会听信他,留这空位给他那“人”坐,扶着老人向别处去另找座位了。找不到座位时,他们就把行李放在门口,自己坐在行李上,或者抱了小孩,扶了老人站在 W. C.[④]的门口。查票的来了,不干涉躺着的人,以及用大腿或帽子占座位的人,却埋怨坐在行李上的人和抱了小孩扶了老人站在 W. C. 门口的人阻碍了走路,把他们骂脱几声。

我看到这种车厢社会里的状态,觉得可惊,又觉得可笑,可悲。可惊者,大家出同样的钱,购同样的票,明明是一律平等的乘客,为甚么会演出这般不平等的状态?可笑者,那些强占座位的人,不惜装腔,撒谎,以图一己的苟安,而后来终得舍去他的好位置。可悲者,在这乘火车的期间中,苦了那些

① happy 和 merry 是指心情的愉快、欢乐;like 和 fond of 则是指喜爱。

② 意即书页。

③ 当时火车车厢的座位是直排的,即两旁靠窗各一长排,中间背靠背两长排。

④ 英语 water closet 的缩写,意即厕所。

和平谦虚的乘客,他们始终只得坐在门口的行李上,或者抱了小孩,扶了老人站在W.C.的门口,还要被查票者骂脱几声。

在车厢社会里,但看座位这一点,已足使我惊叹了。何况其他种种的花样。总之,凡人间社会里所有的现状,在车厢社会中都有其缩图。故我们乘火车不必看书,但把车厢看作人间世的模型,足够消遣了。

回想自己乘火车的三时期的心境,也觉得可惊,可笑,又可悲。可惊者,从初乘火车经过老乘火车,而至于惯乘火车,时序的递变太快!可笑者,乘火车原来也是一件平常的事。幼时认为“电线同木栅栏一样”,车站同桃源一样,固然可笑,后来那样的厌恶它而埋头于书中,也一样的可笑。可悲者,我对于乘火车不复感到昔日的欢喜,而以观察车厢社会里的怪状为消遣,实在不是我所愿为之事。

于是我憧憬于过去在外国时所乘的火车。记得那车厢中很有秩序,全无现今所见的怪状。那时我们在车厢中不解众苦,只觉旅行之乐。但这原是过去已久的事,在现今的世间恐怕不会再见这种车厢社会了。前天同一位朋友从火车上下来,出车站后他对我说了几句新诗似的东西,我记忆着。现在抄在这里当作结尾:

人生好比乘车:
有的早上早下,
有的迟上迟下,
有的早上迟下,
有的迟上早下。
上了车纷争座位,
下了车各自回家。

在车厢中留心保管你的车票,下车时把车票原物还他。

一九三五年三月二十六日

家

从南京的朋友家里回到南京的旅馆里，又从南京的旅馆里回到杭州的别寓里，又从杭州的别寓里回到石门湾缘缘堂本宅里，每次起一种感想，逐记如下。

当在南京的朋友家里的时候，我很高兴。因为主人是我的老朋友。我们在少年时代曾经共数晨夕。后来为生活而劳燕分飞，虽然大家形骸老了些，心情冷了些，态度板了些，说话空了些，然而心底里的一点灵火大家还保存着，常在谈话之中互相露示。这使得我们的会晤异常亲热。加之主人的物质生活程度的高低同我的相仿佛，家庭设备也同我的相类似。我平日所需要的：一毛大洋一两的茶叶，听头的大美丽香烟，有人供给开水的热水壶，随手可取的牙签，适体的藤椅，光度恰好的小窗，他家里都有，使我坐在他的书房里感觉同坐在自己的书房里相似。加之他的夫人善于招待，对于客人表示真诚的殷勤，而绝无优待的虐待。优待的虐待，是我在作客中常常受到而顶顶可怕的。例如拿了不到半寸长的火柴来为我点香烟，弄得大家仓皇失措，我的胡须几被烧去；把我所不欢喜吃的菜蔬堆在我的饭碗上，使我无法下箸；强夺我的饭碗去添饭，使我吃得停食；藏过我的行囊，使我不得告辞。这种招待，即使出于诚意，在我认为是逐客令，统称之为优待的虐待。这回我所住的人家的夫人，全无此种恶习，但把不缺乏的香烟自来火放在你能自由取得的地方而并不用自来火烧你的胡须；但把精致的菜蔬摆在你能自由挟取的地方，饭桶摆在你能自

由添取的地方,而并不勉强你吃;但在你告辞的时光表示诚意的挽留,而并不监禁。这在我认为是最诚意的优待。这使得我非常高兴。英语称勿客气曰 at home①。我在这主人家里作客,真同 at home 一样。所以非常高兴。

然而这究竟不是我的 home,饭后谈了一会,我惦记起我的旅馆来。我在旅馆,可以自由行住坐卧,可以自由差使我的茶房,可以凭法币之力而自由满足我的要求。比较起受主人家款待的作客生活来,究竟更为自由。我在旅馆要住四五天,比较起一饭就告别的作客生活来,究竟更为永久。因此,主人的书房的屋里虽然布置妥帖,主人的招待虽然殷勤周至,但在我总觉得不安心。所谓"凉亭虽好,不是久居之所"。饭后谈了一会,我就告别回家。这所谓"家",就是我的旅馆。

当我从朋友家回到了旅馆里的时候,觉得很适意。因为这旅馆在各点上是称我心的。第一,它的价钱还便宜,没有大规模的笨相,像形式丑恶而不适坐卧的红木椅,花样难看而火气十足的铜床,工本浩大而不合实用、不堪入目的工艺品,我统称之为大规模的笨相。造出这种笨相来的人,头脑和眼光很短小,而法币很多。像暴发的富翁,无知的巨商,升官发财的军阀,即是其例。要看这种笨相,可以访问他们的家。我的旅馆价既便宜,其设备当然不丰。即使也有笨相——像家具形式的丑恶,房间布置的不妥,壁上装饰的唐突,茶壶茶杯的不可爱——都是小规模的笨相,比较起大规模的笨相来,犹似五十步比百步,终究差好些,至少不使人感觉暴殄天物,冤哉枉也。第二,我的茶房很老实,我回旅馆时不给我脱外衣,我洗面时不给我绞手巾,我吸香烟时不给我擦自来火,我叫他作事时不喊"是——是——",这使我觉得很自由,起居生活同在家里相差不多。因为我家里也有这么老实的一位男工,我就不妨把茶房当作自己的工人。第三,住在旅馆里没有人招待,一切行动都随我意。出门时不必对人鞠躬说"再会",归来也没有人同我寒暄。早晨起来不必向人道"早安",晚上就寝的迟早也不受别人的牵累。在朋友家作客,虽然也很安乐,总不及住旅馆的自由:看见他家里的人,总得想出几句话来说说,不好不去睬他。脸孔上即使不必硬作笑容,也总要装得和悦一点,不好对他们板脸孔。板脸孔,好像是一种凶相。但我觉得是最自在最舒服的一种表情。我自己觉得,平日独自闲居在家里的房间里读书、写作的时候,脸孔的表情总是严肃的,极难得有独笑或独乐的时光。若拿这种独居时的表情移用在交际应酬的座上,别人一定当我有所不快,在板脸孔。据我推想,这一定不止我一人如此。最漂亮的交际家,巧言令色之徒,回到自己家里,或房间里,甚或眠床里,也许要用双手揉一揉脸孔,恢复颜面上的表情筋

① 原义是"在自己家里",转义是"无拘束""舒适自在"。

肉的疲劳，然后板着脸孔皱着眉头回想日间的事，考虑明日的战略。可知无论何人，交际应酬中的脸孔多少总有些不自然，其表情筋肉多少总有些儿吃力。最自然，最舒服的，只有板着脸孔独居的时候。所以，我在孤癖发作的时候，觉得住旅馆比在朋友家作客更自在而舒服。

然而，旅馆究竟不是我的家，住了几天，我惦记起我杭州的别寓来。

在那里有我自己的什用器物，有我自己的书籍文具，还有我自己雇请着的工人。比较起借用旅馆的器物，对付旅馆的茶房来，究竟更为自由；比较起小住四五天就离去的旅馆生活来，究竟更为永久。因此，我睡在旅馆的眠床上似觉有些浮动；坐在旅馆的椅子上似觉有些不稳；用旅馆的毛巾似觉有些隔膜。虽然这房间的主权完全属我，我的心底里总有些儿不安。住了四五天，我就算账回家。这所谓家，就是我的别寓。

当我从南京的旅馆回到了杭州的别寓里的时候，觉得很自在。我年来在故乡的家里蛰居太久，环境看得厌了，趣味枯乏，心情郁结。就到离家乡还近而花样较多的杭州来暂作一下寓公，借此改换环境，调节趣味。趣味，在我是生活上一种重要的养料，其重要几近于面包。别人都在为了获得面包而牺牲趣味，或者为了堆积法币而抑制趣味。我现在幸而没有走上这两种行径，还可省下半只面包换得一点趣味。

因此，这寓所犹似我的第二的家。在这里没有作客时的拘束，也没有住旅馆时的不安心。我可以吩咐我的工人作点我所喜欢的家常素菜，夜饭时同放学归来的一子一女共吃。我可以叫我的工人相帮我，把房间的布置改过一下，新一新气象。饭后睡前，我可以开一开蓄音机，听听新买来的几张蓄音片。窗前灯下，我可以在自己的书桌上读我所爱读的书，写我所愿写的稿。月底虽然也要付房钱，但价目远不似旅馆这么贵，买卖式远不及旅馆这么明显。虽然也可以合算每天房钱几角几分。但因每月一付，相隔时间太长，住房子同付房钱就好像不相关联的两件事，或者房钱仿佛白付，而房子仿佛白住。因有此种种情形，我从旅馆回到寓中觉得非常自然。

然而，寓所究竟不是我的本宅。每逢起了倦游的心情的时候，我便惦记起故乡的缘缘堂来。在那里有我故乡的环境，有我关切的亲友，有我自己的房子，有我自己的书斋，有我手种的芭蕉、樱桃和葡萄。比较起租别人的房子，使用简单的器具来，究竟更为自由；比较起暂作借住，随时可以解租的寓公生活来，究竟更为永久。我在寓中每逢要在房屋上略加装修，就觉得要考虑；每逢要在庭中种些植物，也觉得不安心，因而思念起故乡的家来。牺牲这些装修和植物，倒还在其次；能否长久享用这些设备，却是我所顾虑的。我睡在寓中的床上虽然没有感觉像旅馆里那样浮动，坐在寓中的椅上虽然没有感觉像旅馆里那样不稳，但觉得这些家具在寓中只是摆在地板上的，没有像家里的东西那样固定得同生根一般。这种倦游的心情强盛起来，我就

离寓返家。这所谓家，才是我的本宅。

当我从别寓回到了本宅的时候，觉得很安心。主人回来了，芭蕉鞠躬，樱桃点头，葡萄棚上特地飘下几张叶子来表示欢迎。两个小儿女跑来牵我的衣，老仆忙着打扫房间。老妻忙着烧素菜，故乡的臭豆腐干，故乡的冬菜，故乡的红米饭。窗外有故乡的天空，门外有打着石门湾土白的行人，这些行人差不多个个是认识的。还有各种负贩的叫卖声，这些叫卖声在我统统是稔熟的。我仿佛从飘摇的舟中登上了陆，如今脚踏实地了。这里是我的最自由，最永久的本宅，我的归宿之处，我的家。我从寓中回到家中，觉得非常安心。

但到了夜深人静，我躺在床上回味上述的种种感想的时候，又不安心起来。我觉得这里仍不是我的真的本宅，仍不是我的真的归宿之处，仍不是我的真的家。四大的暂时结合而形成我这身体，无始以来种种因缘相凑合而使我诞生在这地方。偶然的呢？还是非偶然的？若是偶然的，我又何恋恋于这虚幻的身和地？若是非偶然的，谁是造物主呢？我须得寻着了他，向他那里去找求我的真的本宅，真的归宿之处，真的家。这样一想，我现在是负着四大暂时结合的躯壳，而在无始以来种种因缘凑合而成的地方暂住，我是无“家”可归的。既然无“家”可归，就不妨到处为“家”。上述的屡次的不安心，都是我的妄念所生。想到那里，我很安心的睡着了。

民国廿五年(一九三六年)十月廿八日

还我缘缘堂

二月九日天阴，居萍乡暇鸭塘萧祠已经二十多天了。这里四面是田，田外是山，人迹少到，静寂如太古。加之二十多天以来，天天阴雨，房间里四壁空虚，行物萧条，与儿相对枯坐，不啻囚徒。次女林天性最爱美，关心衣饰，闲坐时举起破碎的棉衣袖来给我看，说道："爸爸，我的棉袍破得这么样了！我想换一件骆驼绒袍子。可是它在东战场的家里——缘缘堂楼上的朝外橱里——不知甚么时候可以去拿得来，我们真苦，每人只有身上的一套衣裳！可恶的日本鬼子！"我被她引起很深的同情，心中一番惆怅，继之以一番愤懑。她昨夜睡在我对面的床上，梦中笑了醒来。我问她有甚么欢喜。她说她梦中回缘缘堂，看见堂中一切如旧，小皮箱里的明星照片一张也不少，欢喜之余，不觉笑了醒来，今天晨间我代她作了一首感伤的小诗：

儿家住近古钱塘，也有朱栏映粉墙。
三五良宵团聚乐，春秋佳日嬉游忙。
清平未识流离苦，生小偏遭破国殃。
昨夜客窗春梦好，不知身在水萍乡。

平生不曾作诗，而且近来心中只有愤懑而没有感伤。这首诗是偶被环境逼出来的。我嫌恶此调，但来了也听其自然。

邻家的洪恩要我写对。借了一支破大笔来。拿着笔，我

便想起我家里的一抽斗湖笔，和写对专用的桌子。写好对，我本能伸手向后面的茶几上去取大印子，岂知后面并无茶几，更无印子，但见萧家祠堂前的许多木主，蒙着灰尘站立在神祠里，我心中又起一阵愤懑。

晚快章桂从萍乡城里拿邮信回来，递给我一张明片，严肃的说："新房子烧掉了！"我看那明片是二月四日上海裘梦痕寄发的。信片上有一段说："一月初上海新闻报载石门湾缘缘堂已全部焚毁，不知尊处已得悉否"；下面又说："近来报纸上常有误载，故此消息是否确凿不得而知。"此信传到，全家十人和三个同逃难来的亲戚，齐集在一个房间里聚讼起来，有的可惜橱里的许多衣服，有的可惜堂上新置的桌凳。一个女孩子说：大风琴和打字机最舍不得。一个男孩子说：秋千架和新买的金鸡牌脚踏车最肉痛。我妻独挂念她房中的一箱垫①锡器和一箱垫磁器。她说："早知如此，悔不预先在秋千架旁的空地上掘一个地洞埋藏了，将来还可去发掘。"正在惋惜，丙潮从旁劝慰道："信片上写着'是否确凿不得而知'，那么不见得一定烧掉的。"大约他看见我默默不语，猜度我正在伤心，所以这两句照着我说。我听了却在心中苦笑。他的好意我是感谢的。但他的猜度却完全错误了。我离家后一日在途中闻知石门湾失守，早把缘缘堂置之度外，随后陆续听到这地方四得四失，便想象它已变成一片焦土，正怀念着许多亲戚朋友的安危存亡，更无余暇去怜惜自己的房屋了。况且，沿途看报某处阵亡数千人，某处被敌虐杀数百人，像我们全家逃出战区，比较起他们来已是万幸，身外之物又何足惜！我虽老弱，但只要不转乎沟壑，还可凭五寸不烂之笔来对抗暴敌，我的前途尚有希望，我决不为房屋被焚而伤心，不但如此，房屋被焚了，在我反觉轻快，此犹破釜沉舟，断绝后路，才能一心向前，勇猛精进。丙潮以空言相慰，我感谢之余，略觉嫌恶。

然而黄昏酒醒，灯孤人静，我躺在床上时，也不免想起石门湾的缘缘堂来。此堂成于中华民国二十二年，距今尚未满六岁。形式朴素，不事雕斫而高大轩敞。正南向三开间，中央铺方大砖，供养弘一法师所书《大智度论·十喻赞》，西室铺地板为书房，陈列书籍数千卷。东室为饮食间，内通平屋三间为厨房、贮藏室、及工友的居室。前楼正寝为我与两儿女的卧室，亦有书数千卷，西间为佛堂，四壁皆经书，东间及后楼皆家人卧室。五年以来，我已同这房屋十分稔熟。现在只要一闭眼睛，便又历历的看见各个房间中的陈设，连某书架中第几层第几本是甚么书都看得见，连某抽斗（儿女们曾统计过，我家共有一百二十五只抽斗）中藏着甚么东西都记得清楚。现在这所房屋已经付之一炬，从此与我永诀了！

① 箱垫，即搁箱子的柜子。

我曾和我的父亲永诀，曾和我的母亲永诀，也曾和我的姊弟及亲戚朋友们永诀，如今和这房子永诀，实在值不得感伤悲哀。故当晚我躺在床里所想的不是和房子永诀的悲哀，却是毁屋的火的来源。吾乡于中华民国二十六年十一月六日，吃敌人炸弹十二枚，当场死三十二人，毁房屋数间。我家幸未死人，我屋幸未被毁。后于十一月二十三日失守，失而复得，得而复失，失而复得，得而复失，……以至四进四出，那么焚毁我屋的火的来源不定：是暴敌侵略的炮火呢，还是我军抗战的炮火呢？现在我不得而知。但也不外乎这两个来源。

于是我的思想达到了一个结论：缘缘堂已被毁了。倘是我军抗战的炮火所毁，我很甘心！堂倘有知，一定也很甘心，料想它被毁时必然毫无恐怖之色和凄惨之声，应是蓦地参天，蓦地成空，让我神圣的抗战军安然通过，向前反攻的。倘是暴敌侵略的炮火所毁，那我很不甘心，堂倘有知，一定更不甘心。料想它被焚时，一定发出喑呜叱咤之声：“我这里是圣迹所在，麟凤所居。尔等狗彘豺狼胆敢肆行焚毁！亵渎之罪，不容于诛！应着尔等赶速重建，还我旧观，再来伏法！”

无论是我军抗战的炮火所毁，或是暴敌侵略的炮火所毁，在最后胜利之日，我定要日本还我缘缘堂来！东战场，西战场，北战场，无数同胞因暴敌侵略所受的损失，大家先估计一下，将来我们一起同他算账！

一九三八年

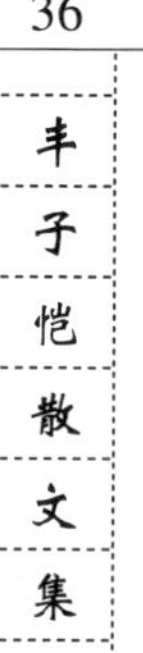

佛无灵

我家的房子——缘缘堂——于去冬吾乡失守时被敌寇的烧夷弹焚毁了。我率全眷避地萍乡，一两个月后才知道这消息。当时避居上海的同乡某君作诗以吊，内有句云：“见语缘缘堂亦毁，众生浩劫佛无灵。”第二句下面注明这是我的老姑母的话。我的老姑母今年七十余岁，我出亡时苦劝她同行，未蒙允许，至今尚在失地中。五年前缘缘堂创造的时候，她老人家镇日拿了史的克[①]在基地上代为擘划，在工场中代为巡视，三寸长的小脚常常遍染了泥污而回到老房子里来吃饭。如今看它被焚，怪不得要伤心，而叹“佛无灵”。最近她有信来（托人带到上海友人处，转寄到桂林来的），末了说：缘缘堂虽已全毁，但烟囱尚完好，矗立于瓦砾场中。此是火食不断之象，将来还可作人家。

缘缘堂烧了是“佛无灵”之故。这句话出于老姑母之口，入于某君之诗，原也平常。但我却有些反感。不指摘某君思想不对，也不是批评老姑母话语说错，实在是慨叹一般人对于“佛”的误解，因为某君和老姑母并不信佛，他们是一般按照所谓信佛的人的心理而说这话的。

我十年前曾从弘一法师学佛，并且吃素。于是一般所谓“信佛”的人就称我为居士，引我为同志。因此我得交接不少所谓“信佛”的人。但是，十年以来，这些人我早已看厌了。有时我真懊悔自己吃素，我不屑与他们为伍（我受先父遗传，平生不吃肉类。故我的吃素半是生理关系。我的儿女中有二人

① 英语 stick（手杖）的音译。——编者注。

也是生理的吃素,吃下荤腥去要呕吐。但那些人以为我们同他们一样,为求利而吃索。同他们辩,他们还以为客气,真是冤枉。所以我有时懊悔自己吃素,被他们引为同志)。因为这班人多数自私自利,丑态可掬。非但完全不解佛的广大慈悲的精神,其我利自私之欲且比所谓不信佛的人深得多!他们的念佛吃素,全为求私人的幸福。好比商人拿本钱去求利。又好比敌国的俘虏背弃了他们伙伴,向我军官跪喊“老爷饶命”,以求我军的优待一样。

信佛为求人生幸福,我绝不反对。但是,只求自己一人一家的幸福而不顾他人,我瞧他不起。得了些小便宜就津津乐道,引为佛佑(抗战期中,靠念佛而得平安逃难者,时有所闻)。受了些小损失就怨天尤人,叹“佛无灵”,真是“阿弥陀佛,罪过罪过”!他们平日都吃素、放生、念佛、诵经。但他们的吃一天素,希望比吃十天鱼肉更大的报酬。他们放一条蛇,希望活一百岁。他们念佛诵经,希望个个字变成金钱。这些人从佛堂里散出来,说的统是果报:某人长年吃素,邻家都烧光了,他家毫无损失。某人念“金刚经”,强盗洗劫时独不抢他的。某人无子,信佛后一索得男。某人痔疮发,念了“大慈大悲观世音菩萨”,痔疮立刻断根。……此外没有一句真正关于佛法的话。这完全是同佛作买卖,靠佛图利,吃佛饭。这真是所谓:“群居终日,言不及义,好行小惠,难矣哉!”

我也曾吃素。但我认为吃素吃荤真是小事,无关大体。我曾作《护生画集》,劝人戒杀。但我的护生之旨是护心(其义见该书马序),不杀蚂蚁非为爱惜蚂蚁之命,乃为爱护自己的心,使勿养成残忍。顽童无端一脚踏死群蚁,此心放大起来,就可以坐了飞机拿炸弹来轰炸市区。故残忍心不可不戒。因为所惜非动物本身,故用“仁术”来掩耳盗铃,是无伤的。我所谓吃荤吃素无关大体,意思就在于此。浅见的人,执着小体,斤斤计较:洋蜡烛用兽脂作,故不宜点;猫要吃老鼠,故不宜养;没有雄鸡交合而生的蛋可以吃得。……这样的钻进牛角尖里去,真是可笑。若不顾小失大,能以爱物之心爱人,原也无妨,让他们钻进牛角尖里去碰钉子罢。但这些人往往自私自利,有我无人;又往往以此作买卖,以此图利,靠此吃饭,亵渎佛法,非常可恶。这些人简直是一种疯子,一种惹人讨嫌的人。所以我瞧他们不起,我懊悔自己吃素,我不屑与他们为伍。

真正信佛,应该理解佛陀四大皆空之义,而屏除私利;应该体会佛陀的物我一体,广大慈悲之心,而护爱群生。至少,也应知道亲亲而仁民,仁民而爱物之道。爱物并非爱惜物的本身,乃是爱人的一种基本练习。不然,就是“今恩足以及禽兽而功不至于百姓”的齐宣王。上述这些人,对物则憬憬爱惜,对人间痛痒无关,已经是循流忘源,见小失大,本末颠倒的了。再加之于自己唯利是图,这真是此间一等愚痴的人,不应该称为佛徒,应该称之为反“佛徒”。

因为这种人世间很多,所以我的老姑母看见我的房子被烧了,要说“佛

无灵”的话，所以某君要把这话收入诗中。这种人大概是想我曾经吃素，曾经作《护生画集》，这是一笔大本钱！拿这笔大本钱同佛作买卖所获的利，至少应该是别人的房子烧了而我的房子毫无损失。便宜一点，应该是我不必逃避，而敌人的炸弹会避开我；或竟是我作汉奸发财，再添造几间新房子和妻子享用，正规军都不得罪我。今我没有得到这些利益，只落得家破人亡（流亡也），全家十口飘零在五千里外，在他们看来，这笔生意大蚀其本！这个佛太不讲公平交易，安得不骂“无灵”？

我也来同佛作买卖罢。但我的生意经和他们不同：我以为我这次买卖并不蚀本，且大得其利，佛毕竟是有灵的。人生求利益，谋幸福，无非为了要活，为了“生”。但我们还要求比“生”更贵重的一种东西，就是古人所谓“所欲有甚于生者”。这东西是甚么？平日难于说定，现在很容易说出，就是“不作亡国奴”，就是“抗敌救国”。与其不得这东西而生，宁愿得这东西而死。因为这东西比“生”更为贵重。现在佛已把这宗最贵重的货物交付我了。我这买卖岂非大得其利？房子不过是“生”的一种附饰而已。我得了比“生”更贵的货物，失了“生”的一件小小的附饰，有甚么可惜呢？我便宜了！佛毕竟是有灵的。

叶圣陶先生的《抗战周年随笔》中说：“……我在苏州的家屋至今没有毁。我并不因为它没有毁而感到欢喜。我希望它被我们游击队的枪弹打得七穿八洞，我希望它被我们正规军队的大炮轰得尸骨无存，我甚而至于希望它被逃命无从的寇军烧个干干净净。”他的房子，听说建成才两年，而且比我的好。他如此不惜，一定也获得那样比房子更贵重的东西在那里。但他并不吃素，并不作《护生画集》。即他没有下过那种本钱。佛对于没有本钱的人，也把贵重货物交付他。这样看来，对佛买卖这种本钱是没有用的。毕竟，对佛是不可作买卖的。

民国二十七年（一九三八年）七月二十四日于桂林

胜利还乡记

避寇西窜，流亡十年，终于有一天，我的脚重新踏到了上海的土地。我从京沪火车上跨到月台上的时候，第一脚特别踏得重些，好比同它握手。北站除了电车轨道照旧之外，其余的都已不可复识了。

我率眷投奔朋友家。预先函洽的一个楼面，空着等我们去息足。息了几天，我们就搭沪杭火车，在长安站下车，坐小舟到石门湾去探望故里。

我的故乡石门湾，位在运河旁边。运河北通嘉兴，南达杭州，在这里打一个弯，因此地名石门湾。石门湾属于石门县（即崇德县），其繁盛却在县城之上。抗战前，这地方船舶麇集，商贾辐辏。每日上午，你如果想通过最热闹的寺弄，必须与人摩肩接踵，又难免被人踏脱鞋子。因此石门湾有一句专用的俗语，形容拥挤，叫作“同寺弄里一样”。

当我的小舟停泊到石门湾南皋桥堍的埠头上的时候，我举头一望，疑心是弄错了地方。因为这全非石门湾，竟是另一地方。只除运河的湾没有变直，其他一切都改样了。这是我呱呱坠地的地方。但我十年归来，第一脚踏上故乡的土地的时候，感觉并不比上海亲切。因为十年以来，它不断的装着旧时的姿态而入我的客梦；而如今我所踏到的，并不是客梦中所惯见的故乡！

我沿着运河走向寺弄。沿路都是草棚、废墟，以及许多不相识的人。他们都用惊奇的眼光对我看，我觉得自己好像伊

尔文 Sketch Book 中的 Rip Van Winkle[1]。我感情兴奋,旁若无人的与家人谈话:"这里就是杨家米店。""这里大约是殷家弄了!""喏喏喏,那石埠头还存在!"旁边不相识的人,看见我们这一群陌生客操着道地石门湾土白谈话,更显得惊奇起来。其中有几位父老,向我们注视了一会,和旁人切切私话,于是注目我们的更多,我从耳朵背后隐约听见低低的话声:"丰子恺。""丰子恺回来了。"但我走到了寺弄口,竟无一个认识的人。因为这些人在十年前大都是孩子,或少年,现在都已变成成人,代替了他们的父亲。我若要认识他们,只有问他的父亲叫甚么了。"儿童相见不相识,笑问客从何处来",这两句诗从前是读读而已,想不到自己会作诗中的主角!

"石门湾的南京路[2]"的寺弄,也尽是草棚。"石门湾的市中心"的接待寺,已经全部不见。只凭寺前的几块石板,可以追忆昔日的繁荣。在寺前,忽然有人招呼我。一看,一位白须老翁,我认识是张兰墀。他是当地一大米店的老主人,在我的缘缘堂建筑之先,他也造一所房子。如今米店早已化为乌有,房子侥幸没有被烧掉。他老人家抗战至今,十年来并未离开故乡,只是在附近东躲西避,苟全性命。石门湾是游击区,房屋十分之八九变成焦土,住民大半流离死亡。像这老人,能保留一所劫余的房屋和一掬健康的白胡须,而与我重相见面,实在难得之至,这可说是战后的石门湾的骄子了。这石门湾的骄子定要拉我去吃夜饭。我尚未凭吊缘缘堂废墟,约他次日再见。

从寺弄转进下西弄,也尽是茅屋或废墟,但凭方向与距离,走到了我家染坊店旁的木场桥。原来是石桥。我生长在桥边,每块石板的形状和色彩我都熟悉。但如今已变成平平的木桥,上有木栏,好像公路上的小桥。桥堍一片荒草地,染坊店与缘缘堂不知去向了。根据河边石岸上一块突出的石头,我确定了染坊店墙界。这石岸上原来筑着晒布用的很高的木架子。染坊司务站在这块突出的石头上,用长竹竿把蓝布挑到架上去晒的。我作儿童时,这块石头被我们儿童视为危险地带。只有隔壁豆腐店里的王囡囡,身体好,胆量大,敢站到这石头上,而且作个"锦鸡独立"。我是不敢站上去的。有一次我央另一个人拉住了手,上去站了一会,下临河水,胆战心惊。终被店里的人看见,叫我回来,并且告诉母亲,母亲警戒我以后不准再站。如今百事皆非,而这块石头依然如故。这一带地方的盛衰沧桑,染坊店、缘缘堂的兴废,以及我童年时的事,这块石头一一亲眼看到,详细知道。我很想请它讲一点给我听。但它默默不语,管自突出在石岸上。只有一排墙脚石,肯指示我缘缘堂所在之处。我由墙脚石按距离推测,在荒草地上约略认定了

① 《Rip Van Winkle》(《瑞普·凡·温克尔》)是美国作家华盛顿·欧文的《见闻杂记》中的篇名,亦即该篇中的主人公名。

② 南京路是上海最热闹的一条路,这里是借喻。

我的书斋的地址。一株野生树木,立在我的书桌的地方,比我的身体高到一倍。许多荆棘,生在书斋的窗的地方。这里曾有十扇长窗,四十块玻璃。石门湾沦陷前几日,日本兵在金山卫登陆,用两架飞机来炸十八里外的石门县,这十扇玻璃窗都震怒,发出愤怒的叫声。接着就来炸石门湾,一个炸弹落在书斋窗外五丈的地方,这些窗曾大声咆哮。我躲在窗内,幸免于难。这些回忆,在这时候一一浮出脑际。我再请墙脚石引导,探寻我们的灶间的地址。约略找到了,但见一片荒地,草长过膝。抗战后一年,民国二十七年,我在桂林得到我的老姑母的信,说缘缘堂虽毁,烟囱还是屹立。这是"烟火不断"之象。老人对后辈的慰藉与祝福,使我诚心感动。如今烟囱已不知去向。而我家的烟火的确不断。我带了六个孩子(二男四女)逃出去,带回来时变了六个成人,添了一个八岁的抗战儿子。倘使缘缘堂存在,它当日放出六个小的,今朝收进六个大的,又加一个小的作利息,这笔生意着实不错!它应该大开正门,欢迎我们这一群人的归来。可惜它和老姑母一样作古,如今只剩一片蔓草荒烟,只能招待我们站立片时而已,大儿华瞻,想找一点缘缘堂的遗物,带到北平去作纪念。寻来寻去,只有蔓草荒烟,遗物了不可得。后来用器物发掘草地,在尺来深的地方,掘得了一块焦木头。依地点推测,大约是门槛或堂窗的遗骸。他髫龄的时候,曾同它们共数晨夕。如今他收拾它们的残骸,藏在火柴匣里,带它们到北平去,也算是不忘旧交,对得起故人了。这一晚我们到一个同族人家去投宿。他们买了无量的酒来慰劳我,我痛饮数十盅,酣然入睡,梦也不作一个。次日就离开这销魂的地方,到杭州去觅我的新巢了。

一九四七年五月十日于杭州作

口中剿匪记

口中剿匪，就是把牙齿拔光。为甚么要这样说法呢？因为我口中所剩十七颗牙齿，不但毫无用处，而且常常作祟，使我受苦不浅。现在索性把它们拔光，犹如把盘踞要害的群匪剿尽，肃清，从此可天下太平，安居乐业。这比喻非常确切，所以我要这样说。

把我的十七颗牙齿，比方一群匪，再像没有了。不过这匪不是普通所谓"匪"，而是官匪，即贪官污吏。何以言之？因为普通所谓"匪"，是当局明令通缉的，或地方合力严防的，直称为"匪"。而我的牙齿则不然：它们虽然向我作祟，而我非但不通缉它们，严防它们，反而袒护它们。我天天洗刷它们；我留心保养它们；吃食物的时候我让它们先尝；说话的时候我委屈的迁就它们；我决心不敢冒犯它们。我如此爱护它们，所以我口中这群匪，不是普通所谓"匪"。

怎见得像官匪，即贪官污吏呢？官是政府任命的，人民推戴的。但他们竟不尽责任，而贪赃枉法，作恶为非，以危害国家，蹂躏人民。我的十七颗牙齿，正同这批人物一样。它们原是我亲生的，从小在我口中长大起来的。它们是我身体的一部分，与我痛痒相关的。它们是我汲取营养的第一道关口。它们替我研磨食物，送到我的胃里去营养我全身。它们站在我的言论机关的要路上，帮助我发表意见。它们真是我的忠仆，我的护卫。讵料它们居心不良，渐渐变坏。起初，有时还替我服务，为我造福，而有时对我虐害，使我苦痛。到后来它

们作恶太多,个个变坏,歪斜偏侧,吊儿郎当,根本没有替我服务、为我造福的能力,而一味对我戕害,使我奇痒,使我大痛,使我不能吸烟,使我不得喝酒,使我不能作画,使我不能作文,使我不得说话,使我不得安眠。这种苦头是谁给我吃的?便是我亲生的,本当替我服务、为我造福的牙齿!因此,我忍气吞声,敢怒而不敢言。在这班贪官污吏的苛政之下,我茹苦含辛,已经隐忍了近十年了!不但隐忍,还要不断的买黑人牙膏、消治龙牙膏来孝敬它们呢!

我以前反对拔牙,一则怕痛,二则我认为此事违背天命,不近人情。现在回想,我那时真有文王之至德,宁可让商纣方命虐民,而不肯加以诛戮。直到最近,我受了易昭雪牙医师的一次劝告,文王忽然变了武王,毅然决然的兴兵伐纣,代天行道了。而且这一次革命,顺利进行,迅速成功。武王伐纣要"血流漂杵",而我的口中剿匪,不见血光,不觉苦痛,比武王高明得多呢。

饮水思源,我得感谢许钦文先生。秋初有一天,他来看我,他满口金牙,欣然的对我说:"我认识一位牙医生,就是易昭雪。我劝你也去请教一下。"那时我还有文王之德,不忍诛暴。便反问他:"装了究竟有甚么好处呢?"他说:"夫妻从此不讨相骂了。"我不胜赞叹。并非羡慕夫妻不相骂,却是佩服许先生说话的幽默。幽默的功用真伟大,后来有一天,我居然自动的走进易医师的诊所里去,躺在他的椅子上了。经过他的检查和忠告之后,我恍然大悟,原来我口中的国土内,养了一大批官匪,若不把这批人物杀光,国家永远不得太平,民生永远不得幸福。我就下决心,马上任命易医师为口中剿匪总司令,次日立即向口中进攻。攻了十一天,连根拔起,满门抄斩,全部贪官,从此肃清。我方不伤一兵一卒,全无苦痛,顺利成功。于是我再托易医师另行物色一批人才来。要个个方正,个个干练,个个为国效劳,为民服务。我口中的国土,从此可以天下太平了。

一九四七年冬于杭州

大账簿

我幼年时，有一次坐了船到乡间去扫墓。正靠在船窗口出神观看船脚边层出不穷的波浪的时候，手中拿着的不倒翁失足翻落河中。我眼看它跃入小波浪中，向船尾方面滚腾而去，一刹那间形影俱杳，全部交付与不可知的渺茫的世界了。我看看自己的空手，又看看窗下的层出不穷的波浪，不倒翁失足的伤心地，再向船后面的茫茫白水怅望了一会，心中黯然的起了疑惑与悲哀。我疑惑不倒翁此去的下落与结果究竟如何，又悲哀这永远不可知的命运。它也许随了波浪流去，搁住在岸滩上，落入于某村童的手中；也许被鱼网打去，从此作了渔船上的不倒翁；又或永远沉沦在幽暗的河底，岁久化为泥土，世间从此不再见这个不倒翁。我晓得这不倒翁现在一定有个下落，将来也一定有个结果，然而谁能去调查呢？谁能知道这不可知的命运呢？这种疑惑与悲哀隐约地在我心头推移。终于我想：父亲或者知道这究竟，能解除我这种疑惑与悲哀。不然，将来我年纪长大起来，总有一天能知道这究竟，能解除这疑惑与悲哀。

后来我的年纪果然长大起来。然而这种疑惑与悲哀，非但依旧不能解除，反而随了年纪的长大而增多增深了。我偕了小学校里的同学赴郊外散步，偶然折取一根树枝，当手杖用了一会，后来抛弃在田间的时候，总要对它回顾好几次，心中自问自答："我不知几时得再见它？它此后的结果不知究竟如何？我永远不得再见它了！它的后事永远不可知了！"倘是独自散步，遇到这种事的时候我更要依依不舍的留恋一回，有时已经走了几步，又回转身去，把所抛弃的东西重新拾起来，郑重的道个诀别，然后硬着头皮抛弃它，再向前走。过后我也曾自笑这痴态，而且明明晓得这些是人生中惜不胜惜的琐事，然则那种悲哀与疑惑确实地充塞在我的心头，使我不得不然！

在热闹的地方，忙碌的时候，我这种疑惑与悲哀也会被压抑在心的底层，而安然地支配取舍各种事物，不复作如前的痴态。间或在动作中偶然浮起一点疑惑与悲哀来，然而大众的感化与现实的压迫的力非常伟大，立刻把它压制下去，它只在我的心头一闪而已。一到静僻的地方，孤独的时候，最是夜间，它们又全部浮出在我的心头了。灯下，我推开算术演草簿，提起笔来在一张废纸上信手涂写日间所谙诵的诗句："春蚕到死丝方尽，蜡炬成灰……"没有写完，就拿向灯火上，烧着了纸的一角。我眼看见火势孜孜的蔓延过来，心中又忙着和个个字道别。完全变成了灰烬之后，我眼前忽然分明现出那张字纸的完全的原形；俯视地上的灰烬，又感到了暗淡的悲哀：假定现在我要再见一见一分钟以前分明存在的那张字纸，无论托绅董、县官、省长、大总统，仗世界一切皇帝的势力，或尧舜、孔子、苏格拉底、基督等一切古代圣哲复生，大家协力帮我设法，也是绝对不可能的事了！——但这种奢望我决计没有。我只是看看那堆灰烬，想在没有区别的微尘中认识各个字的死骸，找出哪一点是春字的灰，哪一点是蚕字的灰。……又想象它明天朝晨被此地的仆人扫除出去，不知结果如何：倘然散入风中，不知它将分飞何处？春字的灰飞入谁家，蚕字的灰飞入谁家？……倘然混入泥土中，不知它将滋养哪几株植物？……都是渺茫不可知的千古的大疑问了。

吃饭的时候，一颗饭粒从碗中翻落在我的衣襟上。我顾视这颗饭粒，不想则已，一想又惹起一大篇的疑惑与悲哀来：不知哪一天哪一个农夫在哪一处田里种下一批稻，就中有一株稻穗上结着煮成这颗饭粒的谷。这粒谷又不知经过了谁的刈、谁的磨、谁的舂、谁的粜，而到了我们的家里，现在煮成饭粒，而落在我的衣襟上。这种疑问都可以有确实的答案；然而除了这颗饭粒自己晓得以外，世间没有一个人能调查，回答。

袋里摸出来一把铜板，分明个个有复杂而悠长的历史。钞票与银洋经过人手，有时还被打一个印；但铜板的经历完全没有痕迹可寻。它们之中，有的曾为街头的乞丐的哀愿的目的物，有的曾为劳动者的血汗的代价，有的曾经换得一碗粥，救济一个饿夫的饥肠，有的曾经变成一粒糖，塞住一个小孩的啼哭，有的曾经参与在盗贼的赃物中，有的曾经安眠在富翁的大腹边，有的曾经安闲的隐居在毛厕的底里，有的曾经忙碌地兼备上述的一切的经历。且就中又有的恐怕不是初次到我的袋中，也未可知。这些铜板倘会说话，我一定要尊它们为上客，恭听它们历述其漫游的故事。倘然它们会纪录，一定每个铜板可著一册比《鲁滨逊漂流记》更奇离的奇书。但它们都像死也不肯招供的犯人，其心中分明秘藏着案件的是非曲直的实情，然而死也不肯泄漏它们的秘密。

现在我已行年三十，作了半世的人。那种疑惑与悲哀在我胸中，分量日

渐增多;但刺激日渐淡薄,远不及少年时代以前的新鲜而浓烈了。这是我用功的结果。因为我参考大众的态度,看他们似乎全然不想起这类的事,饭吃在肚里,钱进入袋里,就天下太平,梦也不作一个。这在生活上的确大有实益,我就拚命以大众为师,学习他们的幸福。学到现在三十岁,还没有毕业。所学得的,只是那种疑惑与悲哀的刺激淡薄了一点,然其分量仍是跟了我的经历而日渐增多。我每逢辞去一个旅馆,无论其房间何等坏,臭虫何等多,临去的时候总要低徊一下子,想起"我有否再住这房间的一日?"又慨叹"这是永远的诀别了!"每逢下火车,无论这旅行何等劳苦,邻座的人何等可厌,临走的时候总要发生一种特殊的感想:"我有否再和这人同座的一日?恐怕是对他永诀了!"但这等感想的出现非常短促而又模糊,像飞鸟的黑影在池上掠过一般,真不过数秒间在我心头一闪,过后就全无其事。我究竟已有了学习的工夫了。然而这也全靠在老师——大众——面前,方始可能。一旦不见了老师,而离群索居的时候,我的故态依然复萌。现在正是其时:春风从窗中送进一片白桃花的花瓣来,落在我的原稿纸上。这分明是从我家的院子里的白桃树上吹下来的,然而有谁知道它本来生在哪一枝头的哪一朵花上呢?窗前地上白雪一般的无数的花瓣,分明各有其故枝与故萼,谁能一一调查其出处,使它们重归其故萼呢?疑惑与悲哀又来袭击我的心了。

总之,我从幼时直到现在,那种疑惑与悲哀不绝的袭击我的心,始终不能解除。我年纪越大,知识越富,它袭击的力也越大。大众的榜样的压迫愈严,它的反动也越强。倘一一记述我三十年来所经验的此种疑惑与悲哀的事例,其卷帙一定可同《四库全书》《大藏经》争多。然则也只限于我一个人在三十年的短时间中的经验;较之宇宙之大,世界之广,物类之繁,事变之多,我所经验的真不啻恒河中的一粒细沙。

我仿佛看见一册极大的大账簿,簿中详细记载着宇宙间世界上一切物类事变的过去、现在、未来三世的因因果果。自原子之细以至天体之巨,自微生虫的行动以至混沌的大劫,无不详细记载其来由、经过与结果,没有万一的遗漏。于是我从来的疑惑与悲哀,都可解除了。不倒翁的下落,手杖的结果,灰烬的去处,一一都有记录;饭粒与铜板的来历,一一都可查究;旅馆与火车对我的因缘,早已注定在项下;片片白桃花瓣的故萼,都确凿可考。连我所屡次叹为永不可知的、院子里的沙堆的沙粒的数目,也确实的记载着,下面又注明哪几粒沙是我昨天曾经用手掬起来看过的。倘要从沙堆中选出我昨天曾经掬起来看过的沙,也不难按这账簿而探索。——凡我在三十年中所见、所闻、所为的一切事物,都有极详细的记载与考证;其所占的地位只有书页的一角,全书的无穷大分之一。

我确信宇宙间一定有这册大账簿。于是我的疑惑与悲哀全部解除了。

一九二七年作

陋巷

杭州的小街道都称为巷。这名称是我们故乡所没有的。我幼时初到杭州，对于这巷字颇注意。我以前在书上读到颜子“居陋巷，一箪食，一瓢饮”的时候，常疑所谓“陋巷”，不知是甚样的去处。想来大约是一条坍圮，龌龊而狭小的弄，为灵气所钟而居了颜子的。我们故乡尽不乏坍圮，龌龊，狭小的弄，但都不能使我想作陋巷。及到了杭州，看见了巷的名称，才在想象中确定颜子所居的地方，大约是这种巷里。每逢走过这种巷，我常怀疑那颓垣破壁的里面，也许隐居着今世的颜子。就中有一条巷，是我所认为陋巷的代表的。只要说起“陋巷”两字，我脑中会立刻浮出这巷的光景来。其实我只到过这陋巷里三次，不过这三次的印象都很清楚，现在都写得出来。

第一次我到这陋巷里，是将近二十年前的事。那时我只十七八岁，正在杭州的师范学校里读书。我的艺术科教师L先生[①]似乎嫌艺术的力道薄弱，过不来他的精神生活的瘾，把图画音乐的书籍用具送给我们，自己到山里去断了十七天食，回来又研究佛法，预备出家了。在出家前的某日，他带了我到这陋巷里去访问M先生[②]。我跟着L先生进这陋巷中的一间老屋，就看见一位身材矮胖而满面须髯的中年男子从里面走出来迎接我们。我被介绍，向这位先生一鞠躬，就坐在一只椅子上听他们的谈话。我其实全然听不懂他们的话，只是断片

① 指李叔同先生。

② 指马一浮先生。

的听到甚么“楞严”“圆觉”等名词，又有一个英语“Philosophy”①出现在他们的谈话中。这英语是我当时新近记诵的，听到时怪有兴味。可是话的全体的意义我都不解。这一半是因为L先生打着天津白，M先生则叫工人倒茶的时候说纯粹的绍兴土白，面对我们谈话时也作北腔的方言，在我都不能完全通用。当时我想，你若肯把我当作倒茶的工人，我也许还能听得懂些。但这话不好对他说，我只得假装静听的样子坐着，其实我在那里偷看这位初见的M先生的状貌。他的头圆而大，脑部特别丰隆，假如身体不是这样矮胖，一定负载不起。他的眼不像L先生的眼地纤细，圆大而炯炯发光，上眼帘弯成一条坚致有力的弧线，切着下面的深黑的瞳子。他的须髯从左耳根缘着脸孔一直挂到右耳根，颜色与眼瞳一样深黑。我当时正热衷于木炭画，我觉得他的肖像宜用木炭描写，但那坚致有力的眼线，是我的木炭所描不出的。我正在这样观察的时候，他的谈话中突然发出哈哈的笑声。我惊奇他的笑声响亮而愉快，同他的话声全然不接，好像是两个人的声音。他一面笑，一面用炯炯发光的眼黑顾视到我。我正在对他作绘画的及音乐的观察，全然没有知道可笑的理由，但因假装着静听的样子，不能漠然不动；又不好意思问他“你有甚么好笑”而请他重说一遍，只得再假装领会的样子，强颜作笑。他们当然不会考问我领会到如何程度，但我自己问心，很是惭愧。我惭愧我的装腔作笑。又痛恨自己何以听不懂他们的话。他们的话愈谈愈长，M先生的笑声愈多愈响，同时我的愧恨也愈积愈深。从进来到辞去，一向作个怀着愧恨的傀儡，冤枉的被带到这陋巷中的老屋里来摆了几个钟头。

第二次我到这陋巷，在于前年，是作傀儡之后十六年的事了。这十六七年之间，我东奔西走的糊口于四方，多了妻室和一群子女，少了一个母亲；M先生则十余年如一日，常是孑然一身的隐居在这陋巷的老屋里。我第二次见他，是前年的清明日，我是代L先生送两块印石而去的。我看见陋巷照旧是我所想象的颜子的居处，那老屋也照旧古色苍然。M先生的音容和十余年前一样，坚致有力的眼帘，炯炯发光的黑瞳，和响亮而愉快的谈笑声。但是听这谈笑声的我，与前大异了。我对于他的话，方言不成问题，意思也完全懂得了。像上次作傀儡的苦痛，这会已经没有，可是另感到一种更深的苦痛：我那时初失母亲——从我孩提时兼了父职抚育我到成人，而我未曾有涓埃的报答的母亲。痛恨之极，心中充满了对于无常的悲愤和疑惑。自己没有解除这悲和疑的能力，便堕入了颓唐的状态。我只想跟着孩子们到山巅水滨去Picnic②，以暂时忘却我的苦痛，而独怕听接触人生根本问题的话。我是明知故犯的堕落了。但我的堕落在我所处的社会环境中颇能隐藏。因为我每天

① 意即哲学。

② 野餐。

还为了糊口而读几页书，写几小时的稿，长年除荤戒酒，不看戏，又不赌博，所有的嗜好只是每天吸半听美丽牌香烟，吃些糖果，买些玩具同孩子们弄弄。在我所处的社会环境中的人看来，这样的人非但不堕落，着实是有淘剩①的。但M先生的严肃的人生，显明的衬出了我的堕落。他和我谈起我所作而他所序的《护生画集》，勉励我；知道我抱着风木之悲，又为我解说无常，劝慰我。其实我不须听他的话，只要望见他的颜色，已觉羞愧无地自容了。我心中似有一团“剪不断，理还乱”的丝，因为解不清楚，用纸包好了藏着。M先生的态度和说话，着力的在那里发开我这纸包来。我在他面前渐感局促不安，坐了约一小时就告辞。当他送我出门的时候，我感到与十余年前在这里作了几小时傀儡而解放出来时同样愉快的心情。我走出那陋巷，看见街角上停着一辆黄包车，便不问价钱，跨了上去。仰看天色清明，决定先到采芝斋买些糖果，带了到六和塔去度送这清明日。但当我晚上拖了疲倦的肢体而回到旅馆的时候，想起上午所访问的主人，热烈的感到畏敬的亲爱。我准拟明天再去访他，把心中的纸包打开来给他看。但到了明朝，我的心又全被西湖的春色所占据了。

第三次我到这陋巷，是最近一星期前的事。这回是我自动去访问的。M先生照旧孑然一身的隐居在那陋巷的老屋里，两眼照旧描着坚致有力的线而炯炯发光，谈笑声照旧愉快。只是使我惊奇的，他的深黑的须髯已变成银灰色，渐近白色了。我心中浮出“白发不能容宰相，也同闲客满头生”之句，同时又悔不早些常来亲近他，而自恨三年来的生活的堕落。现在我的母亲已死了三年多了，我的心似已屈服于“无常”，不复如前之悲愤，同时我的生活也就从颓唐中爬起来，想对“无常”作长期的抵抗了。我在古人诗词中读到“笙歌归院落，灯火下楼台”，“六朝旧时明月，清夜满秦淮”，“白头宫女在，闲坐说玄宗”等咏叹无常的文句，不肯放过，给它们翻译为画。以前曾寄两幅给M先生，近来想多集些文句来描画，预备作一册《无常画集》。我就把这点意思告诉他，并请他指教。他欣然的指示我许多可找这种题材的佛经和诗文集，又背诵了许多佳句给我听。最后他翻然的说道：“无常就是常。无常容易画，常不容易画。”我好久没有听见这样的话了，怪不得生活异常苦闷。他这话把我从无常的火宅中救出，使我感到无限的清凉。当时我想，我画了《无常画集》之后，要再画一册《常画集》。《常画集》不须请他作序，因为自始至终每页都是空白的。这一天我走出陋巷，已是傍晚时候。岁暮的景象和雨雪充塞了道路。我独自在路上彷徨，回想前年不问价钱跨上黄包车那一回，又回想二十年前作了几小时傀儡而解放出来那一会，似觉身在梦中。

一九三三年一月十五日于石门湾

① 淘剩，意即出息，是作者家乡方言。

吃瓜子

从前听人说：中国人人人具有三种博士的资格：拿筷子博士、吹煤头纸博士、吃瓜子博士。

拿筷子，吹煤头纸，吃瓜子，的确是中国人独得的技术。其纯熟深造，想起了可以使人吃惊。这里精通拿筷子法的人，有了一双筷，可抵刀锯叉瓢一切器具之用，扒罗剔抉，无所不精。这两根毛竹仿佛是身体上的一部分，手指的延长，或者一对取食的触手。用时好像变戏法者的一种演技，熟能生巧，巧极通神。不必说西洋了，就是我们自己看了，也可惊叹。至于精通吹煤头纸法的人，首推几位一天到晚捧水烟筒的老先生和老太太。他们的"要有火"比上帝还容易，只消向煤头纸上轻轻一吹，火便来了。他们不必出数元乃至数十元的代价去买打火机，只要有一张纸，便可临时在膝上卷起煤头纸来，向铜火炉盖的小孔内一插，拔出来一吹，火便来了。我小时候看见我们染坊店里的管账先生，有种种吹煤头纸的特技。我把煤头纸高举在他的额旁边了，他会把下唇伸出来，使风向上吹；我把煤头纸放在他的胸前了，他会把上唇伸出来，使风向下吹；我把煤头纸放在他的耳旁了，他会把嘴歪转来，使风向左右吹；我用手按住了他的嘴，他会用鼻孔吹，都是吹一两下就着火的。中国人对于吹煤头纸技术造诣之深，于此可以窥见。所可惜者，自从卷烟和火柴输入中国而盛行之后，水烟这种"国烟"竟被冷落，吹煤头纸这种"国技"也很不发达了。生长在都会里的小孩子，有的竟不会吹，或者连煤头纸这东西也

不曾见过。在努力保存国粹的人看来,这也是一种可虑的现象。近来国内有不少人努力于国粹保存。国医、国药、国术、国乐,都有人在那里提倡。也许水烟和煤头纸这种国粹,将来也有人起来提倡,使之复兴。

但我以为这三种技术中最进步最发达的,要算吃瓜子。近来瓜子大王的畅销,便是其老大的证据。据关心此事的人说,瓜子大王一类的装纸袋的瓜子,最近市上流行的有许多牌子。最初是某大药房"用科学方法"创制的,后来有甚么"好吃来公司""顶好吃公司"等种种出品陆续产出。到现在差不多无论哪个穷乡僻处的糖食摊上,都有纸袋装的瓜子陈列而倾销着了。现代中国人的精通吃瓜子术,由此盖可想见。我对于此道,一向非常短拙,说出来有伤于中国人的体面,但对自家人不妨谈谈。我从来不曾自动的找求或买瓜子来吃。但到人家作客,受人劝诱时;或者在酒席上、杭州的茶楼上,看见桌上现成放着瓜子盆时,也便拿起来咬。我必须注意选择,选那较大、较厚、而形状平整的瓜子,放进口里,用臼齿"格"的一咬;再吐出来,用手指去剥。幸而咬得恰好,两瓣瓜子壳各向两旁扩张而破裂,瓜仁没有咬碎,剥起来就较为省力。若用力不得其法,两瓣瓜子壳和瓜仁叠在一起而折断了,吐出来的时候我就担忧。那瓜子已纵断为两半,两半瓣的瓜仁紧紧的装塞在两半瓣的瓜子壳中,好像日本版的洋装书,套在很紧的厚纸函中,不容易取它出来。这种洋装书的取出法,现在都已从日本人那里学得,不要把指头塞进厚纸函中去力挖,只要使函口向下,两手扶着函,上下振动数次,洋装书自会脱壳而出。然而半瓣瓜子的形状太小了,不能应用这个方法,我只得用指爪细细的剥取。有时因为练习弹琴,两手的指爪都剪平,和尚头一般的手指对它简直毫无办法。我只得乘人不见把它抛弃了。在痛感困难的时候,我本拟不再吃瓜子了。但抛弃了之后,觉得口中有一种非甜非咸的香味,会引逗我再吃。我便不由的伸起手来,另选一粒,再送交臼齿去咬。不幸而这瓜子太燥,我的用力又太猛,"格"的一响,玉石不分,咬成了无数的碎块,事体就更糟了。我只得把粘着唾液的碎块尽行吐出在手心里,用心挑选,剔去壳的碎块,然后用舌尖舐食瓜仁的碎块。然而这挑选颇不容易,因为壳的碎块的一面也是白色的,与瓜仁无异,我误认为全是瓜仁而舐进口中去嚼,其味虽非嚼蜡,却等于嚼砂。壳的碎片紧紧的嵌进牙齿缝里,找不到牙签就无法取出。碰到这种钉子的时候,我就下个决心,从此戒绝瓜子。戒绝之法,大抵是喝一口茶来漱一漱口,点起一支香烟,或者把瓜子盆推开些,把身体换个方向坐了,以示不再对它发生关系。然而过了几分钟,与别人谈了几句话,不知不觉之间,会跟了别人而伸手向盆中摸瓜子来咬。等到自己觉察破戒的时候,往往是已经咬过好几粒了。这样,吃了非戒不可,戒了非吃不可;吃而复戒,戒而复吃,我为它受尽苦痛。这使我现在想起了瓜子觉得害怕。

但我看别人,精通此技的很多。我以为中国人的三种博士才能中,咬瓜

子的才能最可叹佩。常见闲散的少爷们,一只手指间夹着一支香烟,一只手握着一把瓜子,且吸且咬,且咬且吃,且吃且谈,且谈且笑。从容自由,真是"交关写意"!他们不须拣选瓜子,也不须用手指去剥。一粒瓜子塞进了口里,只消"格"的一咬,"呸"的一吐,早已把所有的壳吐出,而在那里嚼食瓜子的肉了。那嘴巴真像一具精巧灵敏的机器,不绝的塞进瓜子去,不绝地"格","呸","格","呸",……全不费力,可以永无罢休。女人们、小姐们的咬瓜子,态度尤加来得美妙;她们用兰花似的手指摘住瓜子的圆端,把瓜子垂直的塞在门牙中间,而用门牙去咬它的尖端。"的,的"两响,两瓣壳的尖头便向左右绽裂。然后那手敏捷地转个方向,同时头也帮着了微微地一侧,使瓜子水平的放在门牙口,用上下两门牙把两瓣壳分别拨开,咬住了瓜子肉的尖端而抽它出来吃。这吃法不但"的,的"的声音清脆可听,那手和头的转侧的姿势窈窕得很,有些儿妩媚动人。连丢去的瓜子壳也模样姣好,有如朵朵兰花。由此看来,咬瓜子是中国少爷们的专长,而尤其是中国小姐、太太们的拿手戏。

在酒席上、茶楼上,我看见过无数咬瓜子的圣手。近来瓜子大王畅销,我国的小孩子们也都学会了咬瓜子的绝技。我的技术,在国内不如小孩子们远甚,只能在外国人面前占胜。记得从前我在赴横滨的轮船中,与一个日本人同舱。偶检行箧,发见亲友所赠的一罐瓜子。旅途寂寥,我就打开来和日本人共吃。这是他平生没有吃过的东西,他觉得非常珍奇。在这时候,我便老实不客气的装出内行的模样,把吃法教导他,并且示范的吃给他看。托祖国的福,这示范没有失败。但看那日本人的练习,真是可怜得很!他如法将瓜子塞进口中,"格"的一咬,然而咬时不得其法,将唾液把瓜子的外壳全部浸湿,拿在手里剥的时候,滑来滑去,无从下手,终于滑落在地上,无处寻找了。他空咽一口唾液,再选一粒来咬。这回他剥时非常小心,把咬碎了的瓜子陈列在舱中的食桌上,俯伏了头,细细的剥,好像修理钟表的样子。约莫一二分钟之后,好容易剥得了瓜仁的碎片,郑重的塞进口里去吃。我问他滋味如何,他点点头连称 umai,umai!(好吃,好吃!)我不禁笑了出来。我看他那阔大的嘴里放进一些瓜仁的碎屑,犹如沧海中投以一粟,亏他辨出 umai 的滋味来。但我的笑不仅为这点滑稽,本由于骄矜自夸的心理。我想,这毕竟是中国人独得的技术,像我这样对于此道最拙劣的人,也能在外国人面前占胜,何况国内无数精通此道的少爷、小姐们呢?

发明吃瓜子的人,真是一个了不起的天才!这是一种最有效的"消闲"法。要"消磨岁月",除了抽鸦片以外,没有比吃瓜子更好的方法了。其所以最有效者,为了它具备三个条件:一、吃不厌;二、吃不饱;三、要剥壳。

俗语形容瓜子吃不厌,叫作"勿完勿歇"。为了它有一种非甜非咸的香味,能引逗人不断的要吃。想再吃一粒不吃了,但是嚼完吞下之后,口中余香不绝，不由你不再伸手向盆中或纸包里去摸。我们吃东西，凡一味甜的，或一味咸的，往往易于吃厌。只有非甜非咸的，可以久吃不厌。瓜子的百吃不厌，便是为此。有一位老于应酬的朋友告诉我一段吃瓜子的趣话：说他已养成了见瓜子就吃的习惯。有一次同了朋友到戏馆里看戏，坐定之后，看见茶壶的旁边放着一包打开的瓜子，便随手向包里掏取几粒，一面咬着，一面看戏。咬完了再取，取了再咬。如是数次，发见邻席的不相识的观剧者也来掏取，方才想起了这包瓜子的所有权。低声问他的朋友："这包瓜子是你买来的么？"那朋友说"不"，他才知道刚才是擅吃了人家的东西，便向邻座的人道歉。邻座的人很漂亮，付之一笑，索性正式的把瓜子请客了。由此可知瓜子这样东西，对中国人有非常的吸引力，不管三七二十一，见了瓜子就吃。

俗语形容瓜子吃不饱，叫作"吃三日三夜，长个屎尖头。"

因为这东西分量微小，无论如何也吃不饱，连吃三日三夜，也不过多排泄一粒屎尖头。为消闲计，这是很重要的一个条件。倘分量大了，一吃就饱，时间就无法消磨。这与赈饥的粮食目的完全相反。赈饥的粮食求其吃得饱，消闲的粮食求其吃不饱。最好只尝滋味而不吞物质。最好越吃越饿，像罗马亡国之前所流行的"吐剂"一样，则开筵大嚼，醉饱之后，咬一下瓜子可以再来开筵大嚼。一直把时间消磨下去。

要剥壳也是消闲食品的一个必要条件。倘没有壳，吃起来太便当，容易饱，时间就不能多多消磨了。一定要剥，而且剥的技术要有声有色，使它不像一种苦工，而像一种游戏，方才适合于有闲阶级的生活，可让他们愉快的把时间消磨下去。

具足以上三个利于消磨时间的条件的，在世间一切食物之中，想来想去，只有瓜子。所以我说发明吃瓜子的人是了不起的天才。而能尽量的享用瓜子的中国人，在消闲一道上，真是了不起的积极的实行家！试看糖食店、南货店里的瓜子的畅销，试看茶楼、酒店、家庭中满地的瓜子壳，便可想见中国人在"格，呸""的，的"的声音中消磨去的时间，每年统计起来为数一定可惊。将来此道发展起来，恐怕是全中国也可消灭在"格，呸""的，的"的声音中呢。

我本来见瓜子害怕，写到这里，觉得更加害怕了。

肉腿

清晨六点钟，寒暑表的水银已经爬上九十二度。我臂上挂着一件今年未曾穿过的夏布长衫，手里提着行囊，在朝阳照着的河埠上下船，船就沿着运河向火车站开驶。

这船是我自己雇的。船里备着茶壶、茶杯、西瓜、薄荷糕、蒲扇和凉枕，都是自己家里拿下来的，同以前出门写生的时候一样。但我这回下了船，心情非常不快：一则为了天气很热，前几天清晨八十九度，正午升到九十九度。今天清晨就九十二度，正午定然超过百度以上，况且又在逼近太阳的船棚底下。加之打开行囊就看见一册《论语》，它的封面题着李笠翁的话，说道人应该在秋、冬、春三季中作事而以夏季中休息，这话好像在那里讥笑我。二则，这一天我为了必要的人事而出门，不比以前开"写生画船"的悠闲。那时正是暮春天气，我雇定一只船，把自己需用的书籍、器物、衣服、被褥放进船室中，自己坐卧其间。听凭船主人摇到哪个市镇靠夜，便上岸去自由写生，大有"听其所止而休焉"的气概。这回下船时形式依旧，意义却完全不同。这一次我不是到随便哪里去写生，我是坐了这船去赶十一点钟的火车。上回坐船出于自动，这回坐船出于被动。这点心理便在我胸中作起怪来，似乎觉得船室里的事物件件都不称心了。然而船窗外的特殊的景象，却引起了我的注意。

从石门湾到崇德之间，十八里运河的两岸，密接的排列着无数的水车。无数仅穿着一条短裤的农人，正在那里踏水。

我的船在其间行进，好像阅兵式里的将军。船主人说，前天有人数过，两岸的水车共计七百五十六架。连日大晴大热，今天水车架数恐又增加了。我设想从天中望下来，这一段运河大约像一条蜈蚣，数百只脚都在那里动。我下船的时候心情的郁郁，到这时候忽然变成了惊奇。这是天地间的一种伟观，这是人与自然的剧战。火一般的太阳赫赫的照着，猛烈的在那里吸收地面上所有的水；浅浅的河水懒洋洋的躺着，被太阳越晒越浅。两岸数千百个踏水的人，尽量的使用两腿的力量，在那里同太阳争夺这一些水。太阳升得越高，他们踏得越快："洛洛洛洛……"响个不绝。后来终于戛然停止，人都疲乏而休息了；然而太阳似乎并不疲倦，不须休息；在静肃的时候，炎威更加猛烈了。

听船人说，水车的架数不止这一些，运河的里面还有着不少。继续两三个月的大热大旱，田里、浜里、小河里，都已干燥见底；只有这条运河里还有些水。但所有的水很浅，大桥的磐石已经露出二三尺；河埠石下面的桩木也露出一二尺，洗衣汲水的人，蹲在河埠最下面一块石头上也撩不着水，须得走下到河床的边上来浣汲。我的船在河的中道独行，尚无阻碍；逢到和来船交手过的时候，船底常常触着河底，轧轧的作声。然而农人为田禾求水，舍此以外更没有其他的源泉。他们在运河边上架水车，把水从运河踏到小河里；再在小河边上架水车，把水从小河踏到浜里；再在浜上架水车，把水从浜里踏进田里。所以运河两岸的里面，还藏着不少的水车。"洛洛洛洛……"之声因远近而分强弱数种，互相呼应着。这点水仿佛某种公款，经过许多人之手，送到国库时所剩已无几了。又好比某种公文，由上司行到下司，费时很久，费力很多。因为河水很浅，水车必须竖得很直，方才吸得着水。我在船中目测那些水车与水平面所成的角度，都在四十五度以上；河岸特别高的地方，竟达五六十度。不曾踏过或见过水车的读者，也可想象：这角度越大，水爬上来时所经的斜面越峭，即水的分量越重，踏时所费的力量越多。这水仿佛是从井里吊起来似的。所以踏这等水车，每架起码三个人。而且一个车水口上所设水车不止一架。

故村里所有的人家，除老弱以外，大家须得出来踏水。根本没有种田就逢大旱的人家，或所种的禾稻已经枯死的人家，也非出来参加踏水不可，不参加的干犯众怒，有性命之忧。这次的工作非为"自利"，因为有多人自己早已没有田禾了；又说不上"利他"，因为踏进去的水被太阳蒸发还不够，无暇去滋润半枯的禾稻的根了。这次显然是人与自然的剧烈的抗争。不抗争而活是羞耻的，不抗争而死是怯弱的；抗争而活是光荣的，抗争而死也是甘心的。农人对于这个道理，嘴上虽然不说，肚里很明白。眼前的悲壮的光景便是其实证。有的水车上，连妇人、老太婆、十一二岁的小孩子都在那里帮工。"噹，噹，噹"，锣声响处，一齐戛然停止。有的到阴处坐着喘息；有人向桑树

拳头[①]上除下篮子来取吃食。篮子里有的是蚕豆。他们破晓吃了粥,带了一篮蚕豆出来踏水。饥时以蚕豆充饥,一直踏到夜半方始回去睡觉。只有少数的“富裕”之家的篮子里,盛着冷饭。“嘡,嘡,嘡”,锣声响处,大家又爬上水车,“洛洛洛洛”的踏起来。无数赤裸裸的肉腿并排着,合着一致的拍子而交互动作,演成一种带模样。我的心情由不快变成惊奇;由惊奇而又变成一种不快。以前为了我的旅行太苦痛而不快,如今为了我的旅行太舒服而不快。我的船棚下的热度似乎忽然降低了;小桌上的食物似乎忽然太精美了;我的出门的使命似乎忽然太轻松了。直到我舍船登岸,通过了奢华的二等车厢而坐到我的三等车厢里的时候,这种不快方才渐渐解除。唯有那活动的肉腿的长长的带模样,只管保留印象在我的脑际。这印象如何?住在都会的繁华世界里的人最容易想象,他们这几天晚上不是常在舞场里、银幕上看见舞女的肉腿的活动的带模样么?踏水的农人的肉腿的带模样正和这相似,不过线条较硬些,色彩较黑些。近来农人踏水每天到夜半方休。舞场里、银幕上的肉腿忙着活动的时候,正是运河岸上的肉腿忙着活动的时候。

一九三四年八月十五日于杭州招贤寺

① 指桑树上抽新枝处。

画鬼

《后汉书·张衡传》云:“画工恶图犬马,好作鬼魅,诚以事实难作,而虚伪无穷也。”

《韩非子》云:“狗马最难,鬼魅最易。狗马人所知也,旦暮于前,不可类之,故难。鬼魅无形,无形者不可睹,故易。”

这两段话看似道理很通,事实上并不很对。“好作鬼魅”的画工,其实很少。也许当时确有一班好作鬼魅的画工;但一般地看来,毕竟是少数。至于“鬼魅最易”之说,我更不敢同意。从画法上看来,鬼魅也一样的难画,甚或适得其反:“犬马最易,鬼魅最难。”

何以言之?所谓“犬马最难,鬼魅最易”,从画法上看来,是以“形似”为绘画的主要标准而说的话。“形似”就是“画得像”。“像”一定有个对象,拿画同对象相比较,然后知道像不像。充其极致,凡画中物的形象与实物的形象很相同的,其画描得很像,在形似上便可说是很优秀的画。反之,凡画中物的形象与实物的形象很不相同的,其画描得很不像,在形似上便可说是很拙劣的画。画犬马,有对象可比较,像不像一看就知道,所以说它容易画。——这便是以“像不像实物”为绘画批评的主要标准的。

这标准虽不错误,实太低浅。因为充其极致,照相将变成最优秀的绘画;而照相发明以后,一切画法都可作废,一切画家都可投笔了。照相发明至今已数百年,而画法依然存在,画家依然活动,即可证明绘画非照相所能取代,即绘画自有照相

所不逮的另一种好处，亦即绘画不仅以形似为标准，尚有别的更重要的标准在这里。这更重要的标准是甚么？

简言之："绘画以形体肖似为肉体，以神气表现为灵魂。"即形体的肖似固然是绘画的一个重要目标，但此外还有一个更重要的目标，是要表现物象的神气，倘只有形似而缺乏神气，其画就只有肉体而没有灵魂，好比一个尸骸。

譬如画一只狗，依照实物的尺寸，依照实物的色彩，依照解剖之理，可以画得非常正确而肖似。然而这是博物图，是"科学的绘画"，决不是艺术的作品。因为这只狗缺乏神气。倘要使它变成艺术的绘画，必须于形体正确之外，再仔细观察狗的神气，尽力看出它立、坐、跑、叫等种种时候形象上所起的变化的特点，把这特点稍加夸张而描出在纸上。夸张过分，妨碍了实物的尺寸、色彩，或解剖之理的时候也有。例如画吠的狗，把嘴画得比实物更大了些；画跑的狗，把脚画得比实际更长了些；画游戏的狗，把脸孔画成了带些笑容。然而看画的人并不埋怨画家失实，反而觉得这画富有画趣。所以有许多画，像中国的山水画，西洋的新派画，以及漫画，为了要明显的表出物象的神气，常把物象变形，变成与实物不符，甚或完全不像实物的东西。其中有不少因为夸张过甚，远离实相，走入虚构境界，流于形式主义，失却了绘画艺术所重要的客观性。但相当的夸张不但为艺术所许可，而且是必要的。因为这是绘画的灵魂所在的地方。

故正式的作画法，不是看着了实物而依样画葫芦，必须在实物的形似中加入自己的迁想——即想象的功夫。譬如要画吠的狗，画家必先想象自己作了狗（恕我这句话太粗慢了。然而为说明便利起见，不得不如此说），在那里狂吠，然后能充分表现其神气。要画玩皮球的小黄狗（我自己曾经在开明小学教科书中画过），想象自己作了小黄狗，体验它的愉快的心情，然后能充分表现其神气。想象的工作，在绘画上是极重要的一事。有形的东西，可用想象使它变形，无形的东西，也可用想象使它有形。人实际是没有翅膀的，艺术家可用想象使他生翅膀，描成天使。狮子实际是没有人头的，艺术家可用想象使它长出人面孔来，造成Sphinx①。天使与Sphinx，原来都是"无形不可睹"的，然而自从古人创作以后，至今流传着，保存着，谁能说这种艺术制作比画"旦暮于前"的犬马容易呢？

我说鬼魅也不容易画，便是为此。鬼这件东西，在实际的世间，我不敢说无，也不敢说有。因为我曾经在书中读鬼的故事，又常常听见鬼的人谈鬼的话儿，所以不敢说无；又因为我从来没确凿的见闻过鬼，所以不敢说有。

① 即斯芬克斯（古埃及的狮身人面像）。

但在想象的世界中。我敢肯定鬼确是有的。因为我常常在想象的世界中看见过鬼。——就是每逢在书中读到鬼的故事,从见鬼者的口中听到鬼的话儿的时候,我一定在自己心中想象出适合于其性格行为的鬼的姿态来。只要把眼睛一闭,鬼就出现在我的面前。有时我立刻取纸笔来,想把某故事中的鬼的想象姿态描画出来,然而往往不得成功。因为闭了目在想象的世界中所见的印象,到底比张开眼睛在实际的世间所见的印象薄弱得多。描来描去,难得描成一个可称适合于该故事中的鬼的性格行为的姿态。这好比侦探家要背描出曾经瞥见而没有捉住的盗贼的相貌来,银行职员要形容出冒领巨款的骗子的相貌来。闭目一想,这副相貌立刻出现;但是动笔描写起来,往往不能如意称心。因此"鬼魅最易"画一说,我万万不敢同意。大概他们所谓"最易",是不讲性格行为,不照想象世界,而随便画一个"鬼"的意思。那么乱涂几笔也可说"这是一个鬼",倒翻墨水瓶也可说"这是一个鬼",毫无凭征,又毫无条件,当然是太容易了。但这些只能称之为鬼的符,不能称之为鬼的"画"。既称为画,必然有条件,即必须出自想象的世界,必须适于该鬼的性格行为。因此我的所见适得其反:"犬马最易,鬼魅最难。"犬马旦暮于前,画时可凭实物而加以想象;鬼魅无形不可睹,画时无实物可凭,全靠自己在头脑中 shape(这里因为一时想不出相当的中国动词来,姑且借用一英文字)出来,岂不比画犬马更难?故古人说"事实难作,而虚伪无穷",我要反对的说:"事实易摹,而想象难作。"

我平生所看见过的鬼(当然是在想象世界中看见的),回想起来可分两类,第一类是凶鬼,第二在是笑鬼。现在还在我脑中留着两种清楚的印象:

小时候一个更深夜静的夏天的晚上,母亲赤了膊坐在床前的桌子旁填鞋子底,我戴个红肚兜躺在床里的篾席上。母亲把她小时所见的"鬼压人"的故事讲给我听:据说那时我们地方上来了一群鬼。到了晚上,鬼就到人家的屋里来压睡着的人。每份人家的人,不敢大家同时睡觉,必须留一半人守夜。守夜的人听见一只床里"咕噜咕噜"的响起来,就知道鬼在压这床里的人了,连忙去救。但见那人两脸通红,两眼突出,口中泛着唾沫。胸部一起一落,呼吸困急。两手紧捏拳头,或者紧抓大腿。好像身上压着一块无形的青石板的模样。救法是敲锣。锣一敲,邻近人家的守夜者就响应,全市中闹起锣来。于是床里的人渐渐苏醒,连忙拉他起来,到别处去躲避。他的指爪深深的嵌入手掌中或大腿中,拔出后血流满地。据被鬼压过的人说,一个青面獠牙的鬼坐在他的胸上,用一手叉住他的头颈,用另一手批他的颊,所以如此苦闷。我听到这里,立刻从床里逃出,躲入母亲怀里。从她的肩际望到房间的暗角里,床底下,或者桌子底下,似乎看见一个青面獠牙的鬼,隐现无定。身体青得厉害,发与口红得厉害,牙与眼白得更厉害。最可怕的就是这些白。这印象最初从何而来?我想大约是祖母丧事时我从经忏堂中的十殿

阎王的画轴中得到的。从此以后听到人说凶鬼，我就在想象中看见这般模样。屡次想画一个出来，往往画得不满意。不满意处在于不很凶，无论如何总不及闭目回想时所见的来得更凶。

学童时代，到乡村的亲戚家作客，那家的老太太（我叫三娘娘的），晚快叫他的儿子（我叫蒋五伯的）送我回家，必然点一裹香给我拿着。我问“为甚么要拿香”，他们都不肯说。后来三娘娘到我家作长客，有一天晚上，她说明叫我拿香的原因，为的是她家附近有笑鬼。夏夜，三娘娘独坐在门外的摇纱椅子里，一只手里拿着佛柴（麦秆儿扎成的，取其色如金条），口里念着“南无阿弥陀佛”，每天要念到深夜才去睡觉。有一晚，她忽闻耳边有吃吃的笑声，回头一看，不见一人，笑声也就没有了。她继续念佛，一会儿笑声又来。这位老太太是不怕鬼的，并不惊逃。那鬼就同她亲善起来：起初给她捶腰，后来给她搔背；她索性把眼睛闭了，那鬼就走到前面来给她敲腿，又给她在项颈里提痧。夜夜如此，习以为常。据三娘娘说，它们讨好她，为的是要钱。她的那把佛柴念了一夏天，全不发金，反而越念越发白。足证她所念出来的佛，都被它们当作捶背搔痒的工资得去，并不留在佛柴上了。初秋的一晚，她恨那些笑鬼太要钱，有意点一文香，插在摇纱椅旁的泥地中。这晚果然没有笑声，也没有鬼来讨好她了。但到了那支香点完了的时候，忽然有一种力，将她手中的佛柴夺去，同时一阵冷风带着一阵笑声，从她耳边飞过，向远处去了。她打个寒噤，连忙搬了摇纱椅子，逃进屋里去了。第二日，捉草。孩子在附近的坟地里拾得一把佛柴，看见上面束着红线圈，知道是三娘娘的，拿回来送还她。以后她夜间不敢再在门外念佛。但是窗外仍是常有笑声。油盏火发暗了的时候，她常在天窗中看见一只白而大而平的笑脸，忽隐忽现。我听到这里毛骨悚然，立刻钻到人丛中去。偶然望了黑暗的角落里，但见一只白而大而平的笑脸，在那里慢慢的移动。其白发青，其大发浮，其平如板，其笑如哭。这印象，最初大概是从尸床上的死人得来的。以后听见人说善鬼，我就在想象中看见这般的模样。也曾屡次想画一个出来，也往往画得不满意。不满意处在于不阴险。无论如何总不及闭目回想时所见的来得更阴险。

所以我认为画鬼魅比画犬马更难，其难与画佛像相同。画佛像求其尽善，画鬼魅求其极恶。尽善的相貌固然难画，极恶的相貌一样的难画。我常嫌画家所描的佛像太像普通人，不能表出十全的美；同时也嫌画家所描的鬼魅也太像普通人，不能表出十全的丑。虽然我自己画的更不如人。

中世纪西洋画家描耶稣，常在众人中挑选一个面貌最近于理想的耶稣面貌的人，使作模特儿，然后看着了写生。中国画家画佛像，不用这般笨法。他们读万卷书，行万里路。留意万人的相貌，向其中选出最完美的耳目口鼻等部分来，在心中凑成一幅近于十全的相貌，假定为佛的相貌。我想，画鬼

魅也该如此。读万卷书，行万里路，研究无数凶恶人及阴险家的脸，向其中选出最丑恶的耳目口鼻等部分来，牢记其特点。集大成的描出一副极凶恶的或极阴险的脸孔来，方才可称为标准鬼脸。但这是极困难的一事，所以世间难得有十全的鬼魅画。我只能在万人的脸孔中零零碎碎的看到种种鬼相而已。

我在小时候，觉得青面獠牙的凶鬼脸最为可怕。长大后，所感就不同，觉得白而大而平的笑鬼脸比青面獠牙的凶鬼更加可怕。因为凶鬼脸是率直的，犹可当也；笑鬼脸是阴险的，令人莫可猜测，天下之可怕无过于此！我在小时候，看见零零碎碎的表出在万人的脸孔上的鬼相，凶鬼相居多，笑鬼相居少。长大后，以至现在，所见不同，凶鬼相居少，而笑鬼相居多了。因此我觉得现今所见的世间比儿时所见的世间更加可怕。因此我这画工也与古时的画工相反，是“好作犬马”，而“恶图鬼魅”的。

民国廿五年（一九三六年）暮春作

酒令

我父亲中举以后，科举就废。他走不上仕途，在家闲居终老。每逢春秋佳日，必邀集亲友，饮酒取乐。席上必行酒令。我还是一个孩童，有些酒令我不懂得。懂得的是“击鼓传花”。其法，叫一个不参加饮酒的人在隔壁房间里敲鼓。主人手持一枝花，传给邻座的人，依次传递，周流不息。鼓声停止之时，花在谁手中，谁饮酒。传花时非常紧张，每人一接到花，立刻交出，深恐在他手中时鼓声停止。击鼓的人，必须隔室，防止作弊。有的击鼓人很有技巧：忽而缓起来，好像要停止，却又响起来；忽而响起来，好像要继续，却突然停止了。持花的人就在一片笑声中饮酒。有时正在交代之际，鼓声停止了。两人都放手，花落在地上。主人就叫这二人猜拳，输者饮酒。

又有一种酒令，是掷骰子，三颗骰子，每颗都用白纸糊住六面，上面写字。第一颗上面写人物，第二颗上面写地方，第三颗上面写动作。文句是：公子章台走马，老僧方丈参禅，少妇闺阁刺绣，屠沽市井挥拳，妓女花街卖俏，乞儿古墓酣眠。第一颗骰子上写人物，即公子、老僧、少妇、屠沽、妓女、乞儿。第二颗骰子上写地方，即章台、方丈、闺阁、市井、花街、古墓。第三颗骰子上写动作，即走马、参禅、刺绣、挥拳、卖俏、酣眠。于是将骰子放在一只碗里，叫大家掷。凭掷出来的文句而行酒令。

如果手运奇好，掷出来是原句，例如“公子章台走马”，那么满座喝采，大家为他满饮一杯。但这是极难得的。有的虽

非原句,而情理差可,则酌量罚酒或免饮。例如"老僧古墓挥拳",大约此老僧喜练武功;"公子闺阁酣眠",大约这闺阁是他的妻子的房间;"乞儿市井酣眠",也是寻常之事。但是骰子无知,有时乱说乱话:"屠沽章台卖俏","老僧闺阁酣眠","乞儿方丈走马",……那就满座大笑,讥议抨击,按例罚酒。众口嚣嚣,谈论纷纷,这正是侑酒的佳肴。原来饮酒最怕沉闷,有说有笑,酒便乘势入唇。

小孩子不吃酒,但也仿照这酒令,作三颗骰子,以取笑乐。一颗骰子上写"爸爸、妈妈、哥哥、姊姊、弟弟、妹妹";一颗骰子上写"在床里、在厕所里、在街上、在船里、在学校里、在火车里";一颗骰子上写"吃饭、唱歌、跳绳、大便、睡觉、踢球"。掷出来的,是"爸爸在床上睡觉","哥哥在学校里踢球","姊姊在船里唱歌","哥哥在厕所里大便","弟弟在学校里跳绳",便是好的。如果是"爸爸在床上大便","妈妈在火车里跳绳","姊姊在厕所里踢球",那就要受罚。如果这一套玩厌了,可以另想一套新的。这玩法比打扑克牌另有风味。

一九七二年

食肉

我从小不吃肉，猪牛羊肉一概不要吃，吃了要呕吐。三四岁以前，本来是要吃的，肥肉也要吃。但长大起来，就不要吃了。原因何在，不得而知。大约是生理关系，仿佛牛马羊不要吃荤，只要吃草。我母亲喜欢吃肉。她推己及人，担心我不吃肉身体不好，曾经将肥肉切成小粒，用豆腐皮包好，叫我吞下去。我遵命。但入胃不久，即觉异样，终于呕吐，连饭也吐光。母亲灰心了，于是我成了一个不食肉者，连鸡鸭也不要吃，只能吃鱼虾。

不食肉是很不方便的。出门作客，参加聚餐，席上总是肉类。有的人家，青菜用肉汤烧，鱼肚中嵌肉。这是最讲究的，却是和我为难。有一次我在一位老先生家便饭。席上鱼肉之外有青菜和豆腐。老先生知道我不吃肉，请我吃豆腐和青菜。但我一看，豆腐和青菜中都加些肉屑，我竟不能下箸。向主人讨些生豆腐，加些麻油酱油，津津有味的吃一餐饱饭。旁人都说奇怪。谁谓荼苦，其甘如荠呀！

我曾在杭州第一师范作住宿生。饭厅里每桌七人，每餐四菜一汤，其中必有一碗肉。七块肉排列在上，底下是青菜。我应得的一块肉，总是送别人吃，六人轮流受用。因此同学们都喜欢和我同桌。有时星期日约同学出外聚餐，我总拉他们到功德林、素香斋。他们也说素菜好吃，然而嫌它营养不良。我入社会后，索性自称素食者，以免麻烦。其实鳜鱼、河蟹，我都爱吃。

遍观古往今来，中土外国，无不以肉为美味。“六十非肉不饱”，“晚食以当肉”，足见人们对肉的珍视。我不吃肉，实在是“大逆不道”！但我“知故不改”，却笑“食肉者鄙”。

一九七二年

塘栖

夏目漱石的小说《旅宿》(日文名《草枕》)中,有这样的一段文章:“像火车那样足以代表二十世纪的文明的东西,恐怕没有了。把几百个人装在同样的箱子里蓦然的拉走,毫不留情。被装进在箱子里的许多人,必须大家用同样的速度奔向同一车站,同样的熏沐蒸汽的恩泽。别人都说乘火车,我说是装进火车里。别人都说乘了火车走,我说被火车搬运。像火车那样蔑视个性的东西是没有的了。……”

我翻译这篇小说时,一面非笑这位夏目先生的顽固,一面体谅他的心情。在二十世纪中,这样重视个性,这样嫌恶物质文明的,恐怕没有了。有之,还有一个我,我自己也怀着和他同样的心情呢。从我乡石门湾到杭州,只要坐一小时轮船,乘一小时火车,就可到达。但我常常坐客船,走运河,在塘栖过夜,走它两三天,到横河桥上岸,再坐黄包车来到田家园的寓所。这寓所赛如我的“行宫”,有一男仆经常照管着。我那时不务正业,全靠在家写作度日,虽不富裕,倒也开销得过。

客船是我们水乡一带地方特有的一种船。水乡地方,河流四通八达。这环境娇养了人,三五里路也要坐船,不肯步行。客船最讲究,船内装备极好。分为船梢、船舱、船头三部分,都有板壁隔开。船梢是摇船人工作之所,烧饭也在这里。船舱是客人坐的,船头上安置什物。舱内设一榻、一小桌,两旁开玻璃窗,窗下都有坐板。那张小桌平时摆在船舱角里,三只短脚搁在坐板上,一只长脚落地。倘有四人共饮,三只短脚可接长来,四脚落地,放在船舱中央。此桌约有二尺见方,叉麻雀也可以。舱内隔壁上都嵌着书画镜框,竟像一间小小的

客堂。这种船真可称之为画船。这种画船雇用一天大约一元(那时米价每石约二元半)。我家在附近各埠都有亲戚,往来常坐客船。因此船家把我们当作老主雇。但普通只雇一天,不在船中宿夜。只有我到杭州,才包它好几天。

吃过早饭,把被褥用品送进船内,从容开船。凭窗闲眺两岸景色,自得其乐。中午,船家送出酒饭来。傍晚到达塘栖,我就上岸去吃酒了。塘栖是一个镇,其特色是家家门前建着凉棚,不怕天雨。有一句话,叫作"塘栖镇上落雨,淋勿着"。"淋"与"轮"发音相似,所以凡事轮不着,就说"塘栖镇上落雨"。且说塘栖的酒店,有一特色,即酒菜种类多而分量少。几十只小盆子罗列着,有荤有素,有干有湿,有甜有咸,随顾客选择。真正吃酒的人,才能赏识这种酒家。若是壮士、莽汉,像樊哙、鲁智深之流,不宜上这种酒家。他们狼吞虎嚼起来,一盆酒菜不够一口。必须是所谓酒徒,才可请进来。酒徒吃酒,不在菜多,但求味美。呷一口花雕,嚼一片嫩笋,其味无穷。这种人深得酒中三昧,所以称之为"徒"。迷于赌博的叫作赌徒,迷于吃酒的叫作酒徒。但爱酒毕竟和爱钱不同,故酒徒不宜与赌徒同列。和尚称为僧徒,与酒徒同列可也。我发了这许多议论,无非要表示我是个酒徒,故能赏识塘栖的酒家。我吃过一斤花雕,要酒家作碗素面,便醉饱了。算还了酒钞,便走出门,到淋勿着的塘栖街上去散步。塘栖枇杷是有名的。我买些白沙枇杷,回到船里,分些给船娘,然后自吃。

在船里吃枇杷是一件快适的事。吃枇杷要剥皮,要出核,把手弄脏,把桌子弄脏。吃好之后必须收拾桌子,洗手,实在麻烦。船里吃枇杷就没有这种麻烦。靠在船窗口吃,皮和核都丢在河里,吃好之后在河里洗手。坐船逢雨天,在别处是不快的,在塘栖却别有趣味。因为岸上淋勿着,绝不妨碍你上岸。况且有一种诗趣,使你想起古人的佳句:"人人尽说江南好,游人只合江南老。春水碧于天,画船听雨眠。""闲梦江南梅熟日,夜船吹笛雨潇潇。"古人赞美江南,不是信口乱道,却是亲身体会才说出来的。江南佳丽地,塘栖水乡是代表之一。我谢绝了二十世纪的文明产物的火车,不惜工本的坐客船到杭州,实在并非顽固。知我者,其唯夏目漱石乎?

一九七二年

算命

我从杭州回上海，在火车中遇见一位老友，钱美茗，是杭州第一师范中的同班同学，阔别多年，邂逅甚欢。他到上海后要换车赴南京，南京车要在夜半开行。我住在上海，便邀他到宝山路某馆子吃夜饭，以尽地主之谊。那时我皈依佛教，吃素。点了两素一荤，烫一斤酒，对酌谈心。各问毕业后情况，我言游学日本，归来在上海教书糊口；他说在杭州当了几年小学教师，读了数百种星命的书，认为极有道理，曾在杭州设帐算命，生意不坏，今将赴南京行道云云。我不相信算命，任他谈得天花乱坠，只是摇头。他说："你不相信么？杭州许多事实，都证明我的算命有科学根据，百试不爽。"我回驳："单靠出生的年月日时，如何算得出他的命呢？世界上同年同月同日同时生的，不知几千万人。难道这几千万人命运都一样么？"他回答："不是这么简单！地区有南北，时辰有早晚，环境有异同，都和命运有关，并不一概相同。"我姑妄听之。

酒兴浓时，他说要替我算命。我敬谢，他坚持。逼不得已，我姑且把生年月日时告诉他。他从怀中取出一本册子，翻了再翻，口中念念有词。最后向我宣称："你父母双亡，兄弟寥落。""对！""你财运不旺，难望富贵。""对！"最后他说："你今年三十五岁，阳寿还有五年。无论吃素修行，无法延寿。你须早作准备。""啊？""叨在老友，不怕忠言逆耳。"我起初吃惊，后来付之一笑。酒阑饭饱，我会了钞，与钱美茗分手。我在归家途中自思：此乃妄人，不足道也。我回家不提此事。

十多年后，抗日战争胜利，我从重庆回杭州，僦居西湖之畔。其时钱美茗也在杭州，在城隍山上设柜算命，但生意清淡，生活艰窘，常常来我寓索酒食。有一次我问他："十多年前上海宝山路上某菜馆中你替我算命，还记得否？"他佯装记不起来。我说："你说我四十岁要死，现在我已活到五十二岁了。"他想了一想，问："那么你四十岁上有何事情？"我回答："日寇轰炸我故乡，我仓皇逃难，终于免死呀！"他拍案叫道："这叫作九死一生，替灾免晦，保你长命百岁。"我又付之一笑。吃江湖饭的能言善辩。

不久我离杭州。至今二十多年，不见钱美茗其人。不知今后得再见否耳。

一九七二年

吃酒

酒,应该说饮,或喝。然而我们南方人都叫吃。古诗中有"吃茶",那么酒也不妨称吃。说起吃酒,我忘不了下述几种情境:

二十多岁时,我在日本结识了一个留学生,崇明人黄涵秋。此人爱吃酒,富有闲情逸致。我二人常常共饮。有一天风和日暖,我们乘小火车到江之岛去游玩。这岛临海的一面,有一片平地,芳草如茵,柳阴如盖,中间设着许多矮榻,榻上铺着红毡毯,和环境作成强烈的对比。我们两人踞坐一榻,就有束红带的女子来招待。"两瓶正宗,两个壶烧。"正宗是日本的黄酒,色香味都不亚于绍兴酒。壶烧是这里的名菜,日本名叫 tsuboyaki,是一种大螺蛳,名叫荣螺(sazae),约有拳头来大,壳上生许多刺,把刺修整一下,可以摆平,像三足鼎一样。把这大螺蛳烧杀,取出肉来切碎,再放进去,加入酱油等调味品,煮熟,就用这壳作为器皿,请客人吃。这器皿像一把壶,所以名为壶烧。其味甚鲜,确是侑酒佳品。用的筷子更佳:这双筷用纸袋套好,纸袋上印着"消毒割箸"四个字,袋上又插着一个牙签,预备吃过之后用的。从纸袋中拔出筷来,但见一半已割裂,一半还连接,让客人自己去裂开来。这木头是消毒过的,而且没有人用过,所以用时心地非常快适。用后就丢弃,价廉并不可惜。我赞美这种筷,认为是世界上最进步的用品。西洋人用刀叉,太笨重要洗过方能再用;中国人用竹筷,也是洗过再用,很不卫生,即使是象牙筷也不卫生。日本人的消毒割箸,就同牙签一样,只

用一次，真乃一大发明。他们还有一种牙刷，非常简单，到处杂货店发卖，价钱很便宜，也是只用一次就丢弃的。于此可见日本人很有小聪明。且说我和老黄在江之岛吃壶烧酒，三杯入口，万虑皆消。海鸟长鸣，天风振袖。但觉心旷神怡，仿佛身在仙境。老黄爱调笑，看见年青侍女，就和她搭讪，问年纪，问家乡，引起她身世之感，使她掉下泪来。于是临走多给小账，约定何日重来。我们又仿佛身在小说中了。

又有一种情境，也忘不了。吃酒的对手还是老黄，地点却在上海城隍庙里。这里有一家素菜馆，叫作春风松月楼，百年老店，闻名遐迩。我和老黄都在上海当教师，每逢闲暇，便相约去吃素酒。我们的吃法很经济：两斤酒，两碗“过浇面”，一碗冬菇，一碗十景。所谓过浇，就是浇头不浇在面上，而另盛在碗里，作为酒菜。等到酒吃好了，才要面底子来当饭吃。人们叫别了，常喊作“过桥面”。这里的冬菇非常肥鲜，十景也非常入味。浇头的分量不少，下酒之后，还有剩余，可以浇在面上。我们常常去吃，后来那堂倌熟悉了，看见我们进去，就叫“过桥客人来了，请坐请坐！”现在，老黄早已作古，这素茶馆也改头换面，不可复识了。

另有一种情境，则见于患难之中。那年日本侵略中国，石门湾沦陷，我们一家老幼九人逃到杭州，转桐庐，在城外河头上租屋而居。那屋主姓盛，兄弟四人。我们租住老三的屋子，隔壁就是老大，名叫宝函。他有一个孙子，名叫贞谦，约十七八岁，酷爱读书，常常来向我请教问题，因此宝函也和我要好，常常邀我到他家去坐。这老翁年约六十多岁，身体很健康，常常坐在一只小桌旁边的圆鼓凳上。我一到，他就请我坐在他对面的椅子上，站起身来，揭开鼓凳的盖，拿出一把大酒壶来，在桌上的杯子里满满的斟了两盅；又向鼓凳里摸出一把花生米来，就和我对酌。他的鼓凳里装着棉絮，酒壶裹在棉絮里，可以保暖，斟出来的两碗黄酒，热气腾腾。酒是自家酿的，色香味都上等。我们就用花生米下酒，一面闲谈。谈的大都是关于他的孙子贞谦的事。他只有这孙子，很疼爱他。说“这小人一天到晚望书，身体不好……”望书即看书，是桐庐土白。我用空话安慰他，骗他酒吃。骗得太多，不好意思，我准备后来报谢他。但我们住在河头上不到一个月，杭州沦陷，我们匆匆离去，终于没有报谢他的酒惠。现在，这老翁不知是否在世，贞谦已入中年，情况不得而知。

最后一种情境，见于杭州西湖之畔。那时我僦居在里西湖招贤寺隔壁的小平屋里，对门就是孤山，所以朋友送我一副对联，叫作“居邻葛岭招贤寺，门对孤山放鹤亭”。家居多暇，则闲坐在湖边的石凳上，欣赏湖光山色。每见一中年男子，蹲在岸上，向湖边垂钓。他钓的不是鱼，而是虾。钓钩上装一粒饭米，挂在岸石边。一会儿拉起线来，就有很大的一只虾。其人把它关在一个瓶子里。于是再装上饭米，挂下去钓。钓得了三四只大虾，他就把瓶子藏入藤篮里起身走了。我问他："何不再钓几只？"他笑着回答说："下酒够了。"我跟他去，见他走进岳坟旁边的一家酒店里，拣一座头坐下了。我就在他旁边的桌上坐下，叫酒保来一斤酒，一盆花生米。他也叫一斤酒，却不叫菜，取出瓶子来，用钓丝缚住了这三四只虾，拿到酒保烫酒的开水里去一浸，不久取出，虾已经变成红色了。他向酒保要一小碟酱油，就用虾下酒。我看他吃菜很省，一只虾要吃很久，由此可知此人是个酒徒。

此人常到我家门前的岸边来钓虾。我被他引起酒兴，也常跟他到岳坟去吃酒。彼此相熟了，但不问姓名。我们都独酌无伴，就相与交谈。他知道我住在这里，问我何不钓虾。我说我不爱此物。他就向我劝诱，尽力宣扬虾的滋味鲜美，营养丰富。又教我钓虾的窍门。他说："虾这东西，爱躲在湖岸石边。你倘到湖心去钓，是永远钓不着的。这东西爱吃饭粒和蚯蚓，但蚯蚓龌龊，它吃了，你就吃它，等于你吃蚯蚓。所以我总用饭粒。你看，它现在死了，还抱着饭粒呢。"他提起一只大虾来给我看，我果然看见那虾还抱着半粒饭。他继续说："这东西比鱼好得多。鱼，你钓了来，要剖，要洗，要用油盐酱来烧，多少麻烦。这虾就便当得多：只要到开水里一煮，就好吃了。不须花钱，而且新鲜得很。"他这钓虾论讲得头头是道，我真心赞叹。

这钓虾人常来我家门前钓虾，我也好几次跟他到岳坟吃酒，彼此熟识了，然而不曾通过姓名。有一次，夏天，我带了扇子去吃酒。他借看我的扇子，看到了我的名字，吃惊的叫道："啊！我有眼不识泰山！"于是叙述他曾经读过我的随笔和漫画，说了许多仰慕的话。我也请教他姓名，知道他姓朱，名字现已忘记，是在湖滨旅馆门口摆刻字摊的。下午收了摊，常到里西湖来钓虾吃酒。此人自得其乐，甚可赞佩。可惜不久我就离开杭州，远游他方，不再遇见这钓虾的酒徒了。

写这篇琐记时，我久病初愈，酒戒又开。回想上述情景，酒兴顿添。正是："昔年多病厌芳樽，今日芳樽唯恐浅。"

一九二七年

清明

清明例行扫墓。扫墓照理是悲哀的事。所以古人说:“鸦啼雀噪昏乔木,清明寒食谁家哭。”又说:“佳节清明桃李笑,野田荒冢只生愁。”然则在我幼时,清明扫墓是一件无上的乐事。人们借佛游春,我们是“借墓游春”。我父亲有八首《扫墓竹枝词》:

别却春风又一年,梨花似雪柳如烟。
家人预理上坟事,五日前头折纸钱。

风柔日丽艳阳天,老幼人人笑口开。
三岁玉儿娇小甚,也教抱上画船来。

双双画桨荡轻波,一路春风笑语和。
望见坟前堤岸上,松阴更比去年多。

壶榼纷陈拜跪忙,闲来坐憩树阴凉。
村姑三五来窥看,中有谁家新嫁娘。

周围堤岸视桑麻,剪去枯藤只剩花。
更有儿童知算计,松球拾得去煎茶。

荆榛坡上试跻攀,极目云烟杳霭闲。

恰得村去遥指处，如烟如雾是含山①。

纸灰扬起满林风，杯酒空浇奠已终。
却觅儿童归去也，红裳遥在菜花中。

解将锦缆趁斜晖，水上蜻蜓逐队飞。
赢受一番春色足，野花载得满船归。

这里的“三岁玉儿”，就是现在执笔写此文的七十老翁。我的小名叫作“慈玉”。

清明三天，我们每天都去上坟。第一天，寒食，下午上“杨庄坟”。杨庄坟离镇五六里路，水路不通，必须步行。老幼都得去，我七八岁都参加。茂生大伯挑了一担祭品走在前面，大家跟他走，一路上采桃花，偷新蚕豆，不亦乐乎。到了坟上，大家息足，茂生大伯到附近农家去，借一只桌子和两只凳来，于是陈设祭品，依次跪拜。拜过之后，自由玩耍。有的吃甜麦塌饼，有的吃粽子，有的拔蚕豆梗来作笛子。蚕豆梗是方形的，在上面摘几个洞，作为笛孔，口吹豌豆梗，发音竟也悠扬可听。可惜这种笛寿命不长。拿回家里，第二天就枯干，吹不响了。祭扫完毕，茂生大伯去还桌子凳子，照例送两个甜麦塌饼和一串粽子，作为酬谢。然后诸人一同在夕阳中回去，杨庄坟上只有一株大松树，临着一个池塘。父亲说这叫作“美人照镜”。现在，几十年不去，不知美人是否还在照镜。闭上眼睛，情景宛在目前。

正清明那天，上“大家坟”。这就是去上同族公共的祖坟。坟共有五六处，须用两只船，整整上一天。同族共有五家，轮流作主。白天上坟，晚上吃上坟酒。这笔费用由祭田开销。祖宗们心计长，恐怕子孙不肖，上不起坟，叫他们变成饿鬼。因此特置几亩祭田，租给农民。轮到谁家主持上坟，由谁家收租。雇船办酒之外，费用总有余裕。因此大家高兴作主。而小孩子尤其高兴，因为可以整天在乡下游玩，在草地上吃午饭。船里烧出来的饭菜，滋味特别好。因为，据老人们说，家里有灶君菩萨，把饭菜的好滋味先尝了去；而船里没有灶君菩萨，所以船里烧出来的饭菜滋味特别好。孩子们还有一件乐事，是抢鸡蛋吃。每到一个坟上，除对祖宗的一桌祭品以外，必定还有一只小匾，内设小鱼、小肉、鸡蛋、酒和香烛，是请地主吃的，叫作拜坟墓土地。孩子们中，谁先向坟墓土地叩头，谁先抢得鸡蛋。我难得抢到，觉得这鸡蛋的确比平常的好吃。上了一天坟回来，晚上是吃上坟酒。酒有四五桌，

① 含山是我乡附近唯一的一个山。山上有塔。——作者原注。

因为出嫁姑娘也都来吃。吃酒时，长辈总要训斥小辈，被训斥的，主要是乐谦、乐生和月生。因为乐谦盗卖坟树，乐生、月生作恶为非，上坟往往不到而吃上坟酒必到。

第三天上私房坟。我家的私房坟，又称旗杆坟。去上的就是我们一家人，父母和我们姊弟数人。吃了早午饭，雇一只客船，慢吞吞地荡去，水路五六里，不久就到。祭扫期间，附近三竺庵里的和尚来问讯，送我们些春笋。我们也到这庵里去玩，看见竹林很大，身入其中，不见天日。我们终年住在那市井尘嚣中的低小狭窄的百年老屋里，一朝来到乡村田野，感觉异常新鲜，心情特别快适，好似遨游五湖四海。因此我们把清明扫墓当作无上的乐事。我的父亲孜孜兀兀的在穷乡僻壤的蓬门败屋之中度送短促的一生，我想起了感到无限的同情。

一九七二年

蝌蚪

一

每度放笔，凭在楼窗上小憩的时候，望下去看见庭中的花台的边上，许多花盆的旁边，并放着一只印着蓝色图案模样的洋磁面盆。我起初看见的时候，以为是洗衣物的人偶然寄存着的。在灰色而简素的花台的边上，许多形式朴陋的瓦质的花盆的旁边，配置一个机械制造而施着近代图案的精巧的洋磁面盆，绘画的看来，很不调和。假如眼底展开着的是一张画纸，我颇想找块橡皮来揩去它。

一天，二天，三天，洋磁面盆尽管放在花台的边上。这表示不是它偶然寄存，而负着一种使命。晚快凭窗欲眺的时候，看见放学出来的孩子们聚在墙下拍皮球。我欲知道洋磁面盆的意义，便提出来问他们。才知道这面盆里养着蝌蚪，是春假中他们向田里捉来的。我久不来庭中细看，全然没有知道我家新近养着这些小动物，又因面盆中那些蓝色的图案，细碎而繁多，蝌蚪混迹于其间，我从楼窗上望下去，全然看不出来。蝌蚪是我儿时爱玩的东西，又是学童时代在教科书里最感兴味的东西，说起了可以牵惹种种的回想，我便专诚下楼来看它们。

洋磁面盆里盛着大半盆清水，瓜子大小的蝌蚪十数个，抖着尾巴，急急忙忙的游来游去，好像在找寻甚么东西，孩子们看见我来欣赏他们的作品，大家围集拢来，得意的把关于这作品的种种话告诉我：

“这是从大井头的田里捉来的。”

“是清明那一天捉来的。”

“我们用手捧了来的。”

“我们天天换清水的呀。”

“这好像黑色的金鱼。”

“这比金鱼更可爱!”

“它们为甚么不绝的游来游去?”

“它们为甚么还不变青蛙?”

他们的疑问把我提醒,我看见眼前这盆玲珑活泼的小动物,忽然变成了一种苦闷的象征。

我见这洋磁面盆仿佛是蝌蚪的沙漠。它们不绝的游来游去,是为了找寻食物。它们的久不变成青蛙,是为了不得其生活之所。这几天晚上,附近田里蛙鼓的合奏之声,早已传达到我的床里了。这些蝌蚪倘有耳,一定也会听见它们的同类的歌声,听到了一定悲伤,每晚在这洋磁面盆里哭泣,亦未可知!它们身上有着泥土水草一般的保护色,它们只合在有滋润的泥土,丰肥的青苔的水田里生活滋长。在那里有它们的营养物,有它们的安息所,有它们的游乐处,还有它们的大群的伴侣。现在被这些孩子们捉了来,关在这洋磁面盆里,四周围着坚硬的洋铁,全身浸着淡薄的白水,所接触的不是同运命的受难者,便是冷酷的珐琅质。任凭它们镇日急急忙忙的游来游去,终于找不到一种保护它们,慰安它们,生息它们的东西。这在它们是一片渡不尽的大沙漠,它们将以幼虫之身,默默的夭死在这洋磁面盆里,没有成长变化,而在青草池塘中唱歌跳舞的欢乐的希望了。

这是苦闷的象征,这是象征着某种生活之下的人的灵魂!

二

我劝告孩子们:“你们只管把蝌蚪养在洋磁面盆中的清水里,它们不得充分的养料和成长的地方,永远不能变成青蛙,将来统统饿死在这洋磁面盆里!你们不要当它们金鱼看待!金鱼原是鱼类,可以一辈子长在水里,蝌蚪是两栖类动物的幼虫,它们盼望长大,长大了要上陆,不能长居水里。你看它们急急忙忙的游来游去,找寻食物和泥土,无论如何也找不到,样子多么可怜!”

孩子们被我这话感动了,颦蹙的向洋磁面盆里看。有几人便问我:“那么,怎么好呢?”

我说:“最好是送它们回家——拿去倒在田里。过几天你们去探访,它们都已变成青蛙,‘哥哥,哥哥’的叫你们了。”

孩子们都欢喜赞成，就有两人抬着洋磁面盆，立刻要送它们回家。

我说："天将晚了，我们再留它们一夜明天送回去罢。现在走到花台里拿些它们所欢喜的泥来，放在面盆里，可以让它们吃吃，玩玩。也可让它们知道，我们不再虐待它们，我们先当作客人款待它们一下，明天就护送它们回家。"

孩子们立刻去捧泥，纷纷的把泥投进面盆里去。有的人叫着："轻轻的，轻轻的！看压伤了它们！"

不久，洋磁面盆底里的蓝色的图案都被泥土遮掩。那些蝌蚪统统钻进泥里，一只都看不见了。一个孩子寻了好久，锁着眉头说："不要都压死了？"便伸手到水里拿开一块泥来看。但见四个蝌蚪密集在面盆底上的泥的凹洞里，四个头凑在一点，尾巴向外放射，好像在那里共食甚么东西，或者共谈甚么话。忽然一个蝌蚪摇动尾巴，急急忙忙的游了开去。游到别的一个泥洞里去一转，带了别的一个蝌蚪出来，回到原处。五只蝌蚪聚在一起，五根尾巴一齐抖动起来，成为五条放射形的曲线，样子非常美丽。孩子们呀呀的叫将起来。我也暂时忘记了自己的年龄，附和着他们的声音呀呀的叫了几声。

随后就有几人异口同声的要求："我们不要送它们回家，我们要养在这里！"我在当时的感情上也有这样的要求；但觉左右为难，一时没有话回答他们，踌躇的微笑着。一个孩子恍然大悟的叫道："好！我们在墙角里掘一个小池塘倒满了水同田里一样，就把它们养在那里。它们大起来变成青蛙，就在墙角里的地上跳来跳去。"大家拍手说："好！"我也附和着说："好！"大的孩子立刻找到种花用的小锄头，向墙角的泥地上垦。不久，垦成了面盆大的一个池塘。大家说："够大了，够大了！""拿水来，拿水来！"就有两个孩子扛开水缸的盖，用浇花壶提了一壶水来，倾在新开的小池塘里。起初水满满的，后来被泥土吸收，渐渐的浅起来。大家说"水不够，水不够。"小的孩子要再去提水，大的孩子说"不必了，不必了，我们只要把洋磁面盆里的水连泥和蝌蚪倒进塘里，就正好了。"大家赞成。蝌蚪的迁居就这样的完成了。

夜色朦胧，屋内已经上灯。许多孩子每人带了一双泥手，欢喜的回进屋里去，回头叫着："蝌蚪，再会！""蝌蚪，再会！""明天再来看你们！""明天再来看你们！"一个小的孩子接着说："它们明天也许变成青蛙了。"

三

洋磁面盆里的蝌蚪，由孩子们给迁居在墙角里新开的池塘里了。孩子们满怀的希望，等候着它们的变成青蛙。我便怅然的想起了前几天遗弃在上海的旅馆里的四只小蝌蚪。

今年的清明节，我在旅中度送，乡居太久了有些儿厌倦，想调节一下。

就在这清明的时节，作了路上的行人，时值春假，一孩子便跟了我走。清明的次日，我们来到上海。十里洋场一看就生厌，还是到城隍庙里去坐坐茶店，买买零星玩意，倒有趣味。孩子在市场的一角看中了养在玻璃瓶里的蝌蚪，指着了要买。出十个铜板买了。后来我用拇指按住了瓶上的小孔，坐在黄包车里带它回旅馆去。

回到旅馆，放在电灯底下的桌子上观赏这瓶蝌蚪，觉得很是别致：这真像一瓶金鱼，共有四只。颜色虽不及金鱼的漂亮，但是游泳的姿势比金鱼更为活泼可爱。当它们游在瓶边上时，我们可以察知它们的实际的大小只及半粒瓜子。但当它们游到瓶中央时，玻璃瓶与水的凸镜的作用把它们的形体放大，变化参差的映入我们的眼中，样子很是好看。而在这都会的旅馆的楼上的五十支光电灯底下看这东西愈加觉得稀奇。这是春日田中很多的东西。要是在乡间，随你要多少，不妨用斗来量。但在这不见自然面影的都会里，不及半粒瓜子大的四只，便已可贵，要装在玻璃瓶内当作金鱼欣赏了，真有些儿可怜。而我们，原是常住在乡间田畔的人，在这清明节离去了乡间而到红尘万丈的中心的洋楼上来鉴赏玻璃瓶里的四只小蝌蚪，自己觉得可笑。这好比富翁舍弃了家里的酒池肉林而加入贫民队里来吃大饼油条；又好比帝王舍弃了上苑三千而到民间来钻穴窥墙。

一天晚上，我正在床上休息的时候，孩子在桌上玩弄这玻璃瓶，一个失手，把它打破了。水泛滥在桌子上，里面带着大大小小的玻璃碎片，蝌蚪躺在桌上的水痕中蠕动，好似涸辙之鱼，演成不可收拾的光景归我来办善后。善后之法，第一要救命。我先拿一只茶杯，去茶房那里要些冷水来，把桌上的四个蝌蚪轻轻的掇进茶杯中，供在镜台上。然后一一拾去玻璃的碎片，揩干桌子。约费了半小时的扰攘，好容易把善后办完了。去镜台上看看茶杯里的四只蝌蚪，身体都无恙，依然是不绝的游来游去，但形体好像小了些，似乎不是原来的蝌蚪了。以前养在玻璃瓶中的时候，因有凸镜的作用，其形状忽大忽小，变化百出，好看得多。现在倒在茶杯里一看，觉得就只是寻常乡间田里的四只蝌蚪，全不足观。都会真是枪花繁多的地方，寻常之物，一到都会里就了不起。这十里洋场的繁华世界，恐怕也会靠着玻璃瓶的凸镜的作用映成如此光怪陆离。一旦失手把玻璃瓶打破了，恐怕也只是寻常乡间田里的四只蝌蚪罢了。

过了几天，家里又有人来玩上海。我们的房间嫌小了，就改赁大房间。大人，孩子，加以茶房，七手八脚的把衣物搬迁。搬好之后立刻出去看上海。为经济时间计，一天到晚跑在外面，乘车，买物，访友，游玩，少有在旅馆里坐的时候，竟把小房间里镜台上的茶杯里的四只小蝌蚪完全忘却了；直到回家后数天，看到花台边上洋磁面盆里的蝌蚪的时候，方然忆及。现在孩子们给洋磁面盆里的蝌蚪迁居在墙角里新开的小池塘里，满怀的希望，等候着它们

的变成青蛙。我更怅然的想起了遗弃在上海的旅馆里的四只蝌蚪。不知它们的结果如何？

大约它们已被茶房妙生倒在痰盂里，枯死在垃圾桶里了？妙生欢喜金铃子，去年曾经想把两对金铃子养过冬，我每次到这旅馆时，他总拿出他的牛筋盒子来给我看，为我谈种种关于金铃子的话。也许他能把对金铃子的爱推移到这四只蝌蚪身上，代我们养着，现在世间还有这四只蝌蚪的小性命的存在，亦未可知。

然而我希望它们不存在。倘还存在，想起了越是可哀！它们不是金鱼，不愿住在玻璃瓶里供人观赏。它们指望着生长，发展，变成了青蛙而在大自然的怀中唱歌跳舞。它们所憧憬的故乡，是水草丰足，春泥粘润的田畴间，是映着天光云影的青草池塘。如今把它们关在这商业大都市的中央，石路的旁边，钢筋建筑的楼上，水门汀砌的房笼内，磁制的小茶杯里，除了从自来水龙头上放出来的一勺之水以外，周围都是磁，砖，石，铁，钢，玻璃，电线和煤烟，都是不适于它们的生活而足以致它们死命的东西。世间的凄凉，残酷和悲惨，无过于此。这是苦闷的象征，这象征着某种生活之下的人的灵魂！

假如有谁来报告我这四只蝌蚪的确还存在于那旅馆中。为了象征的意义，我准拟立刻动身，专赴那旅馆中去救它们出来，放乎青草池塘之中。

一九三四年四月廿二日

梧桐树

寓楼的窗前有好几株梧桐树。这些都是邻家院子里的东西,但在形式上是我所有的。因为它们和我隔着适当的距离,好像是专门种给我看的。它们的主人,对于它们的局部状态也许比我看得清楚;但是对于它们的全体容貌,恐怕始终没有看清楚呢。因为这必须隔着相当的距离方才看见。唐人诗云:“山远始为容。”我以为树亦如此。自初夏至今,这几株梧桐树在我面前浓妆淡抹,显出种种的容貌。

当春尽夏初,我眼看见新桐初乳的光景,那些嫩黄的小叶子一簇簇的顶在秃枝头上,好像一堂树灯。又好像小学生的剪贴图案,布置均匀而带幼稚气。植物的生叶,也有种种技巧:有的新陈代谢,瞒过了人的眼睛而暗中偷换青黄。有的微乎其微,渐乎其渐,使人不觉察其由秃枝变成绿叶。只有梧桐树的生叶。技巧最为拙劣,但态度最为坦白。它们的枝头疏而粗,它们的叶子平而大。叶子一生,全树显然变容。

在夏天,我又眼看见绿叶成荫的光景。那些团扇大的叶片,长得密密层层,望去不留一线空隙,好像一个大绿幛,又好像图案画中的一座青山。在我所常见的庭院植物中,叶子之大,除了芭蕉以外,恐怕无过于梧桐了。芭蕉叶形状虽大,数目不多,那丁香结要过好几天才展开一张叶子来,全树的叶子寥寥可数。梧桐叶虽不及它大,可是数目繁多。那猪耳朵一般的东西,重重叠叠的挂着,一直从低枝上挂到树顶。窗前摆了几枝梧桐,我觉得绿意实在太多了。古人说“芭蕉分绿上窗

纱”,眼光未免太低,只是阶前窗下的所见而已。若登楼眺望,芭蕉便落在眼底,应见“梧桐分绿上窗纱”了。

一个月以来,我又眼看见梧桐叶落的光景。样子真凄惨呢!最初绿色黑暗起来,变成墨绿;后来又由墨绿转成焦黄;北风一起,它们大惊小怪的闹起来,大大的黄叶便开始辞枝——起初突然的落脱一两张来,后来成群的飞下一大批来,好像谁从高楼上丢下来的东西。枝头渐渐的虚空了,露出树后面的房屋来,终于只剩几根枝条,回复了春初的面目。这几天它们空手站在我的窗前,好像曾经娶妻生子而家破人亡的光棍,样子怪可怜的!我想起了古人的诗:“高高山头树,风吹叶落去。一去数千里,何当还故处?”现在倘要搜集它们的一切落叶来使它们一齐变绿,重还故枝,回复夏日的光景,即使仗了世间一切支配者的势力,尽了世间一切机械的效能,也是不可能的事了!回黄转绿世间多,但象征悲哀的莫如落叶,尤其是梧桐的落叶。落花也曾令人悲哀。但花的寿命短促,犹如婴儿初生即死,我们虽也怜惜他,但因对他关系未久,回忆不多,因之悲哀也不深。叶的寿命比花长得多,尤其是梧桐的叶,自初生至落尽,占有大半年之久,况且这般繁茂,这般盛大!眼前高厚浓重的几堆大绿,一朝化为乌有!“无常”的象征,莫大于此了!

但它们的主人,恐怕没有感到这种悲哀。因为他们虽然种植了它们,所有了它们,但都没有看见上述的种种光景。他们只是坐在窗下瞧瞧它们的根干,站在阶前仰望它们的枝叶,为它们扫扫落叶而已,何从看见它们的容貌呢?何从感到它们的象征呢?可知自然是不能被占有的。可知艺术也是不能被占有的。

一九二四年十一月二十八日夜作

杨柳

因为我的画中多杨柳，就有人说我喜欢杨柳；因为有人说我喜欢杨柳，我似觉自己真与杨柳有缘。但我也曾问心，为甚么喜欢杨柳？到底与杨柳树有甚么深缘？其答案了不可得。原来这完全是偶然的：昔年我住在白马湖上，看见人们在湖边种柳，我向他们讨了一小株，种在寓屋的墙角里。因此给这屋取名为“小杨柳屋”，因此常取见惯的杨柳为画材，因此就有人说我喜欢杨柳，因此我自己似觉与杨柳有缘。假如当时人们在湖边种荆棘，也许我会给屋取名为“小荆棘屋”，而专画荆棘，成为与荆棘有缘，亦未可知。天下事往往如此。

但假如我存心要和杨柳结缘，就不说上面的话，而可以附会种种的理由上去。或者说我爱它的鹅黄嫩绿，或者说我爱它的如醉如舞，或者说我爱它像小蛮的腰，或者说我爱它是陶渊明的宅边所种，或者还可引援“客舍青青”的诗，“树犹如此”的话，以及“王恭之貌”“张绪之神”等种种古典来，作为自己爱柳的理由。即使要找三百个冠冕堂皇、高雅深刻的理由，也是很容易的。天下事又往往如此。

也许我曾经对人说过“我爱杨柳”的话。但这话也是随缘的。仿佛我偶然买一双黑袜穿在脚上，逢人问我“为甚么穿黑袜”时就对他说“我喜欢穿黑袜”一样。实际，我向来对于花木无所爱好；即有之，亦无所执着。这是因为我生长穷乡，只见桑麻、禾黍、烟片、棉花、小麦、大豆，不曾亲近过万花如绣的园林。只在几本旧书里看见过“紫薇”“红杏”“芍药”“牡丹”等

美丽的名称，但难得亲近这等名称的所有者。并非完全没有见过，只因见时它们往往使我失望，不相信这便是曾对紫薇郎的紫薇花，曾使尚书出名的红杏，曾傍美人醉卧的芍药，或者象征富贵的牡丹。我觉得它们也只是植物中的几种，不过少见而名贵些，实在也没有甚么特别可爱的地方，似乎不配在诗词中那样的受人称赞，更不配在花木中占据那样高尚的地位。因此我似觉诗词中所赞叹的名花是另外一种，不是我现在所看见的这种植物。我也曾偶游富丽的花园，但终于不曾见过十足的配称“万花如绣”的景象。

假如我现在要赞美一种植物，我仍是要赞美杨柳。但这与前缘无关，只是我这几天的所感，一时兴到，随便谈谈，也不会像信仰宗教或崇拜主义的毕生皈依它。为的是昨日天气佳，埋头写作到傍晚，不免走到西湖边的长椅子里去坐了一会。看见湖岸的杨柳树上，好像挂着几万串嫩绿的珠子，在温暖的春风中飘来飘去，飘出许多弯度微微的S线来，觉得这一种植物实在美丽可爱，非赞它一下不可。

听人说，这种植物是最贱的。剪一根枝条来插在地上，它也会活起来，后来变成一株大杨柳树。它不需要高贵的肥料或工深的壅培，只要有阳光、泥土和水，便会生活，而且生得非常强健而美丽。牡丹花要吃猪肚肠，葡萄藤要吃肉汤，许多花木要吃豆饼；但杨柳树不要吃人家的东西，因此人们说它是“贱”的。大概“贵”是要吃的意思。越要吃得多，越要吃得好，就是越“贵”。吃得很多很好而没有用处，只供观赏的，似乎更贵。例如牡丹比葡萄贵，是为了牡丹吃了猪肚肠只供观赏，而葡萄吃了肉汤有结果的原故。杨柳不要吃人的东西，且有木材供人用，因此被人看作“贱”的。

我赞杨柳美丽，但其美与牡丹不同，与别的一切花木都不同。杨柳的主要的美点，是其下垂。花木大都是向上发展的，红杏能长到“出墙”，古木能长到“参天”。向上原是好的，但我往往看见枝叶花果蒸蒸日上，似乎忘记了下面的根，觉得其样子可恶；你们是靠它养活的，怎么只管高踞在上面，绝不理睬它呢？你们的生命建设在它上面，怎么只管贪图自己的光荣，而绝不回顾处在泥土中的根本呢？花木大都如此。甚至下面的根已经被斫，而上面的花叶还是欣欣向荣，在那里作最后一刻的威福，真是可恶而又可怜！杨柳没有这般可恶可怜的样子：它不是不会向上生长。它长得很快，而且很高；但是越长得高，越垂得低。千万条陌头细柳，条条不忘记根本，常常俯首顾着下面，时时借了春风之力，向处在泥土中的根本拜舞，或者和它亲吻。好像一群活泼的孩子环绕着他们的慈母而游戏，但时时依傍到慈母的身边去，或者扑进慈母的怀里去，使人看了觉得非常可爱。杨柳树也有高出墙头的，但我不嫌它高，为了它高而能下，为了它高而不忘本。

自古以来，诗文常以杨柳为春的一种主要题材。写春景曰“万树垂柳”，写春色曰“陌头杨柳”，或竟称春天为“柳条春”。我以为这并非仅为杨柳当

春抽条的原故,实因其树有一种特殊的姿态,与和平美丽的春光十分调和的原故。这种姿态的特点,便是“下垂”。不然,当春发芽的树木不知凡几,何以专让柳条作春的主人呢?只为别的树木都凭仗了东君的势力而拚命向上,一味好高,忘记了自己的根本,其贪婪之相不合于春的精神。最能象征春的神意的,只有垂杨。

这是我昨天看了西湖边上的杨柳而一时兴起的感想。但我所赞美的不仅是西湖上的杨柳。在这几天的春光之下,乡村处处的杨柳都有这般可赞美的姿态。西湖似乎太高贵了,反而不适于栽植这种“贱”的垂杨呢。

一九三五年三月四日于杭州

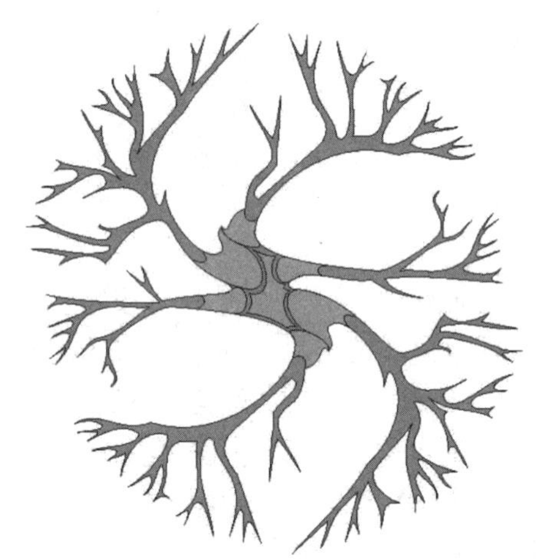

白鹅

抗战胜利后八个月零十天，我卖脱了三年前在重庆沙坪坝庙湾地方自建的小屋，迁居城中去等候归舟。

除了托庇三年的情感以外，我对这小屋实在毫无留恋。因为这屋太简陋了，这环境太荒凉了；我去屋如弃敝屣。倒是屋里养的一只白鹅，使我恋恋不忘。

这白鹅，是一位将有远行的朋友送给我的。这朋友住在北碚，特地从北碚把这鹅带到重庆来送给我。我亲自抱了这雪白的大鸟回家，放在院子内。它伸长了头颈，左顾右盼，我一看这姿态，想道："好一个高傲的动物！"凡动物，头是最主要部分。这部分的形状，最能表明动物的性格。例如狮子、老虎，头都是大的，表示其力强。麒麟、骆驼，头都是高的，表示其高超。狼、狐、狗等，头都是尖的，表示其刁奸猥鄙。猪猡、乌龟等，头都是缩的，表示其冥顽愚蠢。鹅的头在比例上比骆驼更高，与麒麟相似，正是高超的性格的表示。而在它的叫声、步态、吃相中，更表示出一种傲慢之气。

鹅的叫声，与鸭的叫声大体相似，都是"轧轧"然的。但音调上大不相同。鸭的"轧轧"，其音调琐碎而愉快，有小心翼翼的意味；鹅的"轧轧"，其音调严肃郑重，有似厉声呵斥。它的旧主人告诉我：养鹅等于养狗，它也能看守门户。后来我看到果然：凡有生客进来，鹅必然厉声叫嚣；甚至篱笆外有人走路，也要它引吭大叫，其叫声的严厉，不亚于狗的狂吠。狗的狂吠，是专对生客或宵小用的；见了主人，狗会摇头摆尾，呜呜的

乞怜。鹅则对无论何人,都是厉声呵斥;要求饲食时的叫声,也好像大爷嫌饭迟而怒骂小使一样。

鹅的步态,更是傲慢了。这在大体上也与鸭相似。但鸭的步调急速,有局促不安之相。鹅的步调从容,大模大样的,颇像平剧里的净角出场,这正是它的傲慢的性格的表现。我们走近鸡或鸭,这鸡或鸭一定让步逃走,这是表示对人惧怕。所以我们要捉住鸡或鸭,颇不容易。那鹅就不然:它傲然的站着,看见人走来简直不让;有时非但不让,竟伸过颈子来咬你一口。这表示它不怕人,看不起人。但这傲慢终归是狂妄的。我们一伸手,就可一把抓住它的项颈。而任意处置它。家畜之中,最傲人的无过于鹅,同时最容易捉住的也无过于鹅。

鹅的吃饭,常常使我们发笑。我们的鹅是吃冷饭的,一日三餐。它需要三样东西下饭:一样是水,一样是泥,一样是草。先吃一口冷饭,次吃一口水,然后再到某地方去吃一口泥及草。大约这些泥和草也有各种滋味,它是依着它的胃口而选定的。这食料并不奢侈;但它的吃法,三眼一板,丝毫不苟。譬如吃了一口饭,倘水盆偶然放在远处,它一定从容不迫的踏大步走上前去,饮水一口,再踏大步走到一定的地方去吃泥,吃草。吃过泥和草再回来吃饭。这样从容不迫的吃饭,必须有一个人在旁侍候,像饭馆里的堂倌一样。因为附近的狗,都知道我们这位鹅老爷的脾气,每逢它吃饭的时候,狗就躲在篱边窥伺。等它吃过一口饭,踏着方步去吃水、吃泥、吃草的当儿,狗就敏捷的跑上来,努力的吃它的饭。没有吃完,鹅老爷偶然早归,伸颈去咬狗,并且厉声叫骂,狗立刻逃往篱边,蹲着静候;看它再吃了一口饭,再走开去吃水、吃草、吃泥的时候,狗又敏捷的跑上来,这回就把它的饭吃完,扬长而去了。等到鹅再来吃饭的时候,饭罐已经空空如也。鹅便昂首大叫,似乎责备人们供养不周。这时我们便替它添饭,并且站着侍候。因为邻近狗很多,一狗方去,一狗又来蹲着窥伺了。邻近的鸡也很多,也常蹑手蹑脚的来偷鹅的饭吃。我们不胜其烦,以后便将饭罐和水盆放在一起,免得它走远去,让鸡、狗偷饭吃。然而它所必须的盛馔泥和草,所在的地点远近无定。为了找这盛馔,它仍是要走远去的。因此鹅的吃饭,非有一人侍候不可。真是架子十足的!

鹅,不拘它如何高傲,我们始终要养它,直到房子卖脱为止。因为它对我们,物质上和精神上都有供献,使主母和主人都欢喜它。物质上的供献,是生蛋。它每天或隔天生一个蛋,篱边特设一堆稻草,鹅蹲伏在稻草中了,便是要生蛋了。家里的小孩子更兴奋,站在它旁边等候。它分娩毕,就起身,大踏步走进屋里去,大声叫开饭。这时候孩子们把蛋热热的捡起,藏在背后拿进屋子来,说是怕鹅看见了要生气。鹅蛋真是大,有鸡蛋的四倍呢!

主母的蛋篓子内积得多了,就拿来制盐蛋,炖一个盐鹅蛋,一家人吃不了!工友上街买菜回来说:“今天菜市上有卖鹅蛋的,要四百元一个,我们的鹅每天挣四百元,一个月挣一万二,比我们作工的还好呢。哈哈,哈哈。”我们也陪他一个“哈哈,哈哈”。望望那鹅,它正吃饱了饭,昂胸凸肚的,在院子里跨方步,看野景,似乎更加神气了。但我觉得,比吃鹅蛋更好的,还是它的精神的贡献。因为我们这屋实在太简陋,环境实在太荒凉,生活实在太岑寂了,赖有这一只白鹅,点缀庭院,增加生气,慰我寂寥。

且说我这屋子,真是简陋极了:篱笆之内,地皮二十方丈,屋所占的只六方丈。这六方丈上,建着三间“抗建式”平屋,每间前后划分为二室,共得六室,每室平均一方丈。中同一间,前室特别大些,约有一方丈半弱,算是食堂兼客堂;后室就只有半方丈强,比公共汽车还小,作为家人的卧室。两边一间,平均划分为二,算是厨房及工友室。东边一间,也平均划分为二,后室也是家人的卧室,前室便是我的书房兼卧房。三年以来,我坐卧写作,都在这一方丈内。归熙甫《项脊轩记》中说:“室仅方丈,可容一人居。”又说:“雨泽下注,每移案,顾视无可置者。”我只有想起这些话的时候,感觉得自己满足。我的屋虽不上漏,可是墙是竹制的,单薄得很。夏天九点钟以后,东墙上炙手可热,室内好比开放了热水汀。这时候反教人希望警报,可到六七丈深的地下室去凉快一下呢。

竹篱之内的院子,薄薄的泥层下面尽是岩石,只能种蕃茄、蚕豆、芭蕉之类,却不能种树木。竹篱之外,坡岩起伏,尽是荒郊。因此这小屋赤裸裸的,孤零零的,毫无依蔽;远远望来,正像一个亭子。我长年坐守其中,就好比一个亭长。这地点离街约有里许小径迂回,不易寻找,来客极稀。杜诗“幽栖地僻经过少”一句,这屋可以受之无愧。风雨之日,泥泞载途,狗也懒得走过,环境荒凉更甚。这些日子的岑寂的滋味,至今回想还觉得可怕。

自从这小屋落成之后,我就辞绝了教职,恢复了战前的闲居生活。我对外间绝少往来,每日只是读书作画,饮酒闲谈而已。我的时间全部是我自己的。这是我的性格的要求,这在我是认为幸福的。然而这幸福必须两个条件:在太平时,在都会里。如今在抗战期,在荒村里,这幸福就伴着一种苦闷——岑寂。为避免这苦闷,我便在读书、作画之余,在院子里种豆,种菜,养鸽,养鹅。而鹅给我的印象最深。因为它有那么庞大的身体,那么雪白的颜色,那么雄壮的叫声,那么轩昂的态度,那么高傲的脾气,和那么可笑的行为。在这荒凉岑寂的环境中,这鹅竟成了一个焦点。凄风苦雨之日,手酸意倦之时,推窗一望,死气沉沉;唯有这伟大的雪白的东西,高擎着琥珀色的喙,在雨中昂然独步,好像一个武装的守卫,使得这小屋有了保障,这院子有了主宰,这环境有了生气。

我的小屋易主的前几天,我把这鹅送给住在小龙坎的朋友人家。送出之后的几天内,颇有异样的感觉。这感觉与诀别一个人的时候所发生的感觉完全相同,不过分量较为轻微而已。原来一切众生,本是同根,凡属血气,皆有共感。所以这禽鸟比这房屋更是牵惹人情,更能使人留恋。现在我写这篇短文,就好比为一个永诀的朋友立传,写照。

这鹅的旧主人姓夏名宗禹,现在与我邻居着。

一九四六年夏于重庆

阿咪

阿咪者，小白猫也。十五年前我曾为大白猫“白象”写文。白象死后又曾养一黄猫，并未为它写文。最近来了这阿咪，似觉非写不可了。盖在黄猫时代我早有所感，想再度替猫写照。但念此种文章，无益于世道人心，不写也罢。黄猫短命而死之后，写文之念遂消。直至最近，友人送了我这阿咪，此念复萌，不可遏止。率尔命笔，也顾不得世道人心了。

阿咪之父是中国猫，之母是外国猫。故阿咪毛甚长，有似兔子。想是秉承母教之故，态度异常活泼。除睡觉外，竟无片刻静止。地上倘有一物，便是它的游戏伴侣，百玩不厌。人倘理睬它一下，它就用姿态动作代替言语，和你大打交道。此时你即使有要事在身，也只得暂时搬开，与它应酬一下；即使有懊恼在心，也自会忘怀一切，笑逐颜开。哭的孩子看见了阿咪，会破涕为笑呢。

我家平日只有四个大人和半个小孩。半个小孩者，便是我女儿的干女儿，住在隔壁，每星期三天宿在家里，四天宿在这里，但白天总是上学。因此，我家白昼往往岑寂，写作的埋头写作，作家务的专心家务，肃静无声，有时竟像修道院。自从来了阿咪，家中忽然热闹了。厨房里常有保姆的话声或骂声，其对象便是阿咪。室中常有陌生的笑谈声，是送信人或邮递员在欣赏阿咪。来客之中，送信人及邮递员最是枯燥，往往交了信件就走，绝少开口谈话。自从家里有了阿咪，这些客人亲昵得多了。常常因猫而问长问短，有说有笑，送出了信件还

是留连不忍遽去。

访客之中,有的也很枯燥无味。他们是为公事或私事或礼貌而来的,谈话有的规矩严肃,有的噜苏疙瘩,有的虚空无聊,谈完了天气之后只得默守冷场。然而自从来了阿咪,我们的谈话有了插曲,有了调节,主客都舒畅了。有一个为正经而来的客人,正在侃侃而谈之时,看见阿咪姗姗而来,注意力便被吸引,不能再谈下去,甚至我问他也不回答了。又有一个客人向我叙述一件颇伤脑筋之事,谈话冗长曲折,连听者也很吃力。谈至中途,阿咪蹦跳而来,无端的仰卧在我面前了。这客人正在愤慨之际,忽然转怒为喜,停止发言,赞道:"这猫很有趣!"便欣赏它,抚弄它,获得了片时的休息与调节。有一个客人带了个孩子来。我们谈话,孩子不感兴味,在旁枯坐。我家此时没有小主人可陪小客人,我正抱歉,忽然阿咪从沙发下钻出,抱住了我的脚。于是大小客人共同欣赏阿咪,三人就团结一气了。后来我应酬大客人,阿咪替我招待小客人,我这主人就放心了。原来小朋友最爱猫,和它厮伴半天,也不厌倦;甚至被它抓出了血也情愿。因为他们有一共通性:活泼好动。女孩子更喜欢猫,逗它玩它,抱它喂它,劳而不怨。因为他们也有个共通性:娇痴亲昵。

写到这里,我回想起已故的黄猫来了。这猫名叫"猫伯伯"。在我们故乡,伯伯不一定是尊称。我们称鬼为"鬼伯伯",称贼为"贼伯伯"。故猫也不妨称为"猫伯伯"。大约对于特殊而引人注目的人物,都可讥讽的称之为伯伯。这猫的确是特殊而引人注目的。我的女儿最喜欢它。有时她正在写稿,忽然猫伯伯跳上书桌来,面对着她,端端正正的坐在稿纸上了。她不忍驱逐,就放下了笔,和它玩耍一会。有时它竟盘拢身体,就在稿纸上睡觉了,身体仿佛一堆牛粪,正好装满了一张稿纸。有一天,来了一位难得光临的贵客。我正襟危坐,专心应对。"久仰久仰""岂敢岂敢",有似演剧。忽然猫伯伯跳上矮桌来,嗅嗅贵客的衣袖。我觉得太唐突,想赶走它。贵客却抚它的背,极口称赞:"这猫真好!"话头转向了猫,紧张的演剧就变成了和乐的闲谈。后来我把猫伯伯抱开,放在地上,希望它去了,好让我们演完这一幕。岂知过得不久,忽然猫伯伯跳到沙发背后,迅速的爬上贵客的背脊,端端正正的坐在他的后颈上了!这贵客身体魁梧奇伟,背脊颇有些驼,坐着喝茶时,猫伯伯看来是个小山坡,爬上去很不吃力。此时我但见贵客的天官赐福的面孔上方,露出一个威风凛凛的猫头,画出来真好看呢!我以主人口气呵斥猫伯伯的无礼,一面起身捉猫。但贵客摇手阻止,把头低下,使山坡平坦些,让猫伯伯坐得舒服。如此甚好,我也何必作杀风景的主人呢?于是主客关系亲密起来,交情深入了一步。

可知猫是男女老幼一切人民大家喜爱的动物。猫的可爱,可说是群众意见。而实际上,如上所述,猫的确能化岑寂为热闹,变枯燥为生趣,转懊恼

为欢笑;能助人亲善,教人团结。即使不捕老鼠,也有功于人生。那么我今为猫写照,恐是未可厚非之事罢?猫伯伯行年四岁,短命而死。这阿咪青春尚只有三个月。希望它长寿健康,像我老家的老猫一样,活到十八岁。这老猫是我的父亲的爱物。父亲晚酌时,它总是端坐在酒壶边。父亲常常摘些豆腐干喂它。六十年前之事,今犹历历在目呢。

壬寅(一九六二年)仲夏于上海作

半篇莫干山游记

前天晚上，我九点钟就寝后，好像有甚么求之不得似的只管辗转反侧，不能入睡。到了十二点钟模样，我假定已经睡过一夜，现在天亮了，正式的披衣下床，到案头来续写一篇将了未了的文稿。写到二点半钟，文稿居然写完了，但觉非常疲劳。就再假定已经度过一天，现在天夜了，再卸衣就寝。躺下身子就酣睡。

次日早晨还在酣睡的时候，听得耳边有人对我说话："Z先生来了！Z先生来了！"是我姊的声音。我睡眼朦胧的跳起身来，披衣下楼，来迎接Z先生。Z先生说："扰你清梦！"我说："本来早已起身了。昨天写完一篇文章，写到了后半夜，所以起得迟了。失迎失迎！"下面就是寒暄。他是昨夜到杭州的，免得夜间敲门，昨晚宿在旅馆里。今晨一早来看我，约我同到莫干山去访L先生。他知道我昨晚写完了一篇文稿，今天可以放心的玩，欢喜无量，兴高采烈的叫："有缘！有缘！好像知道我今天要来的！"我也学他叫一遍："有缘！有缘！好像知道你今天要来的！"

我们寒暄过，喝过茶，吃过粥，就预备出门。我提议："你昨天到杭州已夜了。没有见过西湖，今天得先去望一望。"他说："我是生长在杭州的，西湖看腻了。我们就到莫干山罢。""但是，赴莫干山的汽车几点钟开，你知道么？""我不知道。横竖汽车站不远，我们撞去看。有缘，便搭了去，倘要下午开，我们再去玩西湖。""也好，也好。"他提了带来的皮包，我空手，就出门了。

黄包车拉我们到汽车站。我们望见站内一个待车人也没有，只有一个站员从窗里探头出来，向我们慌张的问："你们到哪里？"我说："到莫干山，几点钟有车？"他不等我说完，用手指着卖票处乱叫："赶快买票，就要开了。"我望见里面的站门口，赴莫干山的车子已在咕噜咕噜的响了。我有些茫然：原来我以为这几天莫干山车子总是下午开的，现在不过来问钟点而已，所以空手出门，连速写簿都不曾携带。但现在真是"缘"了，岂可错过？我便买票，匆匆的拉了Z先生上车。上了车，车子就向绿野中驶去。

坐定后，我们相视而笑。我知道他的话要来了。果然，他又兴高采烈的叫："有缘！有缘！我们迟到一分钟就赶不上了！"我附和他："多吃半碗粥就赶不上了！多撒一场尿就赶不上了！有缘！有缘！"车子声比我们的说话声更响，使我们不好多谈"有缘"，只能相视而笑。

开驶了约半点钟，忽然车头上"嗤"的一声响，车子就在无边的绿野中间的一条黄沙路上停下了。司机叫一声"葛娘！"跳下去看。乘客中有人低声的说："毛病了！"司机和卖票人观察了车头之后，交互的连叫"葛娘！葛娘！"我们就知道车子的确有毛病了。许多乘客纷纷的起身下车，大家围集到车头边去看，同时问司机："车子怎么了？"司机说："车头底下的螺旋钉落脱了！"说着向车子后面的路上找了一会，然后负着手站在黄沙路旁，向绿野中眺望，样子像个"雅人"。乘客赶上去问他："喂，究竟怎么了！车子还可以开否？"他回转头来，沉下了脸孔说："开不动了！"乘客喧哗起来："抛锚了！这怎么办呢？"有的人向四周的绿野环视一周，苦笑着叫："今天要在这里便中饭了！"咕噜咕噜了一阵之后，有人把正在看风景的司机拉转来，用代表乘客的态度，向他正式质问善后办法："喂！那怎么办呢？你可不可以修好它？难道把我们放生了？"另一个人就去拉司机的臂："嗳！你去修罢！你去修罢！总要给我们开走的。"但司机摇摇头，说："螺旋钉落脱了，没有法子修的。等有来车时，托他们带信到厂里去派人来修罢。总不会叫你们来这里过夜的。"乘客们听见"过夜"两字，心知这抛锚非同小可，至少要耽搁几个钟头了，又是咕噜咕噜了一阵。然而司机只管向绿野看风景，他们也无可奈何他。于是大家懒洋洋的走散去。许多人一边踱，一边骂司机，用手指着他说："他不会修的，他只会开开的，饭桶！"那"饭桶"最初由他们笑骂，后来远而避之，一步一步的走进路旁的绿荫中，或"矫首而遐观"，或"抚孤松而盘桓"，态度越悠闲了。

等着了回杭州的汽车，托他们带信到厂里，由厂里派机器司务来修，直到修好，重开，其间约有两小时之久。在这两小时间，荒郊的路上演出了恐怕是从来未有的热闹。各种服装的乘客——商人、工人、洋装客、摩登女郎、老太太、小孩、穿制服的学生、穿军装的兵，还有外国人，——在这抛了锚的公共汽车的四周低徊巡游，好像是各阶级派到民间来复兴农村的代表。最

初大家站在车身旁边,好像群儿舍不得母亲似的。有的人把车头抚摩一下,叹一口气;有的人用脚在车轮上踢几下,骂它一声;有的人俯下身子来观察车头下面缺了螺旋钉的地方,又向别处检探,似乎想检出一个螺旋钉来,立即配上,使它重新驶行。最好笑的是那个兵,他带着手枪雄赳赳的站在车旁,愤愤的骂,似乎想拔出手枪来强迫车子走路。然而他似乎知道手枪要不过螺旋钉,终于没有拔出来,只是骂了几声"妈的"。那公共汽车老大不才的站在路边,任人骂它"葛娘"或"妈的",只是默然。好像自知有罪,被人辱及娘或妈也只得忍受了。它的外形还是照旧,尖尖的头,矮矮的四脚,庞然的大肚皮,外加簇新的黄外套,样子神气活现。然而为了内部缺少了小指头大的一只螺旋钉,竟暴卒在荒野中的路旁,任人辱骂!

乘客们骂过一会之后,似乎悟到了骂死尸是没用的,大家向四野走开去。有的赏风景,有的讲地势,有的从容的蹲在田间大便。一时间光景大变,似乎大家忘记了车子抛锚的事件,变成 picnic 的一群。我和 Z 先生原是来玩玩的,方事随缘,一向不觉得惆怅。我们望见两个时髦的都会之客走到路边的朴陋的茅屋边,映成强烈的对照,便也走到茅屋旁边去参观。Z 先生的话又来了:"这也是缘!这也是缘!不然,我们哪得参观这些茅屋的机会呢?"他就同闲坐在茅屋门口的老妇人攀谈起来。

"你们这里有几份人家?"

"就是我们两家。"

"那么,你们出市很不便,到哪里去买东西呢?"

"出市要到两三里外的××。但是我们不大要买东西。乡下人有得吃些就算了。"

"这是甚么树?"

"樱桃树,前年种的,今年已有果子吃了。你看,枝头上已经结了不少。"

我和 Z 先生就走过去观赏她家门前的樱桃树。看见青色的小粒子果然已经累累满枝了,大家赞叹起来。我只吃过红了的樱桃,不曾见过枝头上青青的樱桃。只知道"红了樱桃,绿了芭蕉"的颜色对照的鲜美,不知道樱桃是怎样红起来的。一个月后都市里绮窗下洋磁盆里盛着的鲜丽的果品,想不到就是这种荒村里茅屋前的枝头上由青青的小粒子守红来的。我又惦记起故乡缘缘堂来。前年我在堂前手植一株小樱桃树,去年夏天枝叶甚茂,却没有结子。今年此刻或许也有青青的小粒子缀在枝头上了。我无端的离去了缘缘堂来作杭州的寓公,觉得有些对它们不起。我出神的对着樱桃树沉思,不知这期间 Z 先生和那老妇人谈了些甚么话。

原来他们已谈得同旧相识一般,那老妇人邀我们到她家去坐了。我们没有进去,但站在门口参观她的家。因为站在门口已可一目了然的看见她的家里,没有再进去的必要了。她家里一灶、一床、一桌,和几条长凳,还有些日用上少不得的零零碎碎的物件。一切公开,不大有隐藏的地方,衣裳穿在身上了,这里所有的都是吃和住所需要的最起码的设备,除此以外并无一件看看的或玩玩的东西。我对此又想起了自己的家里来。虽然我在杭州所租的是连家具的房子,打算暂住的,但和这老妇人的永远之家比较起来,设备复杂得不可言。我们要有写字桌,有椅子,有玻璃窗,有洋台,有电灯,有书,有文具,还要有壁上装饰的书画,真是太噜苏了! 近年来励行躬自薄而厚遇于人的Z先生看了这老妇人之家,也十分叹佩。因此我又想起了某人题行脚头陀图像的两句:"一切非我有,放胆而走。"这老妇人之家究竟还"有",所以还少不了这扇柴门,还不能放胆而走。只能使度着噜苏的生活的我和Z先生看了十分叹佩而已。实际,我们的生活在中国说算是噜苏的了。据我在故乡所见,农人、工人之家,除了衣食住的起码设备以外,极少有赘余的东西。我们一乡之中,这样的人家占大多数。我们一国之中,这样的乡镇又占大多数。我们是在大多数简陋生活的人中度着噜苏生活的人;享用了这些噜苏的供给的人,对于世间有甚么相当的贡献呢? 我们这国家的基础,还是建设在大多数简陋生活的工农上面的。

望见抛锚的汽车旁边又有人围集起来了,我们就辞了老妇人走到车旁。原来没有消息,只是乘客等得厌倦,回到车边来再骂脱几声,以解烦闷。有的人正在责问司机:"为甚么机器司务还不来?""你为甚么不乘了他们的汽车到站头上去打电话? 快得多哩!"但司机没有甚么话回答,只是向那条漫漫的长路的杭州方面的一端盼望了一下。许多乘客大家时时向这方面盼望,正像大旱之望云霓。我也跟着众人向这条路上盼望了几下。那"青天漫漫覆长路"的印象,到现在还历历在目,可以画得出来。那时我们所盼望的一架小汽车,载着一个精明干练的机器司务,带了一包螺旋钉和修理工具,从地平线上飞驰而来;立刻把病车修好,载了乘客重登前程。我们好比遭了难的船飘泊在大海中,渴望着救生船的来到。我觉得我们有些惭愧:同样是人,我们只能坐坐的,司机只能开开的。

久之,久之,彼方的地平线上涌出一黑点,渐渐的大起来。"来了! 来了!"我们这里发出一阵愉快的叫声。然而开来的是一辆极漂亮的新式小汽车,飞也似的通过了我们这病车之旁而长逝。只留下些汽油气和香水气给我们闻闻。我们目送了这辆"油壁香车"之后,再回转头来盼望我们的黑点。久之,久之,地平线上果然又涌出一个黑点。"这回一定是了!"有人这样叫,大家伸长了脖子翘盼。但是司机说"不是,是长兴班。"果然那黑点渐大起来,变成了黄点,又变成了一辆公共汽车而停在我们这病车的后面了。这是司机唤他们停的。他问他们有没有救我们的方法,可不可以先分载几个客人去。那车上的司机下车来给我们的病车诊察了一下,摇摇头上车去。许多客人想拥上这车去,然而车中满满的,没有一个空座位,都被拒绝出来。

那卖票的把门一关,立刻开走。车中的人从玻璃窗内笑着回顾我们。我们呢,站在黄沙路边上蹙着眉头目送他们,莫得同车归,自己觉得怪可怜的。

后来终于盼到了我们的救星。来的是一辆破旧不堪的小篷车。里面走出一个浑身龌龊的人来。他穿着一套连裤的蓝布的工人服装,满身是油污。头戴一顶没束带的灰色呢帽,脸色青白而处处涂着油污,望去与呢帽分别不出。脚上穿一双橡皮底的大皮鞋,手中提着一只荷包。他下了篷车,大踏步走向我们的病车头上来。大家让他路,表示起敬。又跟了他到车头前去看他显本领。他到车头前就把身体仰卧在地上,把头钻进车底下去。我在车边望去,看到的仿佛是汽车闯祸时的可怕的样子。过了一会他钻出来,立起身来,摇摇头说:"没有这种螺旋钉。带来的都配不上。"乘客和司机都着起急来:"怎么办呢? 你为甚么不多带几种来?"他又摇摇头说:"这种螺旋厂里也没有,要定作的。"听见这话的人都慌张了,有几个人几乎哭得出来。然而机器司务忽然计上心来。他对司机说:"用木头作!"司机哭丧着脸说:"木头呢? 刀呢? 你又没带来。"机器司务向四野一望,断然的说道:"同老百姓想法!"就放下手中的荷包,径奔向那两间茅屋。他借了一把厨刀和一根硬柴回来,就在车头旁边削起来。茅屋里的老妇人另拿一根硬柴走过来,说怕那根是空心的,用不得,所以再送一根来。机器司务削了几刀之后,果然发见他拿的一根是空心的,就改用了老妇人手里的一根。这时候打了圈子监视着的乘客,似乎大家感谢机器司务和那老妇人。衣服丽都或身带手枪的乘客,在这时候只得求教于这个龌龊的工人;堂皇的杭州汽车厂,在这时候只得乞助于荒村中的老妇人;物质文明极盛的都市里开来的汽车,在这时候也要向这起码设备的茅屋里去借用工具。乘客靠司机,司机靠机器司务,机器司务终于靠老百姓。

机器司务用茅屋里的老妇人所供给的工具和材料,作成了一只代用的螺旋钉,装在我们的病车上,病果然被他治愈了。于是司机又高高的坐到他那主席的座位上,开起车来;乘客们也纷纷上车,各就原位,安居乐业,车子立刻向前驶行。这时候春风扑面,春光映目,大家得意洋洋的观赏前途的风景,不再想起那龌龊的机器司务和那茅屋里的老妇人了。

我同Z先生于下午安抵朋友L先生的家里,玩了数天回杭。本想写一篇"莫干山游记",然而回想起来,觉得只有去时途中的一段可以记述,就在题目上加了"半篇"两字。

一九三五年四月二十二日于杭州

山中避雨

前天同了两女孩到西湖山中游玩，天忽下雨。我们仓皇奔走，看见前方有一小庙，庙门口有三家村，其中一家是开小茶店而带卖香烟的。我们趋之如归。茶店虽小，茶也要一角钱一壶。但在这时候，即使两角钱一壶，我们也不嫌贵了。

茶越冲越淡，雨越落越大。最初因游山遇雨，觉得扫兴；这时候山中阻雨的一种寂寥而深沉的趣味牵引了我的感兴，反觉得比晴天游山趣味更好。所谓“山色空濛雨亦奇”，我于此体会了这种境界的好处。然而两个女孩子不解这种趣味，她们坐在这小茶店里躲雨，只是怨天尤人，苦闷万状。我无法把我所体验的境界为她们说明，也不愿使她们“大人化”而体验我所感的趣味。

茶博士坐在门口拉胡琴。除雨声外，这是我们当时所闻的唯一的声音。拉的是《梅花三弄》，虽然声音摸得不大正确，拍子还拉得不错。这好像是因为顾客稀少，他坐在门口拉这曲胡琴来代替收音机作广告的。可惜他拉了一会就罢，使我们所闻的只是嘈杂而冗长的雨声。为了安慰两个女孩子，我就去向茶博士借胡琴。“你的胡琴借我弄弄好不好？”他很客气的把胡琴递给我。

我借了胡琴回茶店，两个女孩很欢喜。“你会拉的？你会拉的？”我就拉给她们看。手法虽生，音阶还摸得准。因为我小时候曾经请我家邻近的柴主人阿庆教过《梅花三弄》，又请

对面弄内一个裁缝司务大汉教过胡琴上的工尺。阿庆的教法很特别，他只是拉《梅花三弄》给你听，却不教你工尺的曲谱。他拉得很熟，但他不知工尺。我对他的拉奏望洋兴叹，始终学他不来。后来知道大汉识字，就请教他。他把小工调、正工调的音阶位置写了一张纸给我，我的胡琴拉奏由此入门。现在所以能够摸出正确的音阶者，一半由于以前略有摸 violin[①] 的经验，一半仍是根基于大汉的教授的。在山中小茶店里的雨窗下，我用胡琴从容的（因为快了要拉错）拉了种种西洋小曲。两女孩和着歌唱着《渔光曲》，要我用胡琴去和她。我和着她拉，三家村里的青年们也齐唱起来，一时把这苦雨荒山闹得十分温暖。我曾经吃过七八年音乐教师饭，曾经用 piano[②] 伴奏过混声四部合唱，曾经弹过 Beethoven 的 sonata[③]。但是有生以来，没有尝过今日般的音乐的趣味。

两部空黄包车拉过，被我们雇定了。我付了茶钱，还了胡琴，辞别三家村的青年们，坐上车子。油布遮盖我面前，看不见雨景。我回味刚才的经验，觉得胡琴这种乐器很有意思。Piano 笨重如棺材，violin 要数十百元一具，制造虽精，世间有几人能够享用呢？胡琴只要两三角钱一把，虽然音域没有 violin 之广，也尽够演奏寻常小曲。虽然音色不比 violin 优美，装配得法，其发音也还可听。这种乐器在我国民间很流行，剃头店里有之，裁缝店里有之，江北船上有之，三家村里有之。倘能多造几个简易而高尚的胡琴曲，使像《渔光曲》一般流行于民间，其艺术陶冶的效果，恐比学校的音乐课广大得多呢。我离去三家村时，村里的青年们都送我上车，表示惜别。我也觉得有些儿依依（曾经搪塞他们说："下星期再来！"其实恐怕我此生不会再到这三家村里去吃茶且拉胡琴了）。若没有胡琴的因缘，三家村里的青年对于我这路人有何惜别之情，而我又有何依依于这些萍水相逢的人呢？古语云："乐以教和。"我作了七八年音乐教师没有实证过这句话，不料这天在这荒村中实证了。

一九三五年秋日作

① 英语，意即小提琴。

② 英语，意即钢琴。

③ 英语，意即贝多芬的奏鸣曲。

庐山游记

一　江行观感

译完了柯罗连科的《我的同时代人的故事》第一卷三十万字之后,原定全家出门旅行一次,目的地是庐山。脱稿前一星期已经有点心不在稿;合译者一吟的心恐怕早已上山,每天休息的时候搁下译笔(我们是父女两人逐句协商,由她执笔的),就打电话探问九江船期。终于在寄出稿件后三天的七月廿六日清晨,父母子女及一外孙一行五人登上了江新轮船。

胜利还乡时全家由陇海路转汉口,在汉口搭轮船返沪之后,十年来不曾乘过江轮。菲君(外孙)还是初次看见长江。站在船头甲板上的晨曦中和壮丽的上海告别,乘风破浪溯江而上的时候,大家脸上显出欢喜幸福的表情。我们占据两个半房间:一吟和她母亲共一间,菲君和他小娘舅新枚共一间,我和一位铁工厂工程师吴君共一间。这位工程师熟悉上海情形,和我一见如故,替我说明吴淞口一带种种新建设,使我的行色更壮。

江新轮的休息室非常漂亮:四周许多沙发,中间好几副桌椅,上面七八架电风扇,地板上走路要谨防滑跤。我在壁上的照片中看到:这轮船原是初解放时被敌机炸沉,后来捞起重修,不久以前才复航的。一张照片是刚刚捞起的破碎不全的船壳,另一张照片是重修完竣后的崭新的江新轮,就是我现在

乘着的江新轮。我感到一种骄傲,替不屈不挠的劳动人民感到骄傲。

新枚和他的捷克制的手风琴,一日也舍不得分离,背着它游庐山。手风琴的音色清朗像竖琴,富丽像钢琴,在云山苍苍、江水泱泱的环境中奏起悠扬的曲调来,真有“高山流水”之概。我呷着啤酒听赏了一会,不觉叩舷而歌,歌的是十二三岁时在故乡石门湾小学校里学过的、沈心工先生所作的扬子江歌:

长长长,亚洲第一大水扬子江。
源青海兮峡瞿塘,蜿蜒腾蛟蟒。
滚滚下荆扬,千里一泻黄海黄。
润我祖国千秋万岁历史之荣光。

反复唱了几遍,再教手风琴依歌而和之,觉得这歌曲实在很好;今天在这里唱,比半世纪以前在小学校里唱的时候感动更深。这歌词完全是中国风的,句句切题,描写得很扼要;句句叶音,都叶得很自然。新时代的学校唱歌中,这样好的歌曲恐怕不多呢。因此我在甲板上热爱的重温这儿时旧曲。不过在这里奏乐、唱歌,甚至谈话,常常有美中不足之感。你道为何?各处的扩音机声音太响,而且广播的时间太多,差不多终日不息。我的房间门口正好装着一个喇叭,倘使镇日坐在门口,耳朵说不定会震聋。这设备本来很好:报告船行情况,通知开饭时间,招领失物,对旅客都有益。然而报告通知之外不断的大声演奏各种流行唱片,声音压倒一切,强迫大家听赏,这过分的盛意实在难于领受。我常常想向轮船当局提个意见,希望广播轻些,少些。然而不知为甚么,大概是生怕多数人喜欢这一套罢,终于没有提。

轮船在沿江好几个码头停泊一二小时。我们上岸散步的有三处:南京、芜湖、安庆。好像有一根无形的绳索系在身上,大家不敢走远去,只在码头附近闲步闲眺,买些食物或纪念品。南京真是一个引人怀古的地方,我踏上它的土地,立刻神往到六朝、三国、春秋吴越的远古,阖闾、夫差、孙权、周郎、梁武帝、陈后主……都闪现在眼前。望见一座青山。啊,这大约就是诸葛亮所望过的龙蟠钟山罢!偶然看见一家店铺的门牌上写着邯郸路,邯郸这两个字又多么引人怀古!我买了一把小刀作为南京纪念,拿回船上,同舟的朋友说这是上海来的。

芜湖轮船码头附近没有市街,沿江一条崎岖不平的马路旁边摆着许多摊头。我在马路尽头的一副担子上吃了一碗豆腐花就回船。安庆的码头附近很热闹。我们上岸,从人丛中挤出,走进一条小街,逶迤曲折的走到了一条大街上,在一爿杂货铺里买了许多纪念品,不管它们是那里来的。在安庆的小街里许多人家的门前,我看到一种平生没有见过的家具,这便是婴孩用的坐车。这坐车是圆柱形的，上面一个圆圈，下面一个底盘，四根柱子把圆圈和底盘连接；中间一个座位，婴儿坐在这座位上；底盘下面有四个轮子，便于推动。座位前面有一个特别装置：二三寸阔的一条小板，斜斜的装在座位和底盘上，与底盘成四五十度角，小板两旁有高起的边，仿佛小人国里的儿童公园里的滑梯。我初见时不解这滑梯的意义，一想就恍然大悟了它的妙用。记得我婴孩时候是站立桶的。这立桶比桌面高，四周是板，中间有一只抽斗，我的手靠在桶口上，脚就站在抽斗里。抽斗底上有桂圆大的许多洞，抽斗下面桶底上放着灰箩，妙用就在这里。然而安庆的坐车比较起我们石门湾的立桶来高明得多。这装置大约是这里的子烦恼的劳动妇女所发明的罢？安庆子烦恼的人大约较多，刚才我挤出码头的时候，就看见许多五六岁甚至三四岁的小孩子。这些小孩子大约是从子烦恼的人家溢出到码头上来的。我想起了久不见面的邵力子先生。

轮船里的日子比平居的日子长得多。在轮船里住了三天两夜，胜如平居一年半载，所有的地方都熟悉，外加认识了不少新朋友。然而这还是庐山之游的前奏曲。踏上九江的土地的时候，又感到一种新的兴奋，仿佛在音乐会里听完了一个节目而开始再听另一个新节目似的。

二　九江印象

九江是一个可爱的地方，虽然天气热到九十五度，还是可爱。我们一到招待所，听说上山车子挤，要宿两晚才有车。我们有了细看九江的机会。

“家临九江水，来去九江侧。同是长干人，生小不相识。”（崔颢）“浔阳江头夜送客，枫叶荻花秋瑟瑟。”（白居易）常常替诗人当模特儿的九江，受了诗的美化，到一千多年后的今天风韵犹存。街道清洁，市容整齐；遥望岗峦起伏的庐山，仿佛南北高峰；那甘棠湖正是具体而微的西湖。九江居然是一个小杭州。但这还在其次。九江的男男女女，大都仪容端正。极少有奇形怪状的人物。尤其是妇女们，无论群集在甘棠湖边洗衣服的女子，提着筐挑着担在街上赶路的女子，一个个相貌端正，衣衫整洁，其中没有西施，但也没有嫫母。她们好像都是学校里的女学生。但这也还在其次。九江的人态度都很和平，对外来人尤其客气。这一点最为可贵。二十年前我逃难经过江西的时候，有一个逃难伴侣告诉我：“江西人好客。”当时我扶老携幼在萍乡息足一个多月，深深的感到这句话的正确。这并非由于萍乡的地主（这地主是本地人的意思）夫妇都是我的学生的原故，也并非由于“到处儿童识姓名”（马一浮先生赠诗中语）的原故。不管相识不相识，萍乡人一概殷勤招待。如今我到九江，二十年前的印象立刻复活起来。我们在九江，大街小巷都跑过，南浔铁路的火车站也到过。我仔细留意，到处都度着和平的生活，绝不闻

相打相骂的声音。向人问路,他恨不得把你送到了目的地。我常常惊讶地域区别对风俗人情的影响的伟大。萍乡和九江,相去很远。然而同在江西省的区域之内,其风俗人情就有共通之点。我觉得江西人的“好客”确是一种美德,是值得表扬,值得学习的。我说九江是一个可爱的地方,主要点正在于此。

九江街上瓷器店特别多,除了瓷器店之外还有许多瓷器摊头。瓷器之中除了日用瓷器之外还有许多瓷器玩具:猫、狗、鸡、鸭、兔、牛、马、儿童人像、妇女人像、骑马人像、罗汉像、寿星像,各种各样都有,而且大都是上彩釉的。这使我联想起无锡来。无锡惠山等处有许多泥玩具店,也有各种各样的形象,也都是施彩色的。所异者,瓷和泥质地不同而已。在这种玩具中,可以窥见中国手艺工人的智巧。他们都没有进过美术学校雕塑科,都没有学过素描基本练习,都没有学过艺用解剖学,全凭天生的智慧和熟练的技巧,刻划出种种形象来。这些形象大都肖似实物,大多姿态优美,神气活现。而瓷工比较起泥工来,据我猜想,更加复杂困难。因为泥质松脆,只能塑造像坐猫、蹲兔那样团块的形象。而瓷质坚致,马的四只脚也可以塑出。九江瓷器中的八骏,最能显示手艺工人的天才。那些马身高不过一寸半,或俯或仰,或立或行,骨胳都很正确,姿态都很活跃。我们买了许多,拿回寓中,陈列在桌子上仔细欣赏。唐朝的画家韩干以画马著名于后世。我没有看见过韩干的真迹,不知道他的平面造型艺术比较起江西手艺工人的立体造型艺术来高明多少。韩干是在唐明皇的朝廷里作大官的。那时候唐明皇有一个擅长画马的宫廷画家叫作陈闳。有一天唐明皇命令韩干向陈闳学习画马。韩干不奉诏,回答唐明皇说:“臣自有师。陛下内厩之马,皆臣师也。”我们江西的手艺工人,正同韩干一样,没有进美术学校从师,就以民间野外的马为师,他们的技术是全靠平常对活马观察研究而进步起来的。我想唐朝时代民间一定也不乏像江西瓷器手艺工人那样聪明的人,教他们拿起画笔来未必不如韩干。只因他们没有像韩干那样作大官,不能获得皇帝的赏识,因此终身沉沦,湮没无闻;而韩干独侥幸著名于后世。这样想来,社会制度不良的时代的美术史,完全是偶然形成的。

我们每人出一分钱,搭船到甘棠湖里的烟水亭去乘凉。这烟水亭建筑在像杭州西湖湖心亭那样的一个小岛上,四面是水,全靠渡船交通九江大陆。这小岛面积不及湖心亭之半,而树木甚多。树下设竹榻卖茶。我们躺在竹榻上喝茶,四面水光艳艳,风声猎猎,九十度以上的天气也不觉得热。有几个九江女郎也摆渡到这里的树荫底下来洗衣服。每一个女郎所在的岸边的水面上,都以这女郎为圆心而画出层层叠叠的半圆形的水浪纹,好像半张极大的留声机片。这光景真可入画。我躺在竹榻上,无意中举目正好望见庐山。陶渊明“采菊东篱下,悠然见南山”,大概就是这种心境罢。预料明天这时光,一定已经身在山中,也许已经看到庐山真面目了。

三 庐山面目

“咫尺愁风雨，匡庐不可登。只疑云雾里，犹有六朝僧。”（钱起）这位唐朝诗人教我们“不可登”，我们没有听他的话，竟在两小时内乘汽车登上了匡庐。这两小时内气候由盛夏迅速进入了深秋。上汽车的时候九十五度，在汽车中先藏扇子，后添衣服，下汽车的时候不过七十几度了。赴第三招待所的汽车驶过正街闹市的时候，庐山给我的最初印象竟是桃源仙境：土地平旷，屋舍俨然；有茶馆、酒楼，百货之属；黄发垂髫，并怡然自乐。不过他们看见了我们没有“乃大惊”，因为上山避暑休养的人很多，招待所满坑满谷，好容易留两个房间给我们住。庐山避暑胜地，果然名不虚传。这一天天气晴朗。凭窗远眺，但见近处古木参天，绿阴蔽日；远处岗峦起伏，白云出没。有时一带树林忽然不见，变成了一片云海；有时一片白云忽然消散，变成了许多楼台。正在凝望之间，一朵白云冉冉而来，钻进了我们的房间里。倘是幽人雅士，一定大开窗户，欢迎它进来共住；但我犹未免为俗人，连忙关窗谢客。我想，庐山真面目的不容易窥见，就为了这些白云在那里作怪。

庐山的名胜古迹很多，据说共有两百多处。但我们十天内游踪所到的地方，主要的就是小天池、花径、天桥、仙人洞、含鄱口、黄龙潭、乌龙潭等处而已，夏禹治水的时候曾经登大汉阳峰，周朝的匡俗曾经在这里隐居，晋朝的慧远法师曾经在东林寺门口种松树，王羲之曾经在归宗寺洗墨，陶渊明曾经在温泉附近的栗里村住家，李白曾经在五老峰下读书，白居易曾经在花径咏桃花，朱熹曾经在白鹿洞讲学，王阳明曾经在舍身岩散步，朱元璋和陈友谅曾经在天桥作战……古迹不可胜计。然而凭吊也颇伤脑筋，况且我又不是诗人，这些古迹不能激发我的灵感，跑去访寻也是枉然，所以除了乘便之外，大都没有专诚拜访。有时我的太太跟着孩子们去寻幽探险了，我独自高卧在海拔一千五百公尺的山楼上看看庐山风景照片和导游之类的书，山光照槛，云树满窗，尘嚣绝迹，凉生枕簟，倒是真正的避暑。我看到天桥的照片，游兴发动起来，有一天就跟着孩子们去寻访。爬上断崖去的时候，一位挂着南京大学徽章的教授告诉我：“上面路很难走，老先生不必去罢。天桥的那条石头大概已经跌落，就只是这么一个断崖。”我抬头一看，果然和照片中所见不同：照片上是两个断崖相对，右面的断崖上伸出一根大石条来，伸向左面的断崖，但是没有达到，相距数尺，仿佛一脚可以跨过似的。然而实景中并没有石条，只是相距若干丈的两个断崖，我们所登的便是左面的断崖。我想：这地方叫作天桥，大概那根石条就是桥，如今桥已经跌落了。我们在断崖上坐看云起，卧听鸟鸣，又拍了几张照片，逍遥的步行回寓。晚餐的时候，我向管理局的同志探问这条桥何时跌落，他回答我说，本来没有桥，

那照相是从某角度望去所见的光景。啊，我恍然大悟了：那位南京大学教授和我谈话的地方，即离开左面的断崖数十丈的地方，我的确看到有一根不很大的石条伸出在空中，照相镜头放在石条附近适当的地方，透视法就把石条和断崖之间的距离取消，拍下来的就是我所欣赏的照片。我略感不快，仿佛上了资本主义社会的商业广告的当。然而就照相术而论，我不能说它虚伪，只是“太”巧妙了些。天桥这个名字也古怪，没有桥为甚么叫天桥？

含鄱口左望扬子江，右瞰鄱阳湖，天下壮观，不可不看。有一天我们果然爬上了最高峰的亭子里。然而白云作怪，密密层层的遮盖了江和湖，不肯给我们看。我们在亭子里吃茶，等候了好久，白云始终不散，望下去白茫茫的，一无所见。这时候有一个人手里拿一把芭蕉扇，走进亭子来。他听见我们五个人讲土白，就和我招呼，说是同乡。原来他是湖州人，我们石门湾靠近湖州边界，语音相似。我们就用土白同他谈起天来。土白实在痛快，个个字入木三分，极细致的思想感情也充分表达得出。这位湖州客也实在不俗，句句话都动听。他说他住在上海，到汉口去望儿子，归途在九江上岸，乘便一游庐山。我问他为甚么带芭蕉扇，他回答说，这东西妙用无穷：热的时候扇风，太阳大的时候遮阴，下雨的时候代伞，休息的时候当坐垫，这好比济公活佛的芭蕉扇。因此后来我们谈起他的时候就称他为济公活佛。互相叙述游览经过的时候，他说他昨天上午才上山，知道正街上的馆子规定时间卖饭票，他就在十一点钟先买了饭票，然后买一瓶酒，跑到小天池，在革命烈士墓前奠了酒，游览了一番，然后拿了酒瓶回到馆子里来吃午饭，这顿午饭吃得真开心。这番话我也听得真开心。白云只管把扬子江和鄱阳湖封锁，死不肯给我们看。时候不早，汽车在山下等候，我们只得别了济公活佛回招待所去。此后济公活佛就变成了我们的谈话资料。姓名地址都没有问，再见的希望绝少，我们已经把他当作小说里的人物看待了。谁知天地之间事有凑巧：几天之后我们下山，在九江的浔庐餐厅吃饭的时候，济公活佛忽然又拿着芭蕉扇出现了。原来他也在九江候船返沪。我们又互相叙述别后游览经过。此公单枪匹马，深入不毛，所到的地方比我们多。我只记得他说有一次独自走到一个古塔的顶上，那里面跳出一只黄鼠狼来，他打湖州白说：“渠被悟吓了一吓，悟也被渠吓了一吓！”我觉得这简直是诗，不过没有叶韵。宋杨万里诗云：“意行偶到无人处，惊起山禽我亦惊。”岂不就是这种体验吗？现在有些白话诗不讲叶韵，就把白话写成每句一行，一个“但”字占一行，一个“不”也占一行，内容不知道说些甚么，我真不懂。这时候我想：倘能说得像我们的济公活佛那样富有诗趣，不叶韵倒也没有甚么。

在九江的浔庐餐厅吃饭，似乎同在上海差不多。山上的吃饭情况就不同：我们住的第三招待所离开正街有三四里路，四周毫无供给，吃饭势必包在招待所里。价钱很便宜，饭菜也很丰富。只是听凭配给，不能点菜，而且吃饭时间限定。原来这不是菜馆，是一个膳堂，仿佛学校的饭厅。我有四十年不过饭厅生活了，颇有返老还童之感。跑三四里路，正街上有一所菜馆。然而这菜馆也限定时间，而且供应量有限，若非趁早买票，难免枵腹游山。我们在轮船里的时候，吃饭分五六班，每班限定二十分钟，必须预先买票。膳厅里写明请勿喝酒。有一个乘客说："吃饭是一件任务。"我想：轮船里地方小，人多，倒也难怪；山上游览之区，饮食一定便当。岂知山上的菜馆不见得比轮船里好些。我很希望下年这种办法加以改善。为甚么呢？这到底是游览之区！并不是学校或学习班！人们长年劳动，难得游山玩水，游兴好的时候难免把吃饭延迟些，跑得肚饥的时候难免想吃些点心。名胜之区的饮食供应倘能满足游客的愿望，使大家能够畅游，岂不是美上加美呢？然而庐山给我的总是好感，在饮食方面也有好感：青岛啤酒开瓶的时候，白沫四散喷射，飞溅到几尺之外。我想，我在上海一向喝光明啤酒，原来青岛啤酒气足得多。回家赶快去买青岛啤酒，岂知开出来同光明啤酒一样，并无白沫飞溅。啊，原来是海拔一千五百公尺的气压的关系！庐山上的啤酒真好！

一九五六年九月作于上海

西湖春游

我住在上海，离开杭州西湖很近，火车五六小时可到，每天火车有好几班。因此，我每年有游西湖的机会，而时间大都是春天。因为春天是西湖最美丽的季节。我很小的时候在家乡从乳母口中听到西湖的赞美歌："西湖景致六条桥，间株杨柳间株桃。……"就觉得神往。长大后曾经在西湖旁边求学，在西湖上作客，经过数十寒暑，觉得西湖上的春天真正可爱，无怪远离西湖的穷乡僻壤的人都会唱西湖的赞美歌了。

然而西湖的最美丽的姿态，直到解放之后方才充分的表现出来。解放后每年春天到西湖，觉得它一年美丽一年，一年漂亮一年，一年可爱一年。到了解放第九年的春天，就是现在，它一定长得十分美丽，十分漂亮，十分可爱。可惜我刚从病院出来，不能随众人到西湖去游春；但在这里和读者作笔谈，亦是"画饼充饥"，聊胜于无。

西湖的最美丽的姿态，为甚么直到解放后才充分表现出来呢？这是因为旧时代的西湖，只能看表面（山水风景），不能想内容（人事社会）。换言之，旧时代西湖的美只是形式美丽，而内容是丑恶不堪设想的。

譬如说，你悠闲的坐在西湖船里，远望湖边楼台亭阁，或者精巧玲珑，或者金碧辉煌，掩映出没于杨柳桃花之中，青山绿水之间。这光景多么美丽，真好比"海上仙山"！然而你只能用眼睛来看，却切不可用嘴巴来问，或者用头脑来想。你倘使问船老大"这是甚么建筑？""这是谁的别庄？"因而想起了它们的主人，那么你一定大感不快，你一定会叹气或愤怒，你眼前的"美"不但完全消失，竟变成了"丑"！因为这些楼台亭阁的所有者，不是军阀，就是财阀；建造这些楼台亭阁的钱，不是贪污来的，便是敲诈来的，剥削来的！于是你坐在船里远远的望去，就会隐约的看见这些楼台亭阁上都有血迹！隐约的听见这些楼台亭阁上都有被压迫者的呻吟声——这真是大杀风景！这样的西湖有甚么美？这样的西湖不值得游！西湖游春，谁能仅用眼睛看看而完全不想呢？

旧时代的好人真可怜！他们为了要欣赏西湖的美，只得勉强屏除一切思想，而仅看西湖的表面，仿佛麻醉了自己，聊以满足自己的美欲。记得古人有诗句云："小亭闲可坐，不必问谁家。"我初读这诗句时，认为这位诗人过于浪漫疏狂。后来仔细想想，觉得他也许怀着一片苦心：如果问起这小亭是谁家的，说不定这主人是个坏蛋，因而引起诗人的恶感，不屑坐他的亭子。旧时代的人欣赏西湖，就用这诗人的办法，不问谁家，但享美景。我小时候的音乐老师李叔同先生曾经为西湖作一首歌曲。且不说音乐，光就歌词而论，描写得真是美丽动人！让我抄录些在这里：

看明湖一碧，六桥锁烟水。
塔影参差，有画船自来去。
垂杨柳两行，绿染长堤。
扬晴风，又笛韵悠扬起。

看青山四围，高峰南北齐。
山色自空濛，有竹木媚幽姿。
探古洞烟霞，翠扑须眉。
云暮雨，又钟声林外起。

大好湖山如此，独擅天然美。
明湖碧，又青山绿作堆。
漾晴光潋滟，带雨色幽奇。
靓妆比西子，尽浓淡总相宜。

这歌曲全部，刊载在最近出版的《李叔同歌曲集》。我小时候求学于杭州西湖边的师范学校时，曾经在李先生亲自指挥之下唱这歌曲的高音部（这歌曲是四部合唱）。当时我年幼无知，只觉得这歌词描写西湖景致，曲尽其美，唱起来比看图画更美，比实地游玩更美。现在重唱一遍，回味一下，才感

到前人的一片苦心：李先生在这长长的歌曲中，几乎全部是描写风景，绝不提及人事。因为那时候西湖上盘踞着许多贪官污吏，市侩流氓；风景最好的地位都被这些人的私人公馆、别庄所占据。所以倘使提及人事，这西湖的美景势必完全消失，而变成种种丑恶的印象。所以李先生作这歌词的时候，掩住了耳朵，停止了思索，而单用眼睛来观看，仅仅描写眼睛所看见的部分。这样，六桥烟水、塔影垂杨、竹木幽姿、古洞烟霞、晴光雨色，就形成一种美丽的姿态，好比靓妆的西施活美人了。这仿佛是自己麻醉，自己欺骗。采用这种办法，虽然是李先生的一片苦心，但在今天看来，实在是不足为训的！

然而李先生在这歌曲中，不能说绝不提及人事。其中有两处不免与人事有关：即"有画船自来去"，"笛韵悠扬起"。坐在这画船里面的是何等样人？吹出这悠扬的笛声的是何等样人！这不可穷究了。李先生只能主观的假定坐在画船里的是一群同他一样风流潇洒的艺术家，吹笛的是同他一样知音善感的音乐家；或者坐在画船里的是一群天真烂漫的游客，吹笛的是一位冰清玉洁的美人。这样，才可以符合主观的意旨，才可以增加西湖的美丽。然而说起画船和笛，在我回忆中的印象很不好。记得有一次我和几个朋友买舟游湖。天朗气清，山明水秀，心情十分舒适。忽然邻近的一只船上吹起笛来，声音悠扬悦耳，使得我们满船的人都停止了说话而倾听笛韵。后来这只船载着笛声远去，消失在烟波云水之间了。我们都不胜惋惜。船老大告诉我们：这船里载着的是上海来的某阔少和本地的某闻人，他们都会弄丝弦，都会唱戏，他们天天在湖上游玩……原来这些阔少和闻人，都是我们所"久闻大名"的。我听到这些人的"大名"，觉得眼前这"独擅天然美"的"大好湖山"忽然减色；而那笛声忽然难听起来，丑恶起来，终于变成了恶魔的啸嗷声。这笛声亵渎了这"大好湖山"，污辱了我的耳朵！我用手撩起些西湖水来洗一洗我的耳朵。——这是我回忆旧时代西湖上的"画船"和"笛韵"时所得的印象。

我疏忽了，李先生的西湖歌中涉及人事的，不止上述两处，还有一处呢，即"又钟声林外起"。打钟的是谁？在李先生的主观中大约是一位大慈大悲、大智大慧的高僧，或者面壁十年的苦行头陀，或者三戒具足的比丘。然而事实上恐怕不见得如此。在那时候，上述的那些高僧、头陀和比丘极少住在西湖上的寺院里。撞钟的可能是以作和尚为业的和尚，或者是公然不守清规的和尚。

李先生作那首西湖歌时，这些人事社会的内情是不想的，是不敢想的。因为一想就破坏西湖风景的美，一想就杀风景。李先生只得屏绝了思索和分辨，而仅用眼睛来看；不谈西湖的内容情状，而仅仅赞美西湖的表面形式。我同情李先生的苦心。我想，如果李先生迟生三十年，能够躬逢解放后的新时代，能够看到人民的西湖，那么他所作的西湖歌一定还要动人得多！

在这里我不免要讲几句题外的话：我记得资本主义社会的美学中，有一个术语叫作“绝缘”，英文是 isolation。所谓绝缘，就是说看到一个物象的时候，断绝了这物象对外界（人事社会）的一切关系，而孤零零地欣赏这物象本身的姿态（形状色彩）。他们认为“美感”是由于“绝缘”而发生的。他们认为：看见一个物象时，倘使想起这物象的内容意义，想起这物象对人类社会的关系、作用和意义，就看不清楚物象本身的姿态，就看不到物象的“美”。必须完全不想物象对人类社会的关系、作用和意义，而仅用视觉来欣赏它的形状和色彩，这才能够从物象获得“美感”。——这种美学学说的由来，现在我明白了：只因为在旧社会中，追究起事物的内容意义来，大都是卑鄙龌龊、不堪闻问的，因此有些御用的学者就造出这种学说来，教人屏绝思索，不论好坏，不分皂白，一味欣赏事物的外表，聊以满足美欲，这实在是可笑、可怜的美学！

闲话少说，言归本题。旧时代的西湖春游，还有一种更切身的苦痛呢。上述那种苦痛还可以用主观强调、自己麻醉等方法来暂时避免，而另有一种苦痛则直接袭击过来，使你身心不安，伤情扫兴，游兴大打折扣。这便是西湖上的社会秩序的混乱。游西湖的主要交通工具是游船，即杭州人所谓“划子”。这种划子一向入诗、入词、入画，真是风雅不过的东西；从红尘万丈的都市里来的人，坐在这种划子里荡漾湖中，真有“春水船如天上坐”的胜概。于是划划子的人就是奇货可居，即杭州人所谓“刨黄瓜儿”。你要坐划子游西湖，先得鼓起勇气来，同划划子的人作一场斗争，然后怀着余怒坐到划子里去“欣赏”西湖景致。划划子的人本来都是清白的劳动者，但因受当时环境的压迫和恶劣作风的影响，一时不得不如此以求生存了。上船之后，照例是在各名胜古迹地点停船：平湖秋月、中山公园、西泠印社、岳坟、三潭印月、雷峰夕照、刘庄、汪庄……这些名胜古迹的确是环肥燕瘦，各有其美，然而往往不能畅游，不能放心的欣赏。因为这些地方的管理者都特别“客气”，一看到游客，立刻端出茶盘来；倘使看到派头阔绰的游客，就端出果盒来。这种“盛情”，最初领受一二，也还可以；然而再而三，三而四，甚至而五、而六、而七……游客便受宠若惊，看见茶盘连忙逃走，不管后面传来奚落的、讥讽的叫声。若是陪着老年人游玩，处处要坐下来休息，而且逃不快，那就是他们所最欢迎的游客了，便是最倒霉的游客了。

游西湖要会斗争，会逃走——这是我数十年来的“宝贵”经验。直到最近几年，解放后几年，这“宝贵”经验忽然失却了效用。解放后有一年我到杭州，突然觉得西湖有些异样：湖滨栏杆旁边那些馋涎欲滴的划子手忽然不见了，讨价还价的斗争也没有了，只看见秩序井然的买票处和和颜悦色的舟

子。名胜古迹中逐客的茶盘也不见了，到处明山秀水，任你逍遥盘桓。这一次我才十足的享受了西湖春游的快美之感！

“西子蒙不洁，则人皆掩鼻而过之。”解放前数十年间，我每逢游湖，就想起这两句话。路过湖滨的船埠头时，那种乌烟瘴气竟可使人“掩鼻”。解放之后，这西子“斋戒沐浴”过了。“大好湖山如此”，不但“独擅天然美”，又独擅“人事美”，真可谓尽善尽美了！写到这里，我的心已经飞驰到六桥三竺之间，神游于山明水秀、桃红柳绿之乡，不能再写下去了。

一九五八年春日作

扬州梦

在格致中学高中三年级肄业的新枚患了不很重的肺病，遵医嘱停学在家疗养。生活寂寞，自己发心乘此机会读些诗词，我就作了他的教师，替他讲解《唐诗三百首》和《白香词谱》，每星期一二次。暮春有一天，我教他读姜白石的《扬州慢》：

> 淮左名都，竹西佳处，解鞍少驻初程。过春风十里，尽荠麦青青。自胡马窥江去后，废池乔木，犹厌言兵。渐黄昏清角，吹寒都在空城。　　杜郎俊赏，算而今，重到须惊。纵豆蔻词工，青楼梦好，难赋深情。二十四桥仍在，波心荡、冷月无声。念桥边红药，年年知为谁生。

这孩子兴味在于词律，一味讲究平平仄仄。我却怀古多情，神游于古代的维扬胜地，缅想当年烟花三月，十里春风之盛。念到“二十四桥仍在”，我忽然发心游览久闻大名而无缘拜识的扬州，立刻收拾《白香词谱》，叫他到八仙桥去买明天到镇江的火车票。傍晚他拿了三张火车票回来。同去的是他和他的姊姊一吟。当夜各自准备行囊。

第二天下午，一行三人到达镇江。我们在镇江投宿，下午游览了焦山寺，认识了镇江的市容。下一天上午在江边搭轮船，渡江换乘公共汽车，不消两小时已经到达扬州。向车站里

的人问询,他们介绍我们一所新开的公园旅馆。我们乘车投奔这旅馆,果然看见一所新造房子,里面的家具和被褥都是新的。盥洗既毕,斟一杯茶,坐下来休息一下。定神一想:现在我身已在扬州,然而我在一路上所见和在旅馆中所感,全然没有一点古色;但觉这是一个精小的近代都市,清静整洁;男女老幼熙攘往来,怡然操作,悉如他处;其中并无李白、张祜、杜牧、郑板桥、金冬心之类的面影。旅馆的招待员介绍我们到富春去吃中饭。富春是扬州有名的茶点酒菜馆,深藏在巷子里,而入门豁然开朗,范围甚广。点心和肴馔都极精美,虽然大都是荤的,我只能用眼睛来欣赏,但素菜也作得很好,别有风味。我觉得扬州只是一个小上海、小杭州,并无特殊之处。这在我似乎觉得有些失望,我决定下午去访问大名鼎鼎的二十四桥。我预期这二十四桥能够满足我的怀古欲。

到大街上雇车子,说"到二十四桥"。然而年青的驾车人都不知道,摇摇头。有一个年纪较大的人表示知道,然而他忠告我们:"这地方很远,而且很荒凉,你们去作甚么?"我不好说"去凭吊",只得撒一个谎,说"去看朋友"。那人笑着说:"那边不大有人家呢!"驾车的人都笑起来。这时候旁边的铺子里走出一位老者来,笑着对驾车人说:"你们拉他们去罢,在西门外,他们是来看看这小桥的。"又转向我说:"这条桥从前很有名,可是现在荒凉了,附近没有甚么东西。"我料想这位老者是读过唐诗,知道"二十四桥明月夜"的。他的笑容很特别,隐隐的表示着:"这些傻瓜!"

车子走了半小时以上,方才停息在田野中间跨在一条沟渠似的小河上的一爿小桥边。驾车人说:"到了,这是二十四桥。"我们下车,大家表示大失所望的样子,除了"啊哟!"以外没有别的话。一吟就拿出照相机来准备摄影。驾车的人看见了,打着土白交谈:"来照相的。""要修桥罢?""要开河罢?"我不辩解,我就冒充了工程师,倒是省事。驾车人到树荫下去休息吸烟了。我有些不放心:这小桥到底是否二十四桥?为欲考证确实,我跑到附近田野里一位正在工作的农人那里,向他叩问:"同志,这是甚么桥?"他回答说:"二十四桥。"我还不放心,又跑到桥旁一间小屋子门口,望见里面一位白头老婆婆坐着作针线,我又问:"请问老婆婆,这是甚么桥?"老婆婆干脆的说:"廿四桥。"这才放心,我们就替二十四桥拍照。桥下水涸,最狭处不过七八尺,新枚跨了过去,嘴里念着"波心荡冷月无声",大家不觉失笑。

车子背着夕阳回城去的时候,我耽于瞑想了。我首先想到李白"烟花三月下扬州"的名句,觉得正是这个时候。接着想起杜牧的诗:"青山隐隐水迢迢,秋尽江南草未凋;二十四桥明月夜,玉人何处教吹箫?""落魄江湖载酒行,楚腰纤细掌中轻。十年一觉扬州梦,赢得青楼薄幸名。""娉娉袅袅十三余,豆蔻梢头二月初;春风十里扬州路,卷上珠帘总不如。"又想起徐凝的诗句:"天下三分明月夜,二分无赖是扬州。"又想起王建的诗句:"夜市千灯照碧云,高楼红袖客纷纷。”又想起张祜的诗:“十里长街市井连,月明桥上看神仙;人生只合扬州死,禅智山光好墓田。”我在吟哦之下,梦见唐朝时候扬州的繁华。我又想起清人所作的《扬州画舫录》,这书中记述着乾隆年间扬州的繁盛景象,十分详尽。我又记起清朝的所谓“扬州八怪”,想象郑板桥、金冬心、罗聘、李方膺、汪士慎、高翔、黄悟、李鳝等潇洒不羁的文人画家寓居扬州时的风流韵事。最后想到描写清兵屠城的《扬州十日记》,打一个寒噤,不再想下去了。

回到旅馆里,询问账房先生,知道扬州有素菜馆。我们就去吃夜饭。这素菜馆名叫小觉林,位在电影院对面。我们在一个小楼上占据了一个雅座。一吟和新枚吃饱了饭,到对面看电影去了。我在小楼中独酌,凭窗闲眺,“十里长街”,“夜市千灯”,却全无一点古风。只见许多穿人民装的男男女女,熙攘往来,恬然共乐,比较起上海的市街来,特别富有节日的欢乐的气象。这是甚么原故呢?我想了好久,恍然大悟:原来扬州市内晚上没有汽车,马路上很安全,所有的行人都在马路中央幢幢往来,和上海节日电车停驶时的光景相似,所以在我看来特别富有欢乐的气象。我一方面觉得高兴,一方面略感失望。因为我抱着怀古之情而到这邗左名都来巡礼,所见的却是一个普通的现代化城市。

晚餐后我独自在街上徜徉了一会,回到旅馆已经九点多钟。舟车劳顿,观感纷忙,心身略觉疲倦,倒身在床,立刻睡去。

忽然听见有人敲门。拭目起床,披衣开门,但见一个端庄而壮健的中年妇女站在门口,满面笑容,打起道地扬州白说:“扰你清梦,非常抱歉!”我说:“请进来坐,请教贵姓大名。”她从容的走进房间来,在桌子旁边坐下,侃侃而言:“我姓扬名州,号广陵,字邗江,别号江都,是本地人氏。知道你老人家特地来访问我,所以前来答拜。我今天曾经到火车站迎接你,又陪伴你赴二十四桥,陪伴你上酒楼,不过没有让你察觉。你的一言一动,一思一想,我都知道。我觉得你对我有些误解,所以特地来向你表白。你不远千里而枉驾惠临,想必乐于听取我的自述罢?”我说:“久慕大名,极愿领教!”她从容的自述如下:

“你憧憬于唐朝时代、清朝时代的我,神往于‘烟花三月’、‘十里春风’的‘繁华’景象,企慕‘扬州八怪’的‘风流韵事’,认为这些是我过去的光荣幸福,你完全误解了!我老实告诉你:在1949年以前,一千多年的长时期间,我不断的被人虐待,受尽折磨,备尝苦楚,经常是身患痼疾,体无完肤,畸形发育,半身不遂;古人所赞美我的,都是虚伪的幸福、耻辱的光荣、忍痛的欢笑、病态的繁荣。你却信以为真,心悦神往的吟赏他们的诗句,真心诚意的想象古昔的盛况,不远千里的跑来凭吊过去的遗迹,不堪回首的痛惜往事的飘

零。你真大上其当了！我告诉你：过去千余年间，我吃尽苦头。他们压迫我，毒害我，用残酷的手段把我周身的血液集中在我的脸面上，又给我涂上脂粉，加上装饰，使得我面子上绚焕灿烂，富丽堂皇，而内部和别的部分百病丛生，残废瘫痪，贫血折骨，臃肿腐烂。你该知道：士大夫们在二十四桥明月下听玉人吹箫，在月明桥上看神仙，干风流韵事，其代价是我全身的多少血汗！

"我忍受苦楚，直到1949年方才翻身。人民解除了我的桎梏，医治我的创伤，疗养我的疾病，替我沐浴，给我营养，使我全身正常发育，恢复健康。我有生以来不曾有过这样快乐的生活，这才是我的真正的光荣幸福！你在酒楼上看见我富有节日的欢乐气象，的确，七八年来我天天在过节日似的欢乐生活，所以现在我的身体这么壮健，精神这么愉快，生活这么幸福！你以前没有和我会面，没有看到过我的不幸时代，你也是幸福的人！欢迎你多留几天，我们多叙晤，你会更了解我的光荣幸福，欢喜满足的回上海去，这才不负你此行的跋涉之劳呢！时候不早，你该休息了。我来扰你清梦，很对不起！"她说着就站起身来告辞。

我听了她的一番话，恍然大悟，正想慰问她，感谢她，她已经夺门而出，回头对我说一声"明天会！"就在门外消失了。

我走出门去送她，不料在门槛上绊了一下，跌了一跤，猛然醒悟，原来身在旅馆里的簇新的床铺上的簇新的被窝里！啊，原来是一个"扬州梦"！这梦比元人乔梦符的《扬州梦》和清人嵇留山的《扬州梦》有意思得多，不可以不记。

一九五八年春日作

黄山松

没有到过黄山之前，常常听人说黄山的松树有特色。特色是甚么呢？听别人描摹，总不得要领。所谓“黄山松”，一向在我脑际留下一个模糊的概念而已。这次我亲自上黄山，亲眼看到黄山松，这概念方才明确起来。据我所看到的，黄山松有三种特色：

第一，黄山的松树大都生在石上。虽然也有生在较平的地上的，然而大多数是长在石山上的。我的黄山诗中有一句：“苍松石上生。”石上生，原是诗中的话；散文的说，该是石罅生，或石缝生。石头如果是囫囵的，上面总长不出松树来；一定有一条缝，松树才能扎根在石缝里。石缝里有没有养料呢？我觉得很奇怪。生物学家一定有科学的解说；我却只有臆测：《本草纲目》里有一种药叫作“石髓”。李时珍说：“《列仙传》言邛疏煮石髓。”可知石头也有养分。黄山的松树也许是吃石髓而长大起来的罢？长得那么苍翠，那么坚劲，那么窈窕，真是不可思议啊！更有不可思议的呢：文殊院窗前有一株松树，由于石头崩裂，松根一大半长在空中，像须蔓一般摇曳着。而这株松树照样长得郁郁苍苍，娉娉婷婷。这样看来，黄山的松树不一定要餐石髓，似乎呼吸空气，呼吸雨露和阳光，也会长大的。这真是一种生命力顽强的生物啊！

第二个特色，黄山松的枝条大都向左右平伸，或向下倒生，极少有向上生的。一般树枝，绝大多数是向上生的，除非柳条挂下去。然而柳条是软弱的，地心吸力强迫它挂下去，不

是它自己发心向下挂的。黄山松的枝条挺秀坚劲,然而绝大多数像电线木上的横木一般向左右生,或者像人的手臂一般向下生。黄山松更有一种奇特姿态:如果这株松树长在悬崖旁边,一面靠近岩壁,一面向着空中,那么它的枝条就全部向空中生长,靠岩壁的一面一根枝条也不生。这姿态就很奇特,好像一个很疏的木梳,又像学习的“习”字。显然,它不肯面壁,不肯置身丘壑中,而一心倾向着阳光。

第三个特色,黄山松的枝条具有异常强大的团结力。狮子林附近有一株松树,叫作“团结松”。五六根枝条从近根的地方生出来,密切的偎傍着向上生长,到了高处才向四面分散,长出松针来。因此这一束树枝就变成了树干,形似希腊殿堂的一种柱子。我谛视这树干,想象它们初生时的状态:五六根枝条怎么会合伙呢? 大概它们知道团结就是力量,可以抵抗高山的风吹、雨打和雪压,所以生成这个样子。如今这株团结松已经长得很粗、很高。我伸手摸摸它的树干,觉得像铁铸的一般。即使十二级台风,漫天大雪,也动弹它不了。更有团结力强得不可思议的松树呢:从文殊院到光明顶的途中,有一株松树,叫作“蒲团松”。这株松树长在山间的一小块平坡上,前面的砂土上筑着石围墙,足见这株树是一向被人重视的。树干不很高,不过一二丈,粗细不过合抱光景。上面的枝条向四面八方水平放射,每根都伸得极长,足有树干的高度的两倍。这就是说:全体像个“丁”字,但上面一划的长度大约相当于下面一直的长度的四倍。这一划上面长着丛密的松针,软绵绵的好像一个大蒲团,上面可以坐四五个人。靠近山的一面的枝条,梢头略微向下。下面正好有一个小阜,和枝条的梢头相距不过一二尺。人要坐这蒲团,可以走到这小阜上,攀着枝条,慢慢的爬上去。陪我上山的向导告诉我:“上面可以睡觉的,同沙发床一样。”我不愿坐轿,单请一个向导和一个服务员陪伴着,步行上山,两腿走得相当吃力了,很想爬到这蒲团上去睡一觉。然而我们这一天要上光明顶,赴狮子林,前程远大,不宜耽搁;只得想象的在这蒲团上坐坐,躺躺,就鼓起干劲,向光明顶迈步前进了。

一九六一年五月十日

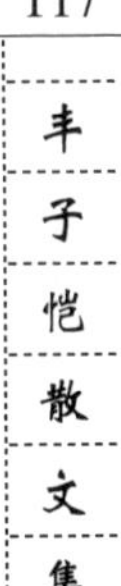

上天都

从黄山宾馆到文殊院的途中，有一块独一无二的小平地，约有二三十步见方。据说不久这里要造一个亭子，供游人息足，现在已有许多石条乱放着了。我爬到了这块平地上，如获至宝，立刻在石条上坐下，觉得比坐沙发椅子更舒服。因为我已经翻了两个山峰，紫云峰和立马峰，尽是陡坡石级，羊肠坂道，两腿已经不胜酸软了。

坐在石条上点着一根纸烟，向四周望望，看见一面有一个高峰，它的峭壁上有一条纹路，远望好像一条虚线。仔细辨认，才知道是很长的一排石级，由此可以登峰的。我不觉惊讶的叫出："这个峰也爬得上的？"陪我上山的向导说："这个叫作天都峰，是黄山中最陡的一个峰；轿子不能上去，只有步行才爬得上。老人家不能上去。"

昨夜在黄山宾馆时，交际科的郝同志劝我雇一乘轿子上山。她说虽然这几天服务队里的人都忙着采茶，但也可以抽调出四个人来抬你上山。这些山路，老年人步行是吃不消的。我考虑了一下，决定谢绝坐轿。一则不好意思妨碍他们的采茶工作，二则设想四个人抬我一个人上山，我心情的不安一定比步行的疲劳苦痛得多。因此毅然的谢绝了，决定只请一个向导老宋和一个服务员小程陪伴上山。今天一路上来，老宋指示我好几个险峻的地方，都是不能坐轿，必须步行的。此时我觉得：昨夜的谢绝坐轿是得策的。我从过去的经验中发见一个真理：爬山的唯一的好办法，是像龟兔赛跑里的乌龟一

样，不断的、慢慢的走。现在向导说“老人家不能上去”，我漫应了一声，但是心中怀疑。我想：慢慢的走，老人家或许也能上去。然而天色已经向晚，我们须得爬上这天都峰对面的玉屏峰，到文殊院投宿。现在谈不到上天都了。

在文殊院三天阴雨，却得到了两个喜讯，第26届世界乒乓球锦标赛，男女单打，中国都获得了冠军；苏联的加加林乘飞船绕地球一匝，安然回到本国。我觉得脸上光彩，心中高兴，两腿的酸软忽然消失了。第四天放晴，女儿一吟发兴上天都，我决定同去。她说：“爸爸和妈妈在这里休息罢，怕吃不消呢。”我说：“妈妈是放大脚，固然吃不消；我又不是放大脚，慢慢的走！”老宋笑着说：“也好，反正走不动可以在半路上坐等的。”接着又说，“去年你们画院里的画师来游玩，两位老先生都没有上天都。你老人家兴致真好！”大概他预料我走不到顶的。

从文殊院走下五六百个石级，到了前几天坐在石条上休息的那块小平地上，望望天都峰那条虚线似的石级，不免有些心慌。然而我有一个法宝，就是不断的、慢慢的走。这法宝可以克服一切困难。我坐在平地的石条上慢慢的抽了两根纸烟，精神又振作了，就开始上天都。

这石级的斜度，据导游书上说，是60度至80度。事实证明这数字没有夸张。全靠石级的一旁立着石柱，石柱上装着铁链，扶着铁链才敢爬上去。我规定一个制度：每跨上十步，站立一下。后来加以调整：每跨上五步，站立一下。后来第三次调整：每跨上五步，站立一下；再跨上五步，在石级上坐一下。有的地方铁链断了，或者铁链距离太远，或者斜度达到80度，那时我就四条“腿”走路。这样的爬了大约一千级，才爬到了一个勉强可称平地的地方。我以为到顶了，岂知山上复有山，而且路头比过去的石级更曲折，更险峻。有几个地方，须得小程在前面拉，老宋在后面推，我的身子才飞腾上去。

老宋说：“过了鲫鱼背，离开山顶不远了。”不久，眼前果然出现了一个巨大的“鲫鱼”。它的背脊约有十几丈长，却只有两三尺阔，两旁立着石柱，柱上装着铁链。我两手扶着铁链，眼睛看着前面，能够堂皇的跨步；但倘眼睛向下一望，两条腿就不期的发起抖来，畏缩不前了。因为望下去一片石壁，简直是“下临无地”。如果掉下去，一定粉身碎骨。走完了鲫鱼背，我连忙在一块石头上坐下，透一口大气。我抽着纸烟，想象当初工人们立石柱、装铁链时的光景，深切的感到劳动人民的伟大，惭愧我的卑怯：扶着现成的铁链还要两腿发抖！

再走几个险坡，便到达了天都峰的最高处。这里也有石柱和铁链，也是下临无地的。但我总算曾经沧海了，并不觉得顶上可怕，却对于鲫鱼背特别感兴趣。回去的时候，我站在鱼背顶点，叫一吟拍一张照。岂知这照片并无可观。因为一则拍照不能摄取全景，表不出高和险；二则拍照不能删除芜杂、强调要点，所以不能动人。在这点上绘画就可以逞强了：把不必要的琐

屑删去，让主要的特点显出，甚至加以夸张或改造，表现出对象的神气，即所谓“传神写照”，只有绘画——尤其是中国画——最擅长。

上山吃力，下山危险——这是我登山的经验谈。下天都的时候，我全靠倒退，再加向导和服务员的帮助，才免除了危险。回到文殊院，看见扶梯害怕了。勉强上楼，倒在床里。两腿酸痛难当，然而回想滋味极佳。我想：我的法宝“像乌龟一样不断的、慢慢的走”，不但适用于老人登山，又可普遍的适用于老弱者的一切行为：凡事只要坚忍不懈的进行，即使慢些，也终于能获得成功。今天我的上天都已经获得成功了。欢欣之余，躺在床上吟成了一首小诗：

结伴游黄山，良辰值暮春。
美景层层出，眼界日日新。
奇峰高万丈，飞瀑泻千寻。
云海脚下流，苍松石上生。
入山虽甚深，世事依然闻。
息足听广播，都城传好音。
国际乒乓赛，中国得冠军。
飞船绕地球，勇哉加加林！
客中逢双喜，游兴忽然增。
掀髯上天都，不让少年人。

一九六一年五月十一日于上海记

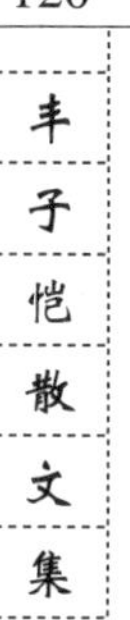

黄山印象

看山，普遍总是仰起头来看的。然而黄山不同，常常要低下头去看。因为黄山是群山，登上一个高峰，就可俯瞰群山。这教人想起杜甫的诗句“会当凌绝顶，一览众山小！”而精神为之兴奋，胸襟为之开朗。我在黄山盘桓了十多天，登过紫云峰、立马峰、天都峰、玉屏峰、光明顶、狮子林、眉毛峰等山，常常爬到绝顶，有如苏东坡游赤壁的“履巉岩，披蒙茸，踞虎豹，登虬龙，攀栖鹘之危巢，俯冯夷之幽宫”。

在黄山中，不但要低头看山，还要面面看山。因为方向一改变，山的样子就不同，有时竟完全两样。例如从玉屏峰望天都峰，看见旁边一个峰顶上有一块石头很像一只松鼠，正在向天都峰跳过去的样子。这景致就叫“松鼠跳天都”。然而爬到天都峰上望去，这松鼠却变成了一双鞋子。又如手掌峰，从某角度望去竟像一个手掌，五根手指很分明。然而峰回路转，这手掌就变成了一个拳头。他如“罗汉拜观音”“仙人下棋”“喜鹊登梅”“梦笔生花”“鳌鱼驼金龟”等景致，也都随时改样，变幻无定。如果我是个好事者，不难替这些石山新造出几十个名目来，让导游人增加些讲解资料。然而我没有这种雅兴，却听到别人新起了两个很好的名目：有一次我们从西海门凭栏俯瞰，但见无数石山拔地而起，真像万笏朝天；其中有一个石山由许多方形石块堆积起来，竟同玩具中的积木一样，使人不相信是天生的，而疑心是人工的。导游人告诉我：有一个上海来的游客，替这石山起个名目，叫作“国际饭店”。我一看，果

然很像上海南京路上的国际饭店。有人说这名目太俗气,欠古雅。我却觉得有一种现实的美感,比古雅更美。又有一次,我们登光明顶,望见东海(这海是指云海)上有一个高峰,腰间有一个缺口,缺口里有一块石头,很像一只蹲着的青蛙。气象台里有一个青年工作人员告诉我:他们自己替这景致起一个名目,叫作“青蛙跳东海”。我一看,果然很像一只青蛙将要跳到东海里去的样子。这名目起得很适当。

翻山过岭了好几天,最后逶迤下山,到云谷寺投宿。这云谷寺位在群山之间的一个谷中。由此再爬过一个眉毛峰,就可以回到黄山宾馆而结束游程了。我这天傍晚到达了云谷寺,发生了一种特殊的感觉,觉得心情和过去几天完全不同。起初想不出其所以然,后来仔细探索,方才明白原因:原来云谷寺位在较低的山谷中,开门见山,而这山高得很,用“万丈”“插云”等语来形容似乎还嫌不够,简直可用“凌霄”“逼天”等字眼。因此我看山必须仰起头来。古语云:“高山仰止”,可见仰起头来看山是正常的,而低下头去看山是异常的。我一到云谷寺就发生一种特殊的感觉,便是因为在好几天异常之后突然恢复正常的原故。这时候我觉得异常固然可喜,但是正常更为可爱。我躺在云谷寺宿舍门前的藤椅里,卧看山景,但见一向异常的躺在我脚下的白云,现在正常的浮在我头上了,觉得很自然。它们无心出岫,随意来往;有时冉冉而降,似乎要闯进寺里来访问我的样子。我便想起某古人的诗句:“白云无事常来往,莫怪山僧不送迎。”好诗句啊!然而叫我作这山僧,一定闭门不纳,因为白云这东西是很潮湿的。

此外也许还有一个原因:云谷寺是旧式房子,三开间的楼屋。我们住在楼下左右两间里,中央一间作为客堂;廊下很宽,布设桌椅,可以随意起卧,品茗谈话,饮酒看山,比过去所住的文殊院、北海宾馆、黄山宾馆趣味好得多。文殊院是石造二层楼屋,房间像轮船里的房舱或火车里的卧车:约一方丈大小的房间,中央开门,左右两床相对,中间靠窗设一小桌,每间都是如此。北海宾馆建筑宏壮,房间较大,但也是集体宿舍式的:中央一条走廊,两旁两排房间,间间相似。黄山宾馆建筑尤为富丽堂皇,同上海的国际饭店、锦江饭店等差不多。两宾馆都有同上海一样的卫生设备。这些房屋居住固然舒服,然而太刻板,太洋化;住得长久了,觉得仿佛关在笼子里。云谷寺就没有这种感觉,不像旅馆,却像人家家里,有亲切温暖之感和自然之趣。因此我一到云谷寺就发生一种特殊的感觉。云谷寺倘能添置卫生设备,采用些西式建筑的优点:两宾馆的建筑倘能采用中国方式,而加西洋设备,使外为中用,那才是我所理想的旅舍了。

这又使我回想起杭州的一家西菜馆的事,附说在此:此次我游黄山,道经杭州,曾经到一个西菜馆里去吃一餐午饭。这菜馆采用西式的分食办法,但不用刀叉而用中国的筷子。这办法好极。原来中国的合食是不好的办

法，各人的唾液都可能由筷子带进菜碗里，拌匀了请大家吃。西洋的分食办法就没有这弊端，很应该采用。然而西洋的刀叉，中国人实在用不惯，我们还是用筷子便当。这西菜馆能采取中西之长，创造新办法，非常合理，很可赞佩。当时我看见座上多半是农民，就恍然大悟：农民最不惯用刀叉，这合理的新办法显然是农民教他们创造的。

一九六一年五月二十日于上海记

化作春泥更护花

——参观江西革命根据地随笔

我平生——孩童时代不算——难得流眼泪;但这次在南昌的烈士纪念堂里,竟流了不少。这里面的灵堂里,左右两排玻璃柜子,里面陈列着许多装璜很隆重的册子,是当年江西各地为解放战争而牺牲的烈士的名册。翻开来一看,里面记录着烈士的姓名、年岁、籍贯等;各村、各乡分别造册,有的一村牺牲数千名,有的一乡牺牲数万名,都用工整的楷书历历的记载着。楼上几个大房间的墙壁上,挂着许多烈士的照片,鲁迅先生记录过的刘和珍女烈士亦在其内。玻璃柜子里陈列着各烈士的遗物,有书册、信件、器什、血衣等,教人看了更是悲愤交集。

江西人民为革命付出了巨大的代价!据报道:第一次大革命时期江西全省人口有二千六百多万。到了1949年解放的时候,只剩下一千三百万。这就是说,在革命的斗争中被反动派摧残了一半人口。长征开始之后,国民党在江西各革命根据地进行了疯狂的烧杀。他们提出三句口号,叫作"茅厕要过火,石头要过刀,人要换种"。这期间江西人民死在敌人屠刀之下的共有七十多万。宁都县满门抄斩的有八千三百家。井冈山的村落全部被烧光。兴国一县参军者有六万多人,参加长征者有三万多人;解放时只剩三百多人。

江西人民用千百万生命来换得了胜利!这些烈士的血化作了革命的动力,激励了全国人民的心,取得了巨大的胜利。我瞻仰烈士纪念堂之后,想起了古人的两句诗:"落红不是无

情物,化作春泥更护花。”这两句诗看似风雅优美,其实沉痛悲壮;看似消沉的,其实是积极的。这就是“化悲愤为力量!”我把这两句诗吟了几遍,胸中的郁勃才消解了些。

我在南昌又参观了“八一纪念馆”。这里面陈列着“八一”起义时的各种纪念物。其中有当时所用的茶水缸、马灯、手电筒、武器以及红军的用品等,教人看了非常感动。这屋子本来是江西大旅社。周恩来、叶挺等同志当时住过的房间、用过的会议室,都照当时的原样保存着。朱德同志用过的手枪,也陈列在这里。贺龙指挥部的楼窗上,还留着当时的弹痕呢!

我又参观了当年朱德同志领导的“军官教导团”的旧址。现在这里面住着军士,但有一个房间里保留着朱德同志当时所用的床。这只床真使人吃惊:不但没有棕棚,竟连松板也没有,只是在木框子上钉着八九条竹片,每两条之间相距约有一两寸,上面铺一条薄薄的褥子,是当时的原物。我用手按按褥子,底下的竹片就一条一条的突出来,想见身体躺在这上面,是很不舒服的。如果躺过一夜,早上起来说不定身上会起条纹呢。我想想这种艰苦奋斗的精神,觉得愧感交集。我住在南昌的江西宾馆里,睡的是席梦思床,同这只床比较起来,真是天差地远。我有甚么功德,今天来享受这幸福呢?

这种艰苦奋斗的精神,普遍的贯彻在江西革命根据地人民的心中。据当地的老英雄们说:他们为了支援前线,宁可自己少吃少穿。在极艰苦的期间,他们曾经发起“每天每人节约一两米、一个铜板”的运动。当干部的每人每天只有十二两米和一角钱的菜钱。为了支援红军,还有自动提出自带粮食、不吃分粮的。当时瑞金的人民有一只歌:“白塔巍峨矗立,绵江长流向东。红色儿女前仆后继,任凭血雨腥风。”赣南区党委的第一书记刘建华同志曾经参加游击战十九年,直到解放为止。他告诉我们:那时候敌人搜山“清剿”,游击队天天要从这山头转到那山头,躲避危险。特别是从一九三五年到一九三七年,最为艰苦,三年间极少有脱衣服睡觉的日子。吃的是野菜竹笋,有时简直挨饿。冬天没有棉被,坐在火堆旁边过夜。虽然敌人颁布了“通匪者杀”和“移民并村”等恶毒的办法,但是群众还是冒着生命危险,给游击队送情报,送衣服,送粮食。真是艰苦卓绝啊!

这种艰苦卓绝的精神和这种悲愤,都化作了无穷大的力量,取得了辉煌的胜利,又推动着伟大的社会主义建设。因人成事而坐享成果的我们,安得不感谢这些烈士和英雄,而尽心竭力的为社会主义建设服务呢?我在南昌填了一阕《望江南》:

南昌好,八一建奇勋。饮水思源怀烈士,揭竿起义忆群英。青史永留名。

一九六一年

美与同情

有一个儿童,他走进我的房间里,便给我整理东西。他看见我的挂表的面合复在桌子上,给我翻转来。看见我的茶杯放在茶壶的环子后面,给我移到口子前面来。看见我床底下的鞋子一顺一倒,给我掉转来。看见我壁上的立幅的绳子拖出在前面,搬了凳子,给我藏到后面去,我谢他:

"哥儿,你这样勤勉的给我收拾!"

他回答我说:

"不是,因为我看了那种样子,心情很不安适。"是的,他曾说:"挂表的面合复在桌子上,看它何等气闷!""茶杯躲在它母亲的背后,教它怎样吃奶奶""鞋子一顺一倒,教它们怎样谈话?""立幅的辫子拖在前面,像一个鸦片鬼。"我实在钦佩这哥儿的同情心的丰富。从此我也着实留意于东西的位置,体谅东西的安适了。它们的位置安适,我看了心情也安适。于是我恍然悟到,这就是美的心境,就是文学的描写中所常用的手法,就是绘画的构图上所经营的问题。这都是同情心的发展。普通人的同情只能及于同类的人,或至多及于动物;但艺术家的同情非常深广,与天地造化之心同样深广,能普及于有情、非有情的一切物类。

我次日到高中艺术科上课,就对她们作这样的一番讲话:

世间的物有各种方面,各人所见的方面不同。譬如一株树,在博物家,在园丁,在木匠,在画家,所见各人不同。博物家见其性状,园丁见其生息,木匠见其材料,画家见其姿态。

但画家所见的,与前三者又根本不同。前三者都有目的,都想起树的因果关系,画家只是欣赏目前的树的本身的姿态,而别无目的,所以画家所见的方面,是形式的方面,不是实用的方面。换言之,是美的世界,不是真善的世界。美的世界中的价值标准,与真善的世界中全然不同,我们仅就事物的形状、色彩、姿态而欣赏,更不顾问其实用方面的价值了。所以一枝枯木,一块怪石,在实用上全无价值,而在中国画家是很好的题材。无名的野花,在诗人的眼中异常美丽。故艺术家所见的世界,可说是一视同仁的世界,平等的世界。艺术家的心,对于世间一切事物都给以热诚的同情。

故普通世间的价值与阶级,入了画中便全部撤销了。画家把自己的心移入于儿童的天真的姿态中而描写儿童,又同样的把自己的心移入于乞丐的病苦的表情中而描写乞丐。画家的心,必常与所描写的对象相共鸣共感,共悲共喜,共泣共笑;倘不具备这种深广的同情心,而徒事手指的刻划,决不能成为真的画家。即使他能描画,所描的至多仅抵一幅照相。

画家须有这种深广的同情心,故同时又非有丰富而充实的精神力不可。倘其伟大不足与英雄相共鸣,便不能描写英雄;倘其柔婉不足与少女相共鸣,便不能描写少女。故大艺术家必是大人格者。

艺术家的同情心,不但及于同类的人物而已,又普遍的及于一切生物、无生物;犬马花草,在美的世界中均是有灵魂而能泣能笑的活物了。诗人常常听见子规的啼血,秋虫的促织,看见桃花的笑东风,蝴蝶的送春归;用实用的头脑看来,这些都是诗人的疯话。其实我们倘能身入美的世界中,而推广其同情心,及于万物,就能切实的感到这些情景了。画家与诗人是同样的,不过画家注重其形式姿态的方面而已。没有体得龙马的活力,不能画龙马;没有体得松柏的劲秀,不能画松柏。中国古来的画家都有这样的明训。西洋画何独不然?我们画家描一个花瓶,必其心移入于花瓶中,自己作花瓶,体得花瓶的力,方能表现花瓶的精神。我们的心要能与朝阳的光芒一同放射,方能描写朝阳;能与海波的曲线一同跳舞,方能描写海波。这正是"物我一体"的境涯,万物皆备于艺术家的心中。

为了要有这点深广的同情心,故中国画家作画时先要焚香默坐,涵养精神,然后和墨伸纸,从事表现。其实西洋画家也需要这种修养,不过不曾明言这种形式而已。不但如此,普通的人,对于事物的形色姿态,多少必有一点共鸣共感的天性。房屋的布置装饰,器具的形状色彩,所以要求其美观者,就是为了要适应天性的原故。眼前所见的都是美的形色,我们的心就与之共感而觉得快适;反之,眼前所见的都是丑恶的形色,我们的心也就与之共感而觉得不快。不过共感的程度有深浅高下不同而已。对于形色的世界全无共感的人,世间恐怕没有;有之,必是天资极陋的人,或理智的奴隶,那些真是所谓"无情"的人了。

在这里我们不得不赞美儿童了。因为儿童大都是最富于同情的。且其同情不但及于人类，又自然的及于猫犬、花草、鸟蝶、鱼虫、玩具等一切事物，他们认真的对猫犬说话，认真的和花接吻，认真的和人像(doll)玩耍，其心比艺术家的心真切而自然得多！他们往往能注意大人们所不能注意的事，发现大人们所不能发现的点。所以儿童的本质是艺术的。换言之，即人类本来是艺术的，本来是富于同情的。只因长大起来受了世智的压迫，把这点心灵阻碍或销磨了。唯有聪明的人，能不屈不挠，外部即使饱受压迫，而内部仍旧保藏着这点可贵的心。这种人就是艺术家。

西洋艺术论者论艺术的心理，有"感情移入"之说。所谓感情移入，就是说我们对于美的自然或艺术品，能把自己的感情移入于其中，没入于其中，与之共鸣共感，这时候就经验到美的滋味。我们又可知这种自我没入的行为，在儿童的生活中为最多。他们往往把兴趣深深的没入在游戏中，而忘却自身的饥寒与疲劳。《圣经》中说："你们不像小孩子，便不得进入天国。"小孩子真是人生的黄金时代！我们的黄金时代虽然已经过去，但我们可以因了艺术的修养而重新面见这幸福、仁爱而和平的世界。

一九二九年九月八日

谈中国画

中国画真有些古怪：现代人所作的，现代家庭里所挂的，中堂、立幅、屏条、尺页，而所画的老是古代的状态，不是纶巾道服，便是红袖翠带。从来没有见过现代的衣冠器物，现代的生活状态出现在宣纸上。山水、花卉、翎毛，幸而没有古今的差别。不然，现代人所画的一定也是古装的山水，古装的花卉，和古装的翎毛。

绘画既是用形状色彩为材料而发表思想感情的艺术，目前的现象，应该都可入画。为甚么现代的中国画专写古代社会的现象，而不写现代社会的现象呢？例如人物，所写的老是高人、隐者、渔翁、钓叟、琴童、古代美人。为甚么不写工人、职员、警察、学生、车夫、小贩呢？人物的服装，老是纶巾、道袍、草屐、芒鞋，或者云鬟、雾鬓、红袖、翠带，为甚么不写瓜皮帽、铜盆帽、长衫马褂、洋装大衣、皮鞋、拖鞋，或者剪发、旗袍、高跟皮鞋、摩登服装呢？人物手里所拿的，老是筇杖、古书、七弦琴、笙、箫、团扇一类的东西，为甚么不写 stick，洋装书，vlolin，公事皮包，手携皮箧呢？又如建筑物，所写的大都是茅庐、板桥、古寺、浮图、白云深处的独家村的光景，为甚么不写洋房、高层建筑、学校、工厂、上海南京路的光景呢？其他如器物，所写的不外油壁香车、画船、扁舟、桅杆、酒旗、球帘、绣屏、篆香、红烛等，也都是古代的东西，为甚么不写目前的火车、电车、汽车、飞机、兵舰、邮船、升降机、电风扇、收音机呢？岂毛笔和宣纸，只能描写古代现象？为甚么没有描写现代生活的中国画出现呢？为甚么二十世纪的中国画家，只管描写十五世纪以前的现象呢？

也有人说，中国画的题材向以自然为主，不似西洋画的以人物为主。故山水是中国画的正格。人物及器具世界的描写，本为中国画所不重。即使泥古，亦不足为中国画病。这话也有几分理由。但是，现代人要求艺术与生活的接近。中国画在现代何必一味躲在深山中赞美自然，也不妨到红尘间来高歌人生的悲欢，使艺术与人生的关系愈加密切，岂不更好？日本人曾用从中国学得的画法来描写现世，就是所谓"浮世绘"。浮世绘是以描写风俗人事为主的一种东洋画，其人物取材于一切阶级，所描写的正是浮世的现状。这种东洋画的成功如何另当别论。总之，绘画题材的开放，是现代艺术所要求的，是现代人所希望的。把具有数千年的发展史和特殊的中国画限制于自然描写，是可惜的事！

我们中国的绘画技法，实在是可矜贵的。那奔放的线条，明丽的色彩，强烈的印象，和清新的布局，在世界画坛上放着异彩。西洋近代大画家Manet①、Monet②、Cézanne③、Gogh④一班人，看见了荷兰博物馆里所藏的中国画，大为惊叹，赞颂"东洋画的新天地"。他们的作品中便显著的蒙了东洋画的影响。若得这种技法发展起来，一定可以适应新时代的要求，而支配未来世界的画坛。

一九三四年三月十七日作

① 马奈(1832—1883)，法国印象派画家。

② 莫奈(1840—1926)，法国印象派画家。

③ 塞尚(1839—1906)，法国画家。

④ 凡·高(1853—1890)，荷兰画家。

图画与人生

我今天所要讲的，是“图画与人生”。就是图画对人有甚么用处？就是作人为甚么要描图画，就是图画同人生有甚么关系？

这问题其实很容易解说：图画是给人看看的。人为了要看看，所以描图画。图画同人生的关系，就只是“看看”。

“看看”，好像是很不重要的一件事，其实同衣食住行四大事一样重要。这不是我在这里说大话，你只要问你自己的眼睛，便知道。眼睛这件东西，实在很奇怪：看来好像不要吃饭，不要穿衣，不要住房子，不要乘火车，其实对于衣食住行四大事，他都有份，都要干涉。人皆以为嘴巴要吃，身体要穿，人生为衣食而奔走，其实眼睛也要吃，也要穿，还有种种要求，比嘴巴和身体更难服侍呢。

所以要讲图画同人生的关系，先要知道眼睛的脾气。我们可拿眼睛来同嘴巴比较：眼睛和嘴巴，有相同的地方，有相异的地方，又有相关联的地方。

相同的地方在哪里呢？我们用嘴巴吃食物，可以营养肉体；我们用眼睛看美景，可以营养精神。——营养这一点是相同的。譬如看见一片美丽的风景，心里觉得愉快；看见一张美丽的图画，心里觉得欢喜。这都是营养精神的。所以我们可以说：嘴巴是肉体的嘴巴，眼睛是精神的嘴巴——二者同是吸收养料的器官。

相异的地方在哪里呢？嘴巴的辨别滋味，不必练习。无论哪一个人，只要是生嘴巴的，都能知道滋味的好坏，不必请先生教。所以学校里没有“吃东西”这一项科目。反之，眼睛的辨别美丑，即眼睛的美术鉴赏力，必须经过练习，方才能够进步。所以学校里要特设“图画”这一项科目，用以训练学生的眼睛。眼睛和嘴巴的相异，就在要练习和不要练习这一点上。譬如现在有一桌好菜，都是山珍海味，请一位大艺术家和小学生同吃，他们一样的晓得好吃。反之，倘看一幅名画，请大艺术家看，他能完全懂得它的好处。请小学生看，就不能完全懂得，或者莫名其妙。可见嘴巴不要练习，而眼睛必须练习。所以嘴巴的味觉，称为“下等感觉”。眼睛的视觉，称为“高等感觉”。

相关联的地方在哪里呢？原来我们吃东西，不仅用嘴巴，同时又兼用眼睛。所以烧一碗菜，油盐酱醋要配得好吃，同时这碗菜的样子也要装得好看。倘使乱七八糟地装一下，即使滋味没有变，但是我们看了心中不快，吃起来滋味也就差一点。反转来说，食物的滋味并不很好，倘使装璜得好看，我们见了，心中先起快感，吃起来滋味也就好一点。学校里的厨房司务很懂得这个道理。他们作饭菜要偷工减料，常把形式装得很好看，风吹得动的几片肉，盖在白菜面上，排成图案形。两三个铜板一斤的萝卜，切成几何形体，装在高脚碗里，看去好像一盘金钢石。学生走到饭厅，先用眼睛来吃，觉得很好。随后用嘴巴来吃，也就觉得还好。倘使厨房司务不懂得装菜的办法，各地的学校恐怕天天要闹一次饭厅呢。外国人尤其精通这个方法。洋式的糖果，作种种形式，又用五色纸、金银纸来包裹。拿这种糖请盲子吃，味道一定很平常。但请亮子吃，味道就好得多。因为眼睛帮嘴巴在那里吃，故形式好看的，滋味也就觉得好些。

眼睛不但和嘴巴相关联，又和其他一切感觉相关联。譬如衣服，原来是为了身体温暖而穿的，但同时又求其质料和形式的美观。譬如房子，原来是为了遮蔽风雨而造的，但同时又求其建筑和布置的美观。可知人生不但用眼睛吃东西，又用眼睛穿衣服，用眼睛住房子。古人说：“人之所以异于禽兽者，几希。”我想，这“几希”恐怕就在眼睛里头。

人因为有这样的一双眼睛，所以人的一切生活，实用之外又必讲求趣味。一切东西，好用之处求其好看。一匣自来火，一只螺旋钉，也在好用之外力求其好看。这是人类的特性。人类在很早的时代就具有这个特性。在上古，穴居野处，茹毛饮血的时代，人们早已懂得装饰。他们在山洞的壁上描写野兽的模样，在打猎的石刀的柄上雕刻图案的花纹，又在自己的身体上施以种种装饰，表示他们要好看；这种心理和行为发达起来，进步起来，就成为“美术”。故美术是为了眼睛的要求而产生的一种文化。故人生的衣食住行，从表面看来好像和眼睛都没有关系，其实件件都同眼睛有关。越是文明进步的人，眼睛的要求越是大。人人都说“面包问题”是人生的大事。其实

人生不单要吃，又要看；不单为嘴巴，又为眼睛；不单靠面包，又靠美术。面包是肉体的食粮，美术是精神的食粮。没有了面包，人的肉体要死。没有了美术，人的精神也要死——人就同禽兽一样。

上面所说的，总而言之，人为了有眼睛，故必须有美术。现在我要继续告诉你们：一切美术，以图画为本位，所以人人应该学习图画。原来美术共有四种，即建筑、雕塑、图画和工艺。建筑就是造房子之类，雕塑就是塑造铜像之类，图画不必说明，工艺就是制造什用器具之类。这四种美术，可用两种方法来给它们分类。第一种，依照美术的形式而分类，则建筑、雕刻、工艺，在立体上表现的，叫作“立体美术”。图画，在平面上表现的，叫作“平面美术”。第二种，依照美术的用途而分类，则建筑、雕塑、工艺，大多数除了看看之外又有实用的（譬如住宅供人居住，铜像供人瞻拜，茶壶供人泡茶），叫作“实用美术”。图画，大多数只给人看看，别无实用的，叫作“欣赏美术”。这样看来，图画是平面美术，又是欣赏美术。为甚么这是一切美术的本位呢？其理由有二：

第一，因为图画能在平面上作立体的表现，故兼有平面与立体效果，这是很明显的事，平面的画纸上描一只桌子，望去四只脚有远近。描一条走廊，望去有好几丈长。描一条铁路，望去有好几里远。因为图画有两种方法，能在平面上假装出立体来，其方法叫作“远近法”和“阴影法”。用了远近法，一寸长的线可以看成好几里路。用了阴影法，平面的可以看成凌空。故图画虽是平面的表现，却包括立体的研究。所以学建筑、学雕塑的人，必须先从学图画入手。美术学校里的建筑科、雕塑科，第一年的课程仍是图画。以后亦常常用图画为辅助。反之，学图画的人，就不必兼学建筑或雕塑。

第二，因为图画的欣赏可以应用在实际生活上，故图画兼有欣赏与实用的效果。譬如画一只苹果，一朵花，这些画本身原只能看看，毫无实用。但研究了苹果的色彩，可以应用在装饰图案上；研究了花瓣的线条，可以应用在磁器的形式上。所以欣赏不是无用的娱乐，乃是间接的实用。所以学校的图画科，尽管画苹果、香蕉、花瓶、茶壶等没有用处的画，但由此所得的眼睛的练习，却受用无穷。

因了这两个理由——图画在平面中包括立体，在欣赏中包括实用——所以图画是一切美术的本位。我们要有美术的修养，只要练习图画就是。但如何练习，倒是一件重要的事，要请大家注意。上面说过，图画兼有欣赏与实用两种效果。欣赏是美的，实用是真的，故图画练习必要兼顾“真”和“美”这两个条件。具体的说：譬如描一瓶花，要仔细观察花、叶、瓶的形状、大小、方向、色彩，不使描错。这是“真”的方面的功夫。同时又须巧妙的配合，巧妙的布置，使它妥贴。这是“美”的方面的功夫。换句话说，我们要把这瓶花描得像真物一样，同样又要描得美观。再换一句话说，我们要模仿花、叶、瓶的形状色彩，同时又要创造这幅画的构图。总而言之，图画要兼重描写和配置，肖似和美观，模仿和创作，即兼有真和美。偏废一方面的，就不是正当的练习法。

在中国，图画观念错误的人很多。其错误就由于上述的真和美的偏废而来，故有两种。第一种偏废美的，把图画看作照相，以为描画的目的但求描得细致，描得像真的东西一样。称赞一幅画好，就说"描得很像"。批评一幅画坏，就说"描得不像"。这就是求真而不求美，但顾实用而不顾欣赏，是错误的。图画并非不要描得像，但像之外又要它美。没有美而只有像，顶多只抵得一张照相。现在照相机很便宜，三五块钱也可以买一只。我们又何苦费许多宝贵的钟头来把自己的头脑造成一架只值三五块钱的照相机呢？这是偏废了美的错误。

第二种，偏废真的，把图画看作"琴棋书画"的画。以为"画画儿"，是一种娱乐，是一种游戏，是消遣的。于是上图画课的时候，不肯出力，只思享乐。形状还描不正确，就要讲画意，颜料还不会调，就想制作品，这都是把图画看作"琴棋书画"的画的原故。原来弹琴、写字、描画，都是高深的艺术。不知哪一个古人，把"下棋"这种玩意儿凑在里头，于是琴、书、画三者都带了娱乐的、游戏的、消遣的性质，降低了它们的地位，这实在是亵渎艺术！"下棋"这一件事，原也很难；但其效用也不过像叉麻雀，消磨光阴，排遣无聊而已，不能同音乐、绘画、书法排在一起。倘使下棋可算是艺术，叉麻雀也变成艺术，学校里不妨添设一科"麻雀"了。但我国有许多人，的确把音乐、图画看成与麻雀相近的东西。这正是"琴棋书画"四个字的流弊。现代的青年，非改正这观念不可。

图画为甚么和下棋、叉麻雀不同呢？就是为了图画有一种精神——图画的精神，可以陶冶我们的心。这就是拿描图画一样的真又美的精神来应用在人的生活上。怎样应用呢？我们可拿数学来作比方：数学的四则问题中，有龟鹤问题：龟鹤同住在一个笼里，一共几个头，几只脚，求龟鹤各几只？又有年龄问题：几年前父年为子年的几倍，几年后父年为子年的几倍？这种问题中所讲的事实，在人生中难得逢到。有谁高兴真个把乌龟同鹤关在一只笼子里，教人猜呢？又有谁真个要算父年为子年的几倍呢？这原不过是要借这种奇奇怪怪的问题来训练人的头脑，使头脑精密起来。然后拿这精密的头脑来应用在人的一切生活上。我们又可拿体育来比方，体育中有跳高、跳远、掷铁球、掷铁饼等武艺。这在我们的日常生活中也很少用处。有谁常要跳高、跳远，有谁常要掷铁球、铁饼呢？这原不过是要借这种武艺来训练人的体格，使体格强健起来。然后拿这强健的体格去作人生一切的事业。图画就同数学和体育一样。人生不一定要画苹果、香蕉、花瓶、茶壶。原不过要借这种研究来训练人的眼睛，使眼睛正确而又敏感，真而又美。然

后拿这真和美来应用在人的物质生活上，使衣食住行都美化起来；应用在人的精神生活上，使人生的趣味丰富起来。这就是所谓“艺术的陶冶”。

图画原不过是“看看”的。但因为眼睛是精神的嘴巴，美术是精神的粮食，图画是美术的本位，故“看看”这件事在人生竟有了这般重大的意义。今天在收音机旁听我讲演的人，一定大家是有一双眼睛的，请各自体验一下，看我的话有没有说错。

一九六三年九月十二日下午四时半至五时
中央广播电台播音演讲稿

漫画

“漫画”这两个字，最初是日本用出来的。后来舶来中国，到今日已经盛行，成为绘画的一种。现在把它的性状、发展、种类、描法略说如下：

一、漫画的性状：漫画相当于西洋的Caricature当Cartoon。前者是关于颜貌的漫画，或译为“似颜画”。后者是讽刺世事的漫画，或译为“讽刺画”。其定义究竟如何？很难下得妥当。暂定如下：“漫画是注重意义而用简笔的一种绘画”。绘画有注重画面形式的，与注重内容意义的。又有用工笔表现的与用简笔表现的。交互错综，得四种画，即（一）重形式而用工笔者为图案，（二）重形式而用简笔者为速写（sketch），（三）重意义而用工笔者为插画，（四）重意义而用简笔者为漫画。

用略笔，故画中表现的只是物象的特点，其他详细点一概删去。取物象的特点，往往把这特点夸张。例如描写尖鼻头的人，就把鼻头描得过分尖一点，形成发笑的状态。描写胖子，就把肚皮描得过分胖一点，形成奇怪的状态。故略笔画必夸张特点。

重意义，故画的内容必然含有象征的，讽刺的，或记述的意味。例如画一只大狮子张牙舞爪的姿势，用以象征国家的复兴。画雀巢鸠居，用以象征侵略国的无道。更进一步，可在画上加文字的说明，委屈的讽刺，或记述人生社会的事。

故漫画的定义，可以加详的说：“漫画是注重意义而有象征、讽刺、记述之用的，用略笔而夸张的描写的一种绘画。”故

漫画是含有多量的文学性质的一种绘画。漫画是介于绘画与文学之间的一种艺术。

二、漫画的发展：漫画在中国，是民国十三四年间开始流行的。那时上海有《文学周报》，拿我的画去发表，编者名之为“子恺漫画”。漫画从此流行起来。其实在我以前，中国虽无漫画之名，早有漫画之实。清末，陈师曾的简笔画发表在《太平洋报》上，当时虽不称为漫画，其实已是一种漫画。又如前所述，漫画重意义而用略笔。中国古来的急就画、即兴画，都已含有漫画的分子。清初有人画七八个盲子，手里各拿着圭璧书画等古玩，大家张着口，作争论的样子，名曰“群盲评古图”。又有人画一个枯瘦的男子挽车，车中载着妻子奴仆器物，空中一个狰狞的鬼拿鞭子驱策这男子，使他向死路走。这种画，其实就是漫画，不过当时没有漫画之名耳。有漫画这名词以来，不过十余年。此十余年中非常发达。报纸、杂志几乎非有漫画不可。努力制作的人很多。最近的抗战漫画，尤为生气蓬勃。然画法多数是模仿西洋的，又含义大都是浅近的。少有中国风的深刻的作品。

漫画在西洋如何？据彼国人自言，二千年前的地下礼拜堂（Catacomb）中的壁画，便是漫画的起源。然如此说，范围太广。实在，西洋的有漫画，是十六世纪开始的。十六世纪意大利文艺复兴有一位大画家，名曰列奥那多·达·芬奇（Leonardo da Vinci）的，作大壁画时，先用小纸速写所见的人物的面貌姿势，作为参考品。他的速写，往往夸张面貌姿势的特点，作滑稽可笑的表现。这正是西洋 Caricature 的起源。此后渐有 Cartoon 出现。例如教权时代，教徒借基督之名而实行聚敛。僧侣有致巨富者。于是有画家作画讽刺之。画一天国的门，门口有人卖入场券，有钱的僧侣大家买了入场券入天国。没有钱的僧侣不得入天国。僧侣看见这画，恐惧起来，不敢放肆。世间的人从此相信漫画的效果。拿破仑时代，巴黎女子盛行高髻。高得过分，没有道理。画家作画讽刺她们。画一丈夫登梯为其妻梳头。见的人都笑煞。高髻的风气就渐渐平息了。十九世纪时，法国有讽刺画名家杜米埃（Daumier）专写平民生活之奇怪相、可笑相、丑恶相。自此以后，漫画遂盛行于欧洲。欧战时有谚曰：“漫画强于弹丸。”美国人亦有言曰：“漫画以笑语叱咤世间。”俄罗斯革命的成功，全靠 Poster（漫画标语）的宣传力。

漫画在日本，发达最早且盛。八百年前，我国宋朝盛行院体画。日本人曲意模仿，遂成藤原时代的隆盛。藤原画坛的主力，实为漫画。不过那时不称为漫画，而称为“鸟羽绘”。因为那时有一个大画家名叫鸟羽僧正的，用中国画的笔法写现实生活，题材都带滑稽味。他的画派就叫“鸟羽绘”。到了镰仓时代，盛行“绘卷”。绘卷就是在很长的手卷上绘写一故事。犹似现今流行的连续漫画。到了宝町时代，有讽刺画大家土佐光行、土佐光信，所作的画与漫画更相接近。到了德川时代，盛行“浮世绘”，即描写浮世日常生活状态的画。浮世绘中用简笔的,特称为“漫画”。漫画二字自此出现。此后漫画名家接踵而出。其最著者,有英一蝶,作《儿童恶戏画》,作《百人男》,刻画描写权贵的姿相,得罪下狱。出狱后又作《百人女》。又以忤贵妇人而下狱。第二次出狱后,作讽刺画如故。又有葛饰北斋,专写小画,时人称《北斋漫画》。入明治时代,西洋漫画入日本,日本漫画作风为之一变。名家有狂斋,亦以漫画忤权贵而下狱。出狱后改名晓斋。有竹久梦二,以毛笔作潇洒生动的表现,趣味尤为隽永。盖不仅以讽刺为能事,而又以画抒情,故他的作品有类于诗。最近活跃于漫画界者,有北泽乐天、冈本一平、柳濑正梦等。北泽写实工夫很深,其画为一般社会所爱读。冈本笔法奇特,善于夸张特点。柳濑善于讽刺时事,有笔如刀,有画描写日本政治舞台的丑态,非常刻毒。日本侵略中国以来,不知这画家有甚么作品?

三、漫画的种类:漫画的形式,有用毛笔的,有用钢笔的,有用单色的,有用彩色的。这并无重大关系,可以不论。漫画是注重内容的,故分类宜以内容意义为标准。约可分为四种:

(一)战斗漫画:便是用画代替论文,即所谓“强于弹丸”的。例如最近西班牙被侵略时,有漫画家名叫卡斯塔洛斯(Castalos)的,作一幅漫画,写几个人埋葬一个被敌机炸死的人的尸体。题目叫作《这是种子,不是死尸》。又描写一个先生被敌机炸死,小学生在旁哭泣。题目叫作《最后一课》。这些画表面看似很沉静,实则怒火万丈,潜伏是画面之内,正在等待机会而迸发。俄国某作家写《大扫除》图,画一人手持火钳,立于地球之上,火钳夹住一大腹洋装人物(资本家),将掷之于地球之外。日本柳濑正梦作一连续漫画,题曰《拔草》。写一军阀拔草,一财阀、一政阀在后相助。不知这草原来是一个巨人的头发,他们把巨人拔了出来。巨人出世,便扑杀三阀。如上所举,皆战斗漫画的例。

(二)讽刺漫画:态度比前者稍和平,即所谓“以笑语叱咤世间”的。例如日本有一漫画家,作《提线戏》图,写一舞台上有许多木傀儡,它们的手脚上都缚着线,线的他端拿在舞台后面一个大肚皮洋装人物(资本家)的手里。傀儡的身上都有文字注明政界要人的姓名。又有西洋某画家,作一连续漫画,第一幅写一个政客似的人在台上讲演,主张“地球是扁的”。下面的听众表示不相信。第二幅,那人仍在台上讲演,用拳头敲桌子,竭力主张“地球是扁的”。下面的听众表示沉思,似乎将信将疑。第三幅,讲演的更积极主张“地球是扁的”,听众中有人点头说:“或许有道理。”第四幅,台上主张得更厉害,听众都说:“确有道理。”第五幅,再进一步。第六幅,听众都站起来,一齐举手大喊:“地球是扁的!主张圆的都是反动分子!”讽刺人类的盲从,及政客的利用民众,用意甚为深刻。讽刺形似讥毁,其实是劝勉爱护的变相。故只要不伤厚道,于画家的人格无害。我国古代东方朔、淳于髡等,皆以讽刺

滑稽的言语来劝谏,效果甚大,太史公所谓“谈言微中,亦足以解纷”。

(三)描写漫画:不事争斗,不加批评,但以画描出人生诸相,真切而富有情味的,名曰描写漫画。此种漫画,在西洋较少,在东洋特多。日本老画家竹久梦二的作品,多数属于此类。例如有一幅,写一女子独居,细看手上的指环。题材简单得很,但是笔墨之外的意趣很丰富。又如描写一女子收到一邮信,题曰《欢喜的欠资》,含意亦深(欠资信是太重之故,太重是信长之故。收爱人的长信,故欢喜)。又如描写一贫妇人与一贵妇人在途中相遇,题曰《同班同学》,则表现世态更为动人。这都是描写漫画的好例。

(四)游戏漫画:这是趣味浅薄的漫画,除了引人发笑之外,别无意义。例如写近视眼的人坐在公园中的油漆未干的椅子上,弄得满身是花纹。又如写儿童恶戏,用墨笔在睡着的人的脸上画花等,都是游戏漫画。西洋杂志中常有此种漫画。吾国漫画家常模仿之。

四、漫画的描法:要学漫画,须具备三种修养:即写生画法,简笔画法,与取材用意法。分述之。

(一)写生画法:便是普通绘画的基本练习。漫画要自由描出世间各种物象,故必须先作写生的练习。写生长久了,不在目前的景象也能据回想与记忆而描出。这时候才可自由写漫画。

(二)简笔画法:单是有了写生的基础,描物象时必用工细的笔调,与写实的手法,仍不能作漫画。因为漫画宜用简笔,把物象的特点捉住,或再加以夸张,然后易于动人。故漫画家必懂得物象简化与特点夸张的方法。怎样把物象简化?怎样捉住特点?怎样夸张特点?很难说明。多看名作,自然懂得。

(三)取材用意法:这一步工夫范围很广,非绘画范围内的事。必须多读书,多阅历,而能洞察人生社会的内幕,方能取得漫画的题材。故上两项是属于绘画修养的,这一项是属于普遍的人生修养的。人生观、世界观、宇宙观的修养,便是漫画取材用意的基本练习。缺乏这修养,虽有熟练的画技,也不能创作漫画。

艺术与艺术家

圆满的人格好比一个鼎，“真、善、美”好比鼎的三足。缺了一足，鼎就站不住。而三者之中，相互的关系又如下：“真”、“善”为“美”的基础。“美”是“真”“善”的完成，“真”“善”好比人体的骨骼，“美”好比人体的皮肉。

真善生美，美生艺术。故艺术必具足真善美，而真善必须受美的调节。一张纸上漫无伦次的画许多山，真是真的，善是善的，但是不美，故不能称为画。琴瑟笙箫漫无伦次的发许多音，真是真的，善是善的，但是不美，故不能称为乐。真和善，必须用美来调节，方成为艺术。

这道理又可用礼来比方。古人解释礼字，说：“礼者，天理之节文，人事之仪则也。”天理、人事，就好比真和善。节文、仪则，就好比美。古书中说：曾子耘瓜，误斩其根。曾子的父亲痛打他一顿。曾子被打得死去活来，立刻弹琴，其意要使父亲知道不曾打死，可以放心，这可算是孝之至了。但是孔子反而骂他大不孝。说他不晓得权变，无异杀其父之子。这就是因为曾子只知一味的孝，而无节制。换言之，曾子这种孝法真是真了，善是善了，但是不美，故不成为艺术（艺术就是礼）。子路一味好勇，孔子骂他说：“暴虎凭河，死而无悔者，吾不与也。”也是因为子路一味好勇，不知节制，换言之，子路的勇真是真了，善是善了，但是不美，故不成为艺术。孝和勇，都是天理，都是人事。但这天理必须加以节文，这人事必须加以仪则，方合乎礼。节文和仪则，就是“节制”。在艺术上，真善加

了节制便成为美。

礼是天理与人事之节文与仪则。同理,“艺术是声和色的节文与仪则。”小猫爬到了洋琴的键盘上,各种声音都有,但不成为乐曲。画家的调色板上,各种颜色都有,但不成为画。何以故?因为只有声色而没有节文与仪则的原故。故可知“节制”是造成艺术的一个重要条件。我要用绘画上的构图来说明这道理。因为构图法最容易说得清楚。

所谓构图,就是物象在纸上的布置。画一个人,这个人在纸上如何摆法,是一大问题。太大也不好,太小也不好,太正也不好,太偏也不好。必也不大不小,不正不偏,才有安定贴妥之感。安定贴妥之感,就是美感。中国古人对于瓶花的插法费很大的研究,便是构图的研究。龚定庵诗云:“瓶花贴妥炉烟定,觅我童心廿六年。”眼睛看见贴妥的姿态,心中便生美感,可以使人感怀人生。插花虽是小事,其理甚为深广,可以应用在任何时代的人类生活中,可以润泽任何时代的人类生活。幸勿视为渺小。

构图法中的“多样统一”,含意更深。多样犹似天理人事,统一犹似节文仪则。例如画三个苹果,连续并列在当中。统一则统一矣,但无变化,不多样,虽有规则,而不自然,不算尽美。反之,东一个,西一个,下边再一个,历乱布置。多样则多样矣,但无条理,不统一。不美,不成为艺术。故统一而不多样,多样而不统一,皆有缺点。必须多样而又统一,统一而又多样,方成为尽美的艺术。多样统一的三个苹果如何布置?没有一定。要之,有变化而又安定贴妥的,都是多样统一的好构图。

我所见的艺术,其意义大致如此。照这意义说,艺术以人格为先,技术为次。倘其人没有芬芳悱恻之怀,而具有人类的弱点(傲慢、浅薄、残忍等),则虽开过一千次个人作品展览会,也只是“形式的艺术家”。反之,其人向不作画,而具足艺术的心,便是“真艺术家”。故曰,无声之诗无一字,无形之画无一笔。在现今的世间,尤其是在西洋,一般人所称道的艺术家,多数是“形式的艺术家”。而在一般人所认为非艺术家的人群中,其实有不少的“真艺术家”存在着,其生活比有名艺术家的生活更“艺术的”。

一九四〇年作

中国画与西洋画

东西洋文化,根本不同。故艺术的表现亦异。大概东洋艺术重主观,西洋艺术重客观。东洋艺术为诗的,西洋艺术为剧的。故在绘画上,中国画重神韵,西洋画重形似。两者比较起来,有下列的五个异点:

(一)中国画盛用线条,西洋画线条都不显著。线条大都不是物象所原有的,是画家用以代表两物象的境界的。例如中国画中,描一条蛋形线表示人的脸孔,其实人脸孔的周围并无此线,此线是脸与背景的界线。又如画一曲尺形线表示人的鼻头,其实鼻头上也并无此线,此线是鼻与脸的界线。又如山水、花卉等,实物上都没有线,而画家盛用线条。山水中的线条特名为"皴法"。人物中的线条特名为"衣褶"。都是艰深的研究工夫。西洋画就不然,只有各物的界,界上并不描线。所以西洋画很像实物,而中国画不像实物,一望而知其为画。盖中国书画同源,作画同写字一样,随意挥洒,披露胸怀。十九世纪末,西洋人看见中国画中线条的飞舞,非常赞慕,便模仿起来,即成为"后期印象派"。但后期印象派以前的西洋画,都是线条不显著的。

(二)中国画不注重透视法,西洋画极注重透视法。透视法,就是在平面上表现立体物。西洋画力求肖似真物:故非常讲究透视法。试看西洋画中的市街、房屋、家具、器物等,形体都很正确,竟同真物一样。若是描走廊的光景,竟可在数寸的地方表出数丈的距离来。若是描正面的(站在铁路中央眺望的)铁路,竟可在数寸的地方表出数里的距离来。中国画就不

然，不欢喜画市街、房屋、家具、器物等立体相很显著的东西，而欢喜写云、山、树、瀑布等远望如天然平面物的东西。偶然描房屋器物，亦不讲究透视法，而任意表现。例如画庭院深深的光景，则曲廊洞房，尽行表示，好似飞到半空中时所望见的；且又不是一时间所见，却是飞来飞去，飞上飞下，几次所看见的。故中国画的手卷，山水连绵数丈，好像是火车中所见的。中国画的立幅，山水重重叠叠，好像是飞机中所看见的。因为中国人作画同作诗一样，想到哪里，画到哪里，不受透视法的拘束。所以中国画中有时透视法会弄错。但这弄错并无大碍。我们不可用西洋画的法则来批评中国画。

（三）东洋人物画不讲解剖学，西洋人物画很重解剖学。解剖学，就是人体骨骼筋肉的表现形状的研究。西洋人作人物画，必先研究解剖学。这解剖学英名曰 anatomy for art students，即艺术解剖学。其所以异于生理解剖学者，生理解剖学讲人体各部的构造与作用，艺术解剖学则专讲表现形状。但也须记诵骨骼筋肉的名称，及其形状的种种变态，是一种艰苦的学问。但西洋画家必须学习。因为西洋画注重写实，必须描得同真的人体一样。但中国人物画家从来不需要这种学问。中国人画人物，目的只在表出人物的姿态的特点，却不讲人物各部的尺寸与比例。故中国画中的男子，相貌奇古，身首不称。女子则峨眉樱唇，削肩细腰。倘把这些人物的衣服脱掉，其形可怕。但这非但无妨，却是中国画的妙处。中国画欲求印象的强烈，故扩张人物的特点，使男子增雄伟，女子增纤丽，而充分表现其性格。故不用写实法而用象征法。不求形似，而求神似。

（四）中国画不重背景，西洋画很重背景。中国画不重背景，例如写梅花，一支悬挂空中，四周都是白纸。写人物，一个人悬挂空中，好像驾云一般。故中国画的画纸，留出空白余地甚多。很长的一条纸，下方描一株菜或一块石头，就成为一张立幅。西洋画就不然，凡物必有背景，例如果物，其背景为桌子。人物，其背景为室内或野外。故画面全部填涂，不留空白。中国画与西洋画这点差别，也是由于写实与传神的不同而生。西洋画重写实，故必描背景。中国画重传神，故必删除琐碎而特写其主题，以求印象的强明。

（五）东洋画题材以自然为主，西洋画题材以人物为主。中国画在汉以前，也以人物为主要题材。但到了唐代，山水画即独立。一直到今日，山水常为中国画的正格。西洋自希腊时代起，一直以人物为主要题材。中世纪的宗教画，大都以群众为题材。例如《最后的审判》《死之胜利》等，一幅画中人物不计其数。直到十九世纪，方始有独立的风景画。风景画独立之后，人物画也并不让位，裸体画在今日仍为西洋画的主要题材。

上述五条，是中国画与西洋画的异点。由此可知中国画趣味高远，西洋画趣味平易。故为艺术研究，西洋画不及中国画的精深。为民众欣赏，中国画不及西洋画的普通。

曲高和众

俄罗斯大文豪托尔斯泰曾经说:“凡最伟大的音乐,最有价值的杰作,一定广泛的被民众所理解,普遍的受民众的赞赏。”

托尔斯泰这句话,和我国的一句古话“曲高和寡”正好相反。这是甚么原故呢?让我先把我国那句古话的出典说明一下:

楚襄王问宋玉:“你大概有不良行为罢。为甚么人们都说你坏话呢?”宋玉回答:“请大王原谅,让我说明这道理:有一个人在郢中唱歌,起初唱的歌曲是《下里巴人》,地方上和着他唱的有几千个人。后来唱《阳阿薤露》,地方上和着他唱的有几百个人。再后来唱《阳春白雪》,地方上和着他唱的不过几十个人。最后他唱‘引商刻羽,杂以流徵’(就是用非常艰深的技术,地方上和着他唱的不过几个人而已),由此可知,其曲弥高,其和弥寡(即乐曲越是高深,和唱的人越是稀少)。……”我国“曲高和寡”这句话,便是从这古典故事出来的。

我们仔细研究宋玉的话,便可知道他所谓“高”,是“艰深”的意思,不定是“良好”的意思。

中国古代音乐所谓“宫、商、角、徵、羽”,大约相当于我们现在的“音阶”,即“上、尺、工、凡、六、五、乙”或“do、re、mi、fa、so、la、si”。故他所谓“引商刻羽,杂以流徵”,便是应用艰深的技巧和复杂的变化。那人所唱的是一个“艰深”的乐曲,但不一定是“良好”的乐曲。听说宋玉是一个很风流的美男子,说不定他的确有不良行为，所以人们都说他坏话。他又是很会作文章的人，所以楚襄王责问他的时候，他就卖弄这巧妙的诡辩，拿来文饰他自己的不良行为。巧就巧在一个“高”。因为“高”可以说是“难”的意思，但又可以说是“好”的意思。他就用“曲高和寡”这一句话来马虎过去，蒙混过关了。

艰深的乐曲不一定良好，良好的乐曲不一定艰深。我认为曲的“高下”，不在乎“难易”，而在乎和者的“众寡”了。因此我赞成托尔斯泰的话：“凡最伟大的音乐，最有价值的杰作，一定广泛的被民众所理解，普遍的受民众的赞赏。”因此我反对宋玉的话，主张“曲高和众”。托尔斯泰曾经根据这信念，替音乐下一个定义：“音乐是结合人与人的手段。”我也赞成这定义。这就是说：音乐是使人民团结的手段。

一九五八年一月十日

给我的孩子们

我的孩子们！我憧憬于你们的生活，每天不止一次！我想委曲的说出来，使你们自己晓得。可惜到你们懂得我的话的意思的时候，你们将不复是可以使我憧憬的人了。这是何等可悲哀的事啊！

瞻瞻！你尤其可佩服。你是身心全部公开的真人。你甚么事体都像拼命的用全副精力去对付。小小的失意，像花生米翻落地了，自己嚼了舌头了，小猫不肯吃糕了，你都要哭得嘴唇翻白，昏去一两分钟。外婆普陀去烧香买回来给你的泥人，你何等鞠躬尽瘁的抱他，喂他；有一天你自己失手把他打破了，你的号哭的悲哀，比大人们的破产，失恋，broken heart，丧考妣，全军覆没的悲哀都要真切。两把芭蕉扇作的脚踏车，麻雀牌堆成的火车，汽车，你何等认真的看待，挺直了嗓子叫“汪——”，“咕咕咕……”，来代替汽笛。宝姊姊讲故事给你听，说到“月亮姊姊挂下一只篮来，宝姊姊坐在篮里吊了上去，瞻瞻在下面看”的时候，你何等激昂的同她争，说“瞻瞻要上去，宝姊姊在下面看！”甚至哭到漫姑面前去求审判。我每次剃了头，你真心的疑我变了和尚，好几时不要我抱。最是今年夏天，你坐在我膝上发见了我腋下的长毛，当作黄鼠狼的时候，你何等伤心，你立刻从我身上爬下去，起初眼瞪瞪的对我端相，继而大失所望的号哭，看看，哭哭，如同对被判定了死罪的亲友一样。你要我抱你到车站里去，多多益善的要买香蕉，满满的擒了两手回来，回到门口时你已经熟睡在我的肩上，手

里的香蕉不知落在那里去了。这是何等可佩服的真率,自然,与热情!大人间的所谓“沉默”“含蓄”“深刻”的美德,比起你来,全是不自然的,病的,伪的!

你们每天作火车,作汽车,办酒,请菩萨,堆六面画,唱歌,全是自动的,创造创作的生活。大人们的呼号“归自然!”“生活的艺术化!”“劳动的艺术化!”在你们面前真是出丑得很了!依样画几笔画,写几篇文的人称为艺术家,创作家,对你们更要愧死!

你们的创作力,比大人真是强盛得多哩!瞻瞻!你的身体不及椅子的一半,却常常要搬动它,与它一同翻倒地上;你又要把一杯茶横转来藏在抽斗里,要皮球停在壁上,要拉住火车的尾巴,要月亮出来,要天停止下雨。在这等小小的事件中,明明表示着你们的弱小的体力与智力不足以应付强盛的创作欲,表现欲的驱使,因而遭逢失败。然而你们是不受大自然的支配,不受人类社会的束缚的创造者,所以你的遭逢失败,例如火车尾巴拉不住,月亮呼不出来的时候,你们决不承认是事实的不可能,总以为是爹爹妈妈不肯帮你们办到,同不许你们弄自鸣钟同例,所以愤愤的哭了,你们的世界何等广大!

你们一定想:终天无聊的伏在案上弄笔的爸爸,终天闷闷的坐在窗下弄引线的妈妈,是何等无气性的奇怪的动物!你们所视为奇怪动物的我与你们的母亲,有时确实难为了你们,摧残了你们,回想起来,真是不安心得很!

阿宝!有一晚你拿软软的新鞋子,和自己脚上脱下来的鞋子,给凳子的脚穿了,刬袜立在地上,得意的叫“阿宝两只脚,凳子四只脚”的时候,你母亲喊着“龌龊了袜子!”立刻擒你到藤榻上,动手毁坏你的创作。当你蹲在榻上注视你母亲动手毁坏的时候,你的小心里一定感到“母亲这种人,何等杀风景而野蛮”罢!

瞻瞻!有一天开明书店送了几册新出版的毛边的《音乐入门》来。我用小刀把书页一张一张的裁开来,你侧着头,站在桌边默默的看。后来我从学校回来,你已经在我的书架上拿了一本连史纸印的中国装的《楚辞》,把它裁破了十几页,得意的对我说:“爸爸!瞻瞻也会裁了!”瞻瞻!这在你原是何等成功的欢喜,何等得意的作品!却被我一个惊骇的“哼!”字喊得你哭了。那时候你也一定抱怨“爸爸何等不明”罢!

软软!你常常要弄我的长锋羊毫,我看见了总是无情的夺脱你。现在你一定轻视我,想道:“你终于要我画你的画集的封面!”

最不安心的,是有时我还要拉一个你们所最怕的陆露沙医生来,教他用他的大手来摸你们的肚子,甚至用刀来在你们臂上割几下,还要教妈妈和漫姑擒住了你们的手脚,捏住了你们的鼻子,把很苦的水灌到你们的嘴里去。这在你们一定认为是太无人道的野蛮举动罢!

孩子们！你们果真抱怨我，我倒欢喜；到你们的抱怨变为感谢的时候，我的悲哀来了！

我在世间，永没有逢到像你们样出肺肝相示的人。世间的人群结合，永没有像你们样的彻底的真实而纯洁。最是我到上海去干了无聊的所谓“事”回来，或者去同不相干的人们作了叫作“上课”的一种把戏回来，你们在门口或车站旁等我的时候，我心中何等惭愧又欢喜！惭愧我为甚么去作这等无聊的事，欢喜我又得暂时放怀一切的加入你们的真生活的团体。

但是，你们的黄金时代有限，现实终于要暴露的。这是我经验过来的情形，也是大人们谁也经验过的情形。我眼看见儿时的伴侣中的英雄，好汉，一个个退缩，顺从，妥协，屈服起来，到像绵羊的地步。我自己也是如此。“后之视今，亦犹今之视昔”，你们不久也要走这条路呢！

我的孩子们！憧憬于你们的生活的我，痴心要为你们永远挽留这黄金时代在这册子里。然这真不过像“蜘蛛网落花”略微保留一点春的痕迹而已。且到你们懂得这片心情的时候，你们早已不是这样的人，我的画在世间已无可印证了！这是何等可悲哀的事啊！

《子恺画集》序，一九二六耶诞节作

儿女

回想四个月以前,我犹似押送囚犯,突然的把小燕子似的一群儿女从上海的租寓中拖出,载上火车,送回乡间,关进低小的平屋中。自己仍回到上海的租界中,独居了四个月。这举动究竟出于甚么旨意,本于甚么计划,现在回想起来,连自己也不相信。其实旨意与计划,都是虚空的,自骗自扰的,实际于人生有甚么利益呢?只赢得世故尘劳,作弄几番欢愁的感情,增加心头的创痕罢了!

当时我独自回到上海,走进空寂的租寓,心中不绝的浮起这两句《楞严》经文:"十方虚空在汝心中,犹如白云点太清里;况诸世界在虚空耶!"

晚上整理房室,把剩在灶间的篮钵、器皿、余薪、余米,以及其他三年来寓居中所用的家常零星物件,尽行送给帮我作短工的、邻近的小店里的儿子。只有四双破旧的小孩子的鞋子(不知为甚么原故),我不送掉,拿来整齐的摆在自己的床下,而且后来看到的时候常常感到一种无名的愉快。直到好几天之后,邻居的友人过来闲谈,说起这床下的小鞋子阴气迫人,我方始悟到自己的痴态,就把它们拿掉了。

朋友们说我关心儿女。我对于儿女的确关心,在独居中更常有悬念的时候。但我自以为这关心与悬念中,除了本能以外,似乎尚含有一种更强的加味。所以我往往不顾自己的画技与文笔的拙陋,动辄描摹。因为我的儿女都是孩子们,最年长的不过九岁,所以我对于儿女的关心与悬念中,有一部分

是对于孩子们——普天下的孩子们——的关心与悬念。他们成人以后我对他们怎样？现在自己也不能晓得，但可推知其一定与现在不同，因为不复含有那种加味了。

回想过去四个月的悠闲宁静的独居生活，在我也颇觉得可恋，又可感谢。然而一旦回到故乡的平屋里，被围在一群儿女的中间的时候，我又不禁自伤了。因为我那种生活，或枯坐，默想，或钻研，搜求，或敷衍，应酬，比较起他们的天真、健全、活跃的生活来，明明是变态的，病的，残废的。

有一个炎夏的下午，我回到家中了。第二天的傍晚，我领了四个孩子——九岁的阿宝、七岁的软软、五岁的瞻瞻、三岁的阿韦——到小院中的槐荫下，坐在地上吃西瓜。夕暮的紫色中，炎阳的红味渐渐消减，凉夜的青味渐渐加浓起来。微风吹动孩子们的细丝一般的头发，身体上汗气已经全消，百感畅快的时候，孩子们似乎已经充溢着生的欢喜，非发泄不可了。最初是三岁的孩子的音乐的表现，他满足之余，笑嘻嘻摇摆着身子，口中一面嚼西瓜，一面发出一种像花猫偷食时候的“ngam，ngam”的声音来。这音乐的表现立刻唤起了五岁的瞻瞻的共鸣，他接着发表他的诗：“瞻瞻吃西瓜，宝姊姊吃西瓜，软软吃西瓜，阿韦吃西瓜。”这诗的表现又立刻引起了七岁与九岁的孩子的散文的、数学的兴味，他们立刻把瞻瞻的诗句的意义归纳起来，报告其结果：“四个人吃四块西瓜。”

于是我就作了评判者，在自己心中批判他们的作品。我觉得三岁的阿韦的音乐的表现最为深刻而完全，最能全般表出他的欢喜的感情。五岁的瞻瞻把这欢喜的感情翻译为(他的)诗，已打了一个折扣；然尚带着节奏与旋律的分子，犹有活跃的生命流露着。至于软软与阿宝的散文的、数学的、概念的表现，比较起来更肤浅一层。然而看他们的态度，全部精神没入在吃西瓜的一事中，其明慧的心眼，比大人们所见的完全得多。天地间最健全的心眼，只是孩子们的所有物，世间事物的真相，只有孩子们能最明确、最完全的见到。我比起他们来，真的心眼已经被世智尘劳所蒙蔽，所斫丧，是一个可怜的残废者了。我实在不敢受他们“父亲”的称呼，倘然“父亲”是尊崇的。

我在平屋的南窗下暂设一张小桌子，上面按照一定的秩序而布置着稿纸、信箧、笔砚、墨水瓶、浆糊瓶、时表和茶盘等，不喜欢别人来任意移动，这是我独居时的惯癖。我——我们大人——平常的举止，总是谨慎，细心，端详，斯文。例如磨墨，放笔，倒茶等，都小心从事，故桌上的布置每日依然，不致破坏或扰乱。因为我的手足的筋觉已经由于屡受物理的教训而深深的养成一种谨惕的惯性了。然而孩子们一爬到我的案上，就捣乱我的秩序，破坏我的桌上的构图，毁损我的器物。他们拿起自来水笔来一挥，洒了一桌子又一衣襟的墨水点；又把笔尖蘸在浆糊瓶里。他们用劲拔开毛笔的铜笔套，手背撞翻茶壶，壶盖打碎在地板上……这在当时实在使我不耐烦，我不免哼喝

他们，夺脱他们手里的东西，甚至批他们的小颊。然而我立刻后悔：哼喝之后立刻继之以笑，夺了之后立刻加倍奉还，批颊的手在中途软却，终于变批为抚。因为我立刻自悟其非：我要求孩子们的举止同我自己一样，何其乖谬！我——我们大人——的举止谨惕，是为了身体手足的筋觉已经受了种种现实的压迫而痉挛了的原故。孩子们尚保有天赋的健全的身手与真朴活跃的元气，岂像我们的穷屈？揖让、进退、规行、矩步等大人们的礼貌，犹如刑具，都是戕贼这天赋的健全的身手的。于是活跃的人逐渐变成了手足麻痹、半身不遂的残废者。残废者要求健全者的举止同他自己一样，何其乖谬！

儿女对我的关系如何？我不曾预备到这世间来作父亲，故心中常是疑惑不明，又觉得非常奇怪。我与他们（现在）完全是异世界的人，他们比我聪明、健全得多；然而他们又是我所生的儿女。这是何等奇妙的关系！世人以膝下有儿女为幸福，希望以儿女永续其自我，我实在不解他们的心理。我以为世间人与人的关系，最自然最合理的莫如朋友。君臣、父子、昆弟、夫妇之情，在十分自然合理的时候都不外乎是一种广义的友谊。所以朋友之情，实在是一切人情的基础。“朋，同类也。”并育于大地上的人，都是同类的朋友，共为大自然的儿女。世间的人，忘却了他们的大父母，而只知有小父母，以为父母能生儿女，儿女为父母所生，故儿女可以永续父母的自我，而使之永存。于是无子者叹天道之无知，子不肖者自伤其天命，而狂进杯中之物，其实天道有何厚薄于其齐生并育的儿女！我真不解他们的心理。

近来我的心为四事所占据了：天上的神明与星辰，人间的艺术与儿童，这小燕子似的一群儿女，是在人世间与我因缘最深的儿童，他们在我心中占有与神明、星辰、艺术同等的地位。

一九二八年夏作于石门湾平屋

送阿宝出黄金时代

阿宝,我和你在世间相聚,至今已十四年了,在这五千多天内,我们差不多天天在一处,难得有分别的日子。我看着你呱呱堕地,嘤嘤学语,看你由吃奶改为吃饭,由匍匐学成跨步。你的变态微微的逐渐地展进,没有痕迹,使我全然不知不觉,以为你始终是我家的一个孩子,始终是我们这家庭里的一种点缀,始终可作我和你母亲的生活的慰安者。然而近年来,你态度行为的变化,渐渐证明其不然。你已在我们的不知不觉之间长成了一个少女,快将变为成人了。古人谓"父母之年不可不知也,一则以喜,一则以惧。"我现在反行了古人的话,在送你出黄金时代的时候,也觉得悲喜交集。

所喜者,近年来你的态度行为的变化,都是你将由孩子变成成人的表示。我的辛苦和你母亲的劬劳似乎有了成绩,私心庆慰。所悲者,你的黄金时代快要度尽,现实渐渐暴露,你将停止你的美丽的梦,而开始生活的奋斗了,我们仿佛丧失了一个从小依傍在身边的孩子,而另得了一个新交的知友。"乐莫乐于新相知";然而旧日天真烂漫的阿宝,从此永远不得再见了!

记得去春有一天,我拉了你的手在路上走。落花的风把一阵柳絮吹在你的头发上,脸孔上,和嘴唇上,使你好像冒了雪,生了白胡须。我笑着搂住了你的肩,用手帕为你拂拭。你也笑着,仰起了头依在我的身旁。这在我们原是极寻常的事:以前每天你吃过饭,是我同你洗脸的。然而路上的人向我们注视,对我们窃笑,其意思仿佛在说:"这样大的姑娘儿,还在路上教父亲搂住了拭脸孔!"我忽然看见你的身体似乎高大

了,完全发育了,已由中性似的孩子变成十足的女性了。我忽然觉得,我与你之间似乎筑起一堵很高,很坚,很厚的无影的墙。你在我的怀抱中长起来,在我的提携中大起来;但从今以后,我和你将永远分居于两个世界了。一刹那间我心中感到深痛的悲哀。我怪怨你何不永远作一个孩子而定要长大起来,我怪怨人类中何必有男女之分。然而怪怨之后立刻破悲为笑。恍悟这不是当然的事,可喜的事么?

记得有一天,我从上海回来。你们兄弟姊妹照例拥在我身旁,等候我从提箱中取出"好东西"来分。我欣然的取出一束巧格力来,分给你们每人一包。你的弟妹们到手了这五色金银的巧格力,照例欢喜得大闹一场,雀跃的拿去尝新了。你受持了这赠品也表示欢喜,跟着弟妹们去了。然而过了几天,我偶然在楼窗中望下来,看见花台旁边,你拿着一包新开的巧格力,正在分给弟妹三人。他们各自争多嫌少,你忙着为他们均分。在一块缺角的巧格力上添了一张五色金银的包纸派给小妹妹了,方才三面公平。他们欢喜的吃糖了,你也欢喜的看他们吃。这使我觉得惊奇。吃巧格力,向来是我家儿童们的一大乐事。因为乡村里只有箬叶包的糖塌饼,草纸包的状元糕,没有这种五色金银的糖果;只有甜煞的粽子糖,咸煞的盐青果,没有这种异香异味的糖果。所以我每次到上海,一定要买些回来分给儿童,籍添家庭的乐趣。儿童们切望我回家的目的,大半就在这"好东西"上。你向来也是这"好东西"的切望者之一人。你曾经和弟妹们赌赛谁是最后吃完;你曾经把五色金银的锡纸积受起来制成华丽的手工品,使弟妹们艳羡。这回你怎么一想,肯把自己的一包藏起来,如数分给弟妹们吃呢?我看你为他们分均匀了之后表示非常的欢喜,同从前赌得了最后吃完时一样,不觉倚在楼上独笑起来。因为我忆起了你小时候的事:十来年之前,你是我家里的一个捣乱分子,每天为了要求的不满足而哭几场,挨母亲打几顿。你吃蛋只要吃蛋黄,不要吃蛋白,母亲偶然夹一筷蛋白在你的饭碗里,你便把饭粒和蛋白乱拨在桌子上,同时大喊"要黄!要黄!"你以为凡物较好者就叫作"黄"。所以有一次你要小椅子玩耍,母亲搬一个小凳子给你,你也大喊"要黄!要黄!"你要长竹竿玩,母亲拿一根"史的克"给你,你也大喊"要黄!要黄!"你看不起那时候还只一二岁而不会活动的软软。吃东西时,把不好吃的东西留着给软软吃;讲故事时,把不幸的角色派给软软当。向母亲有所要求而不得允许的时候,你就高声地问:"当错软软么?当错软软么?"你的意思以为:软软这个人要不得,其要求可以不允许;而阿宝是一个重要不过的人,其要求岂有不允许之理?今所以不允许者,大概是当错了软软的缘故。所以每次高声的提醒你母亲,务要她证明阿宝正身,允许一切要求而后已。这个一味"要黄"而专门欺侮弱小的捣乱分子,今天在那里牺牲自己的幸福来增殖弟妹们的幸福,使我看了觉得可笑,又觉得可悲。你往日的一切雄心和梦想已经宣告失败，开始在遏制自己的要求，忍耐自己的欲望，而谋他人的幸福了；你已将走出唯我独尊的黄金时代，开始在尝人类之爱的辛味了。

记得去年有一天，我为了必要的事，将离家远行。在以前，每逢我出门了，你们一定不高兴，要阻住我，或者约我早归。在更早的以前，我出门须得瞒过你们。你弟弟后来寻我不着，须得哭几场。我回来了，倘预知时期，你们常到门口或半路上来迎候。我所描的那幅题曰《爸爸还不来》的画，便是以你和你的弟弟的等我归家为题材的。因为我在过去的十来年中，以你们为我的生活慰安者，天天晚上和你们谈故事，作游戏，吃东西，使你们都觉得家庭生活的温暖，少不来一个爸爸，所以不肯放我离家。去年这一天我要出门了，你的弟妹们照旧为我惜别，约我早归。我以为你也如此，正在约你何时回家和买些甚么东西来，不意你却劝我早去，又劝我迟归，说你有种种玩意可以骗住弟妹们的阻止和盼待。原来你已在我和你母亲谈话中闻知了我此行有早去迟归的必要，决意为我分担生活的辛苦了。我此行感觉轻快，但又感觉悲哀。因为我家将少却了一个黄金时代的幸福儿。

以上原都是过去的事，但是常常切在我的心头，使我不能忘却。现在，你已作中学生，不久就要完全脱离黄金时代而走向成人的世间去了。我觉得你此行比出嫁更重大。古人送女儿出嫁诗云："幼为长所育，两别泣不休。对此结中肠，义往难复留。"你出黄金时代的"义往"，实比出嫁更"难复留"，我对此安得不"结中肠"？所以现在追述我的所感，写这篇文章来送你。你此后的去处，就是我这册画集里所描写的世间。我对于你此行很不放心。因为这好比把你从慈爱的父母身旁遣嫁到恶姑的家里去，正如前诗中说："自小闺内训，事姑贻我忧。"事姑取甚样的态度，我难于代你决定。但希望你努力自爱，勿贻我忧而已。

约十年前，我曾作一册描写你们的黄金时代的画集(《子恺画集》)。其序文(《给我的孩子们》)中曾经有这样的话："我的孩子们！我憧憬于你们的生活，每天不止一次！我想委屈的说出来，使你们自己晓得。可惜到你们懂得我的话的时候，你们将不复是可以使我憧憬的人了。这是何等可悲哀的事啊！""但是你们的黄金时代有限，现实终于要暴露的。这是我经验过来的情形，也是大人们谁也经验过来的情形。我眼看儿时伴侣中的英雄，好汉，一个个退缩，顺从，妥协，屈服起来，到像绵羊的地步。我自己也是如此，'后之视今，亦犹今之视昔'，你们不久也要走这条路呢！"写这些话时的情景还历历在目，而现在你果然已经"懂得我的话"了！果然也要"走这条路"了！无常迅速，念此又安得不结中肠啊！

1934年岁暮，选辑近作漫画，定名为《人间相》，付开明出版。选辑既竟，取十年前所刊《子恺画集》比较之，自觉画趣大异。读序文，不觉心情大异。遂写此篇，以为《人间相》辑后感。

我的母亲

中国文化馆要我写一篇《我的母亲》,并寄我母亲的照片一张。照片我有一张四寸的肖像,一向挂在我的书桌的对面。已有放大的挂在堂上,这一张小的不妨送人。但是《我的母亲》一文从何处说起呢?看看母亲的肖像,想起了母亲的坐姿。母亲生前没有摄取坐像的照片,但这姿态清楚的摄入在我脑海中的底片上,不过没有晒出。现在就用笔墨代替显影液和定影液,把我母亲的坐像晒出来罢:

我的母亲坐在我家老屋的西北角里的八仙椅子上,眼睛里发出严肃的光辉,口角上表出慈爱的笑容。

老屋的西北角里的八仙椅子,是母亲的老位子。从我小时候直到她逝世前数月,母亲空下来总是坐在这把椅子上,这是很不舒服的一个座位:我家的老屋是一所三开间的楼厅,右边是我的堂兄家,左边一间是我的堂叔家,中央一间是我家。但是没有板壁隔开,只拿在左右的两排八仙椅子当作三份人家的界限。所以母亲坐的椅子,背后凌空。若是沙发椅子,三面有柔软的厚壁,凌空原无妨碍。但我家的八仙椅子是木造的,坐板和靠背成九十度角,靠背只是疏疏的几根木条,其高只及人的肩膀。母亲坐着没处搁头,很不安稳。母亲又防椅子的脚摆在泥土上要霉烂,用二三寸高的木座子衬在椅子脚下,因此这只八仙椅子特别高,母亲坐上去两脚须得挂空,很不便利。所谓西北角,就是左边最里面的一只椅子。这椅子的里面就是通过退堂的门。退堂里就是灶间。母亲坐在椅子上向里面顾，可以看见灶头。风从里面吹出的时候，烟灰和油气都吹在母亲身上，很不卫生。堂前隔着三四尺阔的一条天井便是墙门。墙外面便是我们的染坊店。母亲坐在椅子里向外面望，可以看见杂沓往来的顾客，听到沸翻盈天的市井声，很不清静。但我的母亲一向坐在我家老屋西北角里的这样不安稳，不便利，不卫生，不清静的一只八仙椅子上，眼睛发出严肃的光辉，口角上表出慈爱的笑容。母亲为甚么老是坐在这样不舒服的椅子里呢？因为这位子在我家中最为冲要。母亲坐在这位子里可以顾到灶上，又可以顾到店里。母亲为要兼顾内外，便顾不到座位的安稳不安稳，便利不便利，卫生不卫生，和清静不清静了。

我四岁时，父亲中了举人，同年祖母逝世，父亲丁艰在家，郁郁不乐，以诗酒自娱，不管家事，丁艰终而科举废，父亲就从此隐遁。这期间家事店事，内外都归母亲一人兼理。我从书堂出来，照例走向坐在西北角里的椅子上的母亲的身边，向她讨点东西吃吃。母亲口角上表出亲爱的笑容，伸手除下挂在椅子头顶的“饿杀猫篮”，拿起饼饵给我吃；同时眼睛里发出严肃的光辉，给我几句勉励。

我九岁的时候，父亲遗下了母亲和我们姊弟六人，薄田数亩和染坊店一间而逝世。我家内外一切责任全部归母亲负担。此后她坐在那椅子上的时间愈加多了。工人们常来坐在里面的凳子上，同母亲谈家事；店伙们常来坐在外面的椅子上，同母亲谈店事；父亲的朋友和亲戚邻人常来坐在对面的椅子上，同母亲交涉或应酬。我从学堂里放假回家，又照例走向西北角里的椅子边，同母亲讨个铜板。有时这四班人同时来到，使得母亲招架不住，于是她用了眼睛的严肃的光辉来命令，警戒，或交涉；同时又用了口角上的慈爱的笑容来劝勉，抚爱，或应酬。当时的我看惯了这种光景，以为母亲是天生成坐在这只椅子上的，而且天生成有四班人向她缠绕不清的。

我十七岁离开母亲，到远方求学。临行的时候，母亲眼睛里发出严肃的光辉，诫告我待人接物求学立身的大道；口角上表出慈爱的笑容，关照我起居饮食一切的细事。她给我准备学费，她给我置备行李，她给我制一罐猪油炒米粉，放在我的网篮里；她给我作一个小线板，上面插两只引线放在我的箱子里，然后送我出门。放假归来的时候，我一进店门，就望见母亲坐在西北角里的八仙椅子上。她欢迎我归家，口角上表出慈爱的笑容，她探问我的学业，眼睛里发出严肃的光辉。晚上她亲自上灶，烧些我所爱吃的菜蔬给我吃，灯下她详询我的学校生活，加以勉励，教训，或责备。

我廿二岁毕业后，赴远方服务，不克依居母亲膝下，唯假期归省。每次归家，依然看见母亲坐在西北角里的椅子上，眼睛里发出严肃的光辉，口角上表现出慈爱的笑容。她像贤主一般招待我，又像良师一般教训我。

我三十岁时，弃职归家，读书著述奉母。母亲还是每天坐在西北角里的

八仙椅子上，眼睛里发出严肃的光辉，口角上表出慈爱的笑容。只是她的头发已由灰白渐渐转成银白了。

我三十三岁时，母亲逝世。我家老屋西北角里的八仙椅子上，从此不再有我母亲坐着了。然而我每逢看见这只椅子的时候，脑际一定浮出我母亲的坐像——眼睛里发出严肃的光辉，口角上表出慈爱的笑容。她是我的母亲，同时又是我的父亲。她以一身任严父兼慈母之职而训诲我，抚养我，我从呱呱坠地的时候直到三十三岁，不，直到现在。陶渊明诗云："昔闻长者言，掩耳每不喜。"我也犯这个毛病；我曾经全部接受了母亲的慈爱，但不会全部接受她的训诲。所以现在我每次在想象中瞻望母亲的坐像，对于她口角上的慈爱的笑容觉得十分感谢，对于她眼睛里的严肃的光辉，觉得十分恐惧。这光辉每次给我以深刻的警惕和有力的勉励。

民国廿六年（一九三七年）二月廿八日

我与弘一法师

我十七岁入杭州浙江第一师范，二十一岁毕业以后没有升学。我受中等以上学校教育，只此五年。这五年间，弘一法师，那时称为李叔同先生，便是我的图画音乐教师。图画音乐两科，在现在的学校里是不很重要的；但是奇怪得很，在当时我那浙江第一师范里，看得比英国算还重。我们有两个图画专用的教室，许多石膏模型，两架钢琴，五十几架风琴。我们每天要花一小时去练图画，花一小时以上去练弹琴。大家认为当然，恬不为怪。这是甚么原故呢？因为李先生的人格和学问，统制了我们的感情，折服了我们的心。他从来不骂人，从来不责备人，态度谦恭，同出家后完全一样，然而个个学生真心的怕他，真心的学习他，真心的崇拜他。我便是其中之一人。因为就人格讲，他的当教师不为名利，为当教师而当教师，用全副精力去当教师。就学问讲，他博学多能，其国文比国文先生更高，其英文比英文先生更高，其历史比历史先生更高，其常识比博物先生更高，又是书法金石的专家，中国话剧的鼻祖。他不是只能教图画音乐，他是拿许多别的为背景而教他的图画音乐。夏丏尊先生曾经说："李先生的教书是有后光的。"像佛菩萨那样有后光，怎不教人崇拜呢？而我的崇拜他，更甚于他人。大约是我的气质与李先生有点相似，凡他所欢喜的，我都欢喜。我在师范学校，一二年级都考第一名，三年以后忽然降到第二十名，因为我旷废了许多师范生的功课，而专心于李先生所喜的文学艺术，一直到毕业。毕业后我无

力升大学,借了些钱到日本去游玩,没有进学校,看了许多画展,听了许多音乐会,买了许多文艺书。一年后回国,一方面当教师,一方面埋头自习,一直自习到现在,对李先生的艺术还是迷恋不舍。李先生早已由艺术升华到宗教而成正果,而我还彷徨在艺术宗教的十字街头,自己想想,真是一个不肖的学生!

他怎样由艺术升华到宗教呢?当时人都诧异,以为李先生受了甚么刺激,忽然“遁入空门”了。我却能理解他的心,我认为他的出家是当然。我以为人的生活,可以分作三层:一是物质生活,二是精神生活,三是灵魂生活。物质生活就是衣食。精神生活就是学术文艺。灵魂生活就是宗教。“人生”就是这样一个三层楼。懒得(或无力)走楼梯的,就住在第一层,即把物质弄得很好,锦衣肉食,尊荣富贵,孝子慈孙,这样就满足了。这也是一种人生观。抱这样的人生观的人,在世间占大多数。其次,高兴(或有力)走楼梯的,就爬上二层楼去玩玩,或者久居在里头。这就是专心学术文艺的人。他们把全力贡献于学问的研究,把全心寄托于文艺的创作和欣赏。这样的人,在世间也很多,即所谓“知识分子”“学者”“艺术家”。还有一种人,“人生欲”很强,脚力很大,对二层楼还不满足,就再走楼梯,爬上三层楼去。这就是宗教徒了。他们作人很认真,满足了“物质欲”还不够,满足了“精神欲”还不够,必须探求人生的究竟。他们以为财产子孙都是身外之物,学术文艺都是暂时的美景,连自己的身体都是虚幻的存在。他们不肯作本能的奴隶,必须追究灵魂的来源,宇宙的根本,这才能满足他们的“人生欲”,这就是宗教徒——世间就不过这三种人。我虽用三层楼为比喻,但并非必须从第一层到第二层,然后再到第三层。有很多人,从第一层直上第三层,并不需要在第二层勾留。还有许多人连第一层也不住,一口气跑上三层楼。不过我们的弘一法师,是一层一层的走上去的。弘一法师的“人生欲”非常之强,他的作人,一定要作得彻底。他早年对母亲尽孝,对妻子尽爱,安住在第一层中。中年专心研究艺术——发挥多方面的天才,这是迁居在第二层楼了。强大的“人生欲”不能使他满足于二层楼。于是爬上三层楼去,作和尚,修净土,研戒律,这是当然的事,毫不足怪的。作人好比喝酒,酒量小的,喝一杯花雕酒已经醉了,酒量大的,喝花雕嫌淡,必须喝高粱酒才能过瘾。文艺好比是花雕,宗教好比是高粱。我酒量很小,只能喝花雕,难得喝一口高粱而已。但喝花雕的人,颇能理解喝高粱者的心。故我对于弘一法师的由艺术升华到宗教,一向认为当然,毫不足怪的。

艺术的最高点与宗教相接近。二层楼的扶梯的最后顶点就是三层楼。所以弘一法师由艺术升华到宗教,是必然的事。弘一法师在闽中,留下不少墨宝,这些墨宝,在内容上是宗教的,在形式上是艺术的——书法。闽中人士久受弘一法师的熏陶,大都富有宗教信仰及艺术修养。我这个初入闽的

人,看见这情形非常叹羡,十分钦佩!前天参拜南菩陀寺,承广洽法师的指示,瞻观弘一法师的故居及其手植杨柳,又看到他所创办的佛教养正院。广洽法师要我为养正院书联,我就集唐人诗句:“须知诸相皆非相,能使无情尽有情”,写了一幅。这对联挂在弘一法师创办的佛教养正院里,我觉得很适当。因为上联说佛经,下联说艺术,很可表明弘一法师由艺术升华到宗教的意义。艺术家看见花笑,听见鸟语,举杯邀明月,开门迎白云,能把自然当作人看,能化无情为有情,这便是“佛我一体”的境界。更进一步,便是“万法清心”、“诸相非相”的佛教真谛了。故艺术的最高点与宗教相通。最高的艺术家有言:“无声之诗无一字,无形之画无一笔。”可知吟诗描画,平平仄仄,红红绿绿,原不过是雕虫小技,艺术的皮毛而已。艺术的精神,正是宗教的。古人云:“文章一小技,于道未为尊。”又曰:“太上立德,其次立言。”弘一法师教人,亦常引用儒家语:“士先器识而后文艺。”所谓“文章”“言”“文艺”,便是艺术。所谓“道”“德”“器识”,正是宗教的修养。宗教与艺术的高下、重轻,在此已经明示。三层楼当然在第二层楼之上的。

我脚力小,不能追随弘一法师上三层楼,现在还停在二层楼上,斤斤于一字一笔的小技,自己觉得很惭愧。但亦常常勉力爬上扶梯,向三楼上望望。故我希望学宗教的人,不须多花精神去学艺术的技巧,因为宗教已经包括艺术了。而学艺术的人,必须进而体会宗教的精神,其艺术方能有进步。久驻闽中的高僧,我所知道的还有一位太虚法师。他是我的小同乡,从小出家的。他并没有弄艺术,是一口气跑上三层楼的。但他与弘一法师,同样的是旷世的同僧,同样的为世人所景仰。可知在世间,宗教高于一切。在人的修身上,器识重于一切。太虚法师与弘一法师,异途同归,各成正果。文艺小技的能不能,在人格上是毫不足道的。我愿与闽中人士以二法师为模范而共同勉励。

一九四八年

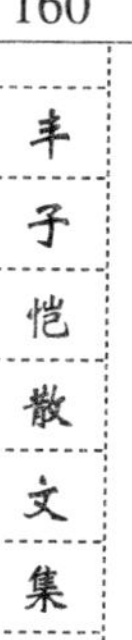

悼夏丏尊先生

我从重庆郊外迁居城中,候船返沪。刚才迁到,接得夏丏尊老师逝世的消息。记得三年前,我从遵义迁重庆,临行时接得弘一法师往生的电报。我所敬爱的两位教师的最后消息,都在我行旅倥偬的时候传到。这偶然的事,在我觉得很是蹊跷。因为这两位老师同样的可敬可爱,昔年曾经给我同样宝贵的教诲;如今噩耗传来,也好比给我同样的最后训示。这使我感到分外的哀悼与警惕。

我早已确信夏先生是要死的,同确信任何人都要死的一样。但料不到如此其速。八年违教,快要再见,而终于不得再见!真是天实为之,谓之何哉!

犹忆二十六年秋,卢沟桥事变之际,我从南京回杭州,中途在上海下车,到梧州路去看夏先生。先生满面忧愁,说一句话,叹一口气。我因为要乘当天的夜车返杭,匆匆告别。我说:“夏先生再见。”夏先生好像骂我一般愤然的答道:“不晓得能不能再见!”同时又用凝注的眼光,站立在门口目送我。我回头对他发笑。因为夏先生老是善愁,而我总是笑他多忧。岂知这一次正是我们的最后一面,果然这一别“不能再见了”!

后来我扶老携幼,仓皇出奔,辗转长沙、桂林、宜山、遵义、重庆各地。夏先生始终住在上海。初年还常通信。自从夏先生被敌人捉去监禁了一回之后,我就不敢写信给他,免得使他受累。胜利一到,我写了一封长信给他。见他回信的笔迹依旧遒劲挺秀,我很高兴。字是精神的象征,足证夏先生精神依

旧。当时以为马上可以再见了，岂知交通与生活日益困难，使我不能早归；终于在胜利后八个半月的今日，在这山城客寓中接到他的噩耗，也可说是“抱恨终天”的事！

夏先生之死，使“文坛少了一位老将”，“青年失了一位导师”，这些话一定有许多人说，用不着我再讲。我现在只就我们的师弟情缘上表示哀悼之情。

夏先生与李叔同先生（弘一法师），具有同样的才调，同样的胸怀。不过表面上一位作和尚，一位是居士而已。

犹忆三十余年前，我当学生的时候，李先生教我们图画、音乐，夏先生教我们国文。我觉得这三种学科同样的严肃而有兴趣。就为了他们二人同样的深解文艺的真谛，故能引人入胜。夏先生常说：“李先生教图画、音乐，学生对图画、音乐，看得比国文、数学等更重。这是有人格作背景的原故。因为他教图画、音乐，而他所懂得的不仅是图画、音乐；他的诗文比国文先生的更好，他的书法比习字先生的更好，他的英文比英文先生的更好……这好比一尊佛像，有后光，故能令人敬仰。”这话也可说是“夫子自道”。夏先生初任舍监，后来教国文。但他也是博学多能，只除不弄音乐以外，其他诗文、绘画（鉴赏）、金石、书法、理学、佛典，以至外国文、科学等，他都懂得。因此能和李先生交游，因此能得学生的心悦诚服。

他当舍监的时候，学生们私下给他起个诨名，叫夏木瓜。但这并非恶意，却是好心。因为他对学生如对子女，率直开导，不用敷衍、欺蒙、压迫等手段。学生们最初觉得忠言逆耳，看见他的头大而圆，就给他起这个诨名。但后来大家都知道夏先生是真爱我们，这绰号就变成了爱称而沿用下去。凡学生有所请愿，大家都说：“同夏木瓜讲，这才成功。”他听到请愿，也许暗呜叱咤地骂你一顿；但如果你的请愿合乎情理，他就当作自己的请愿，而替你设法了。

他教国文的时候，正是“五四”将近。我们作惯了“太王留别父老书”“黄花主人致无肠公子书”之类的文题之后，他突然叫我们作一篇“自述”。而且说：“不准讲空话，要老实写。”有一位同学，写他父亲客死他乡，他“星夜匍伏奔丧”。夏先生苦笑着问他：“你那天晚上真个是在地上爬去的？”引得大家发笑，那位同学脸孔绯红。又有一位同学发牢骚，赞隐遁，说要“乐琴书以消忧，抚孤松而盘桓”。夏先生厉声问他：“你为甚么来考师范学校？”弄得那人无言可对。这样的教法，最初被顽固守旧的青年所反对。他们以为文章不用古典，不发牢骚，就不高雅。竟有人说：“他自己不会作古文（其实作得很好），所以不许学生作。”但这样的人，毕竟是少数。多数学生，对夏先生这种从来未有的、大胆的革命主张，觉得惊奇与折服，好似长梦猛醒，恍悟今是昨非。这正是五四运动的初步。

李先生作教师，以身作则，不多讲话，使学生衷心感动，自然诚服。譬如上课，他一定先到教室，黑板上应写的，都先写好（用另一黑板遮住，用到的时候推开来）。然后端坐在讲台上等学生到齐。譬如学生还琴时弹错了，他举目对你一看，但说："下次再还。"有时他没有说，学生吃了他一眼，自己请求下次再还了。他话很少，说时总是和颜悦色的。但学生非常怕他，敬爱他。夏先生则不然，毫无矜持，有话直说。学生便嬉皮笑脸，同他亲近。偶然走过校庭，看见年纪小的学生弄狗，他也要管："为啥同狗为难！"放假日子，学生出门，夏先生看见了便喊："早些回来，勿可吃酒啊！"学生笑着连说："不吃，不吃！"赶快走路。走得远了，夏先生还要大喊："铜钿少用些！"学生一方面笑他，一方面实在感激他，敬爱他。

夏先生与李先生对学生的态度，完全不同。而学生对他们的敬爱，则完全相同。这两位导师，如同父母一样。李先生的是"爸爸的教育"，夏先生的是"妈妈的教育"。夏先生后来翻译的"爱的教育"，风行国内，深入人心，甚至被取作国文教材。这不是偶然的事。

我师范毕业后，就赴日本。从日本回来就同夏先生共事，当教师，当编辑。我遭母丧后辞职闲居，直至逃难。但其间与书店关系仍多，常到上海与夏先生相晤。故自我离开夏先生的绛帐，直到抗战前数日的诀别，二十年间，常与夏先生接近，不断的受他的教诲。其时李先生已经作了和尚，芒鞋破钵，云游四方，和夏先生仿佛是两个世界的人。但在我觉得仍是以前的两位导师，不过所导的范围由学校扩大为人世罢了。

李先生不是"走投无路，遁入空门"的，是为了人生根本问题而作和尚的。他是真正作和尚，他是痛感于众生疾苦而"行大丈夫事"的。夏先生虽然没有作和尚，但也是完全理解李先生的胸怀的；他是赞善李先生的行大丈夫事的。只因种种尘缘的牵阻，使夏先生没有勇气行大丈夫事。夏先生一生的忧愁苦闷，由此发生。

凡熟识夏先生的人，没有一个不晓得夏先生是个多忧善愁的人。他看见世间的一切不快、不安、不真、不善、不美的状态，都要皱眉，叹气。他不但忧自家，又忧友，忧校，忧店，忧国，忧世。朋友中有人生病了，夏先生就皱着眉头替他担忧；有人失业了，夏先生又皱着眉头替他着急；有人吵架了，有人吃醉了，甚至朋友的太太要生产了，小孩子跌跤了……夏先生都要皱着眉头替他们忧愁。学校的问题，公司的问题，别人都当作例行公事处理的，夏先生却当作自家的问题，真心的担忧。国家的事，世界的事，别人当作历史小说看的，在夏先生都是切身问题，真心的忧愁，皱眉，叹气。故我和他共事的时候，对夏先生凡事都要讲得乐观些，有时竟瞒过他，免得使他增忧。他和李先生一样的痛感众生的疾苦。但他不能和李先生一样行大丈夫事；他只能忧伤终老。在"人世"这个大学校里，这二位导师所施的仍是"爸爸的教

育”与“妈妈的教育”。

朋友的太太生产，小孩子跌交等事，都要夏先生担忧。那么，八年来水深火热的上海生活，不知为夏先生增添了几十万斛的忧愁！忧能伤人，夏先生之死，是供给忧愁材料的社会所致使，日本侵略者所促成的！

以往我每逢写一篇文章，写完之后总要想：“不知这篇东西夏先生看了怎么说。”因为我的写文，是在夏先生的指导鼓励之下学起来的。今天写完了这篇文章，我又本能的想：“不知这篇东西夏先生看了怎么说。”两行热泪，一齐沉重的落在这原稿纸上。

一九四六年五月一日于重庆客寓

忆儿时

一

我回忆儿时，有三件不能忘却的事。

第一件是养蚕。那是我五六岁时、我祖母在日的事。我祖母是一个豪爽而善于享乐的人，良辰佳节不肯轻轻放过。养蚕也每年大规模的举行。其实，我长大后才晓得，祖母的养蚕并非专为图利，叶贵的年头常要蚀本，然而她欢喜这暮春的点缀，故每年大规模的举行。我所欢喜的，最初是蚕落地铺。那时我们的三开间的厅上、地上统是蚕，架着经纬的跳板，以便通行及饲叶。蒋五伯挑了担到地里去采叶，我与诸姊跟了去，去吃桑葚。蚕落地铺的时候，桑葚已很紫而甜了，比杨梅好吃得多。我们吃饱之后，又用一张大叶作一只碗，采了一碗桑葚，跟了蒋五伯回来。蒋五伯饲蚕，我就以走跳板为戏乐，常常失足翻落地铺里，压死许多蚕宝宝，祖母忙喊蒋五伯抱我起来，不许我再走。然则这满屋的跳板，像棋盘街一样，又很低，走起来一点也不怕，真是有趣。这真是一年一度的难得的乐事！所以虽然祖母禁止，我总是每天要去走。

蚕上山之后，全家静静守护，那时不许小孩子们噪了，我暂时感到沉闷。然而过了几天，采茧，作丝，热闹的空气又浓起来了。我们每年照例请牛桥头七娘娘来作丝。蒋五伯每天买枇杷和软糕来给采茧、作丝、烧火的人吃。大家认为现在是辛苦而有希望的时候,应该享受这点心,都不客气的取食。我也无功受禄的天天吃多量的枇杷与软糕,这又是乐事。

七娘娘作丝休息的时候,捧了水烟筒,伸出她左手上的短少半段的小指给我看,对我说:作丝的时候,丝车后面,是万万不可走近去的。她的小指,便是小时候不留心被丝车轴棒轧脱的。她又说:"小囝囝不可走近丝车后面去,只管坐在我身旁,吃枇杷,吃软糕。还有作丝作出来的蚕蛹,叫妈妈油炒一炒,真好吃哩!"然而我始终不要吃蚕蛹,大概是我爸爸和诸姊都不要吃的原故。我所乐的,只是那时候家里的非常的空气。日常固定不动的堂窗、长台、八仙椅子,都收拾去,而变成不常见的丝车、匾、缸。又不断的公然的可以吃小食。

丝作好后,蒋五伯口中唱着"要吃枇杷,来年蚕罢",收拾丝车,恢复一切陈设,我感到一种兴尽的寂寥。然而对于这种变换,倒也觉得新奇而有趣。

现在我回忆这儿时的事,常常使我神往!祖母、蒋五伯、七娘娘和诸姊都像童话里、戏剧里的人物了。且在我看来,他们当时这剧的主人公便是我。何等甜美的回忆!只是这剧的题材,现在我仔细想想觉得不好:养蚕作丝,在生计上原是幸福的,然其本身是数万的生灵的杀虐!《西青散记》里面有两句仙人的诗句:"自织藕丝衫子嫩,可怜辛苦赦春蚕。"安得人间也发明织藕丝的丝车,而尽赦天下的春蚕的性命!

我七岁上祖母死了,我家不复养蚕。不久父亲与诸姊弟相继死亡,家道衰落了,我的幸福的儿时也过去了。因此这回忆,一面使我永远神往,一面又使我永远忏悔。

二

第二件不能忘却的事,是父亲的中秋赏月,而赏月之乐的中心,在于吃蟹。

我的父亲中了举人之后,科举就废,他无事在家,每天吃酒,看书。他不要吃羊、牛、猪肉,而欢喜吃鱼、虾之类。而对于蟹,尤其欢喜。自七八月起直到冬天,父亲平日的晚酌规定吃一只蟹,一碗隔壁豆腐店里买来的开锅热豆腐干。他的晚酌,时间总在黄昏。八仙桌上一盏洋油灯,一把紫砂酒壶,一只盛热豆腐干的碎磁盖碗,一把水烟筒,一本书,桌子角上一只端坐的老猫,我脑中这印象非常深刻,到现在还可以清楚的浮现出来。我在旁边看,有时他给我一只蟹脚或半块豆腐干。然我欢喜蟹脚。蟹的味道真好,我们五个姊妹兄弟,都欢喜吃,也是为了父亲欢喜吃的原故。只有母亲与我们相反,欢喜吃肉,而不欢喜又不会吃蟹,吃的时候常常被蟹螯上的刺刺开手指,出血;而且抉剔得很不干净,父亲常常说她是外行。父亲说:吃蟹是风雅的事,吃法也要内行才懂得。先折蟹脚,后开蟹斗……脚上的拳头(即关节)里

的肉怎样可以吃干净，脐里的肉怎样可以剔出……脚爪可以当作剔肉的针……蟹螯上的骨头可以拼成一只很好看的蝴蝶……父亲吃蟹真是内行，吃得非常干净。所以陈妈妈说："老爷吃下来的蟹壳，真是蟹壳。"

蟹的储藏所，就在天井角落里的缸里，经常总养着十来只。到了七夕、七月半、中秋、重阳等节候上，缸里的蟹就满了，那时我们都有得吃，而且每人得吃一大只，或一只半。尤其是中秋一天，兴致更浓。在深黄昏，移桌子到隔壁的白场上的月光下面去吃。更深人静，明月底下只有我们一家的人，恰好围成一桌，此外只有一个供差使的红英坐在旁边。大家谈笑，看月亮，他们——父亲和诸姊——直到月落时光，我则半途睡去，与父亲和诸姊不分而散。

这原是为了父亲嗜蟹，以吃蟹为中心而举行的。故这种夜宴，不仅限于中秋，有蟹的节季里的月夜，无端也要举行数次。不过不是良辰佳节，我们少吃一点，有时两人分吃一只。我们都学父亲，剥得很精细，剥出来的肉不是立刻吃的，都积受在蟹斗里，剥完之后，放一点姜醋，拌一拌，就作为下饭的菜，此外没有别的菜了。因为父亲吃菜是很省的，而且他说蟹是至味，吃蟹时混吃别的菜肴，是乏味的，我们也学他，半蟹斗的蟹肉，过两碗饭还有余，就可得父亲的称赞，又可以白口吃下余多的蟹肉，所以大家都勉励节省。现在回想那时候，半条蟹腿肉要过两大口饭，这滋味真好！自父亲死了以后，我不曾再尝这种好滋味。现在，我已经自己作父亲，况且已经茹素，当然永远不会再尝这滋味了。

唉！儿时欢乐，何等使我神往！

然而这一剧的题材，仍是生灵的杀虐！因此这回忆，一面使我永远神往，一面又使我永远忏悔。

三

第三件不能忘却的事，是与隔壁豆腐店里的王囡囡的交游，而这交游的中心，在于钓鱼。

那是我十二三岁时的事。隔壁豆腐店里的王囡囡是当时我的小伴侣中的大阿哥。他是独子，他的母亲、祖母和大伯，都很疼爱他，给他很多的钱和玩具，而且每天放任他在外游玩。他家与我家贴邻而居。我家的人们每天赴市，必须经过他家的豆腐店的门口，两家的人们朝夕相见，互相来往。小孩子们也朝夕相见，互相来往。此外他家对于我家似乎还有一种邻人以上的深切的交谊，故他家的人对于我特别要好，他的祖母常常拿自产的豆腐干、豆腐衣等来送给我父亲下酒。同时在小伴侣中，王囡囡也特别和我要好。他的年纪比我大，气力比我好，生活比我丰富，我们一淘游玩时候，他时时引导我，照顾我，犹似长兄对于幼弟。我们有时就在我家的染坊店里的榻上玩耍，有时相偕出游。他的祖母每次看见我俩一同玩耍，必叮嘱囡囡好好看待我，勿要相骂。我听人说，他家似乎曾经患难，而我父亲曾经帮他们忙，所以他家大人们吩咐王囡囡照应我。

我起初不会钓鱼，是王囡囡教我的。他叫他大伯买两副钓竿，一副送我，一副他自己用。他到米桶里去捉许多米虫，浸在盛水的罐头里，领了我到木场桥头去钓鱼。他教给我看，先捉起一个米虫来，把钓钩由虫尾穿进，直穿到头部，然后放下水去。他又说："浮珠一动，你要立刻拉，那么钩子拉住鱼的颚，鱼就逃不脱。"我照他所教的试验，果然第一天钓了十几头白条，然而都是他帮我拉钓竿的。

第二天，他手里拿了半罐头扑杀的苍蝇，又来约我去钓鱼。途中他对我说："不一定是米虫，用苍蝇钓鱼更好。鱼欢喜吃苍蝇！"这一天我们钓了一小桶各种的鱼。回家的时候，他把鱼桶送到我家里，说他不要。我母亲就叫红英去煎一煎，给我下晚饭。

自此以后，我只管欢喜钓鱼。不一定要王囡囡陪去，自己一人也去钓，又学得了掘蚯蚓来钓鱼的方法。而且钓来的鱼，不仅够自己下晚饭，还可送给店里人吃，或给猫吃。我记得这时候我的热心钓鱼，不仅出于游戏欲，又有几分功利的兴味在内。有三四个夏季，我热心于钓鱼，给母亲省了不少的菜蔬钱。

后来我长大了，赴他乡入学，不复有钓鱼的工夫。但在书中常常读到赞咏钓鱼的文句，例如甚么"独钓寒江雪"，甚么"渔樵度此身"，才知道钓鱼原来是风雅的事。后来又晓得有所谓"游钓之地"的美名称，是形容人的故乡的。我大受其煽惑，为之大发牢骚：我想"钓鱼确是雅的，我的故乡，确是我的游钓之地，确是可怀的故乡。"但是现在想想，不幸而这题材也是生灵的杀虐！

我的黄金时代很短，可怀念的又只有这三件事。不幸而都是杀生取乐，都使我永远忏悔。

我的苦学经验

我于一九一九年,二十二岁的时候,毕业于杭州的浙江省立第一师范学校。这学校是初级师范。我在故乡的高等小学毕业,考入这学校,在那里肄业五年而毕业。故这学校的程度,相当于现在的中学校,不过是以养成小学教师为目的的。

但我于暑假时在这初级师范毕业后,既不作小学教师,也不升学,却就在同年的秋季,来上海创办专门学校,而作专门科的教师了。这种事情,现在我自己回想想也觉得可笑。但当时自有种种的因缘,使我走到这条路上。因缘者何?因为我是偶然入师范学校的,并不是抱了作小学教师的目的而入师范学校的(关于我的偶然入师范,现在属于题外,不便详述。异日拟另写一文,以供青年们投考的参考)。故我在校中只是埋头攻学,并不注意于教育。在四年级的时候,我的兴味忽然集中在图画上了。甚至抛弃其他一切课业而专习图画,或托事请假而到西湖上去作风景写生。所以我在校的前几年,学期考试的成绩屡列第一名,而毕业时已降至第二十名。因此毕业之后,当然无意于作小学教师,而希望发挥自己所热衷的图画。但我的家境不许我升学而专修绘画。正在踌躇之际,恰好有同校的高等师范图画手工专修科毕业的吴梦非君,和新从日本研究音乐而归国的旧同学刘质平君,计议在上海创办一个养成图画音乐手工教员的学校,名曰专科师范学校。他们正在招求同人。刘君知道我热衷于图画而又无法升学,就来拉我去帮办。我也不自量力,贸然的答允了他。于是我就作了专科师范的创办人之一,而在这学校之中教授西洋画等课了。这当然是很勉强的事。我所有关于绘画的学识,不

过在初级师范时偷闲画了几幅木炭石膏模型写生，又在晚上请校内的先生教些日本文，自己向师范学校的藏书楼中借得一部日本明治年间出版的《正则洋画讲义》，从其中窥得一些陈腐的绘画知识而已。我犹记得，这时候我因为自己只有一点对于石膏模型写生的兴味，故竭力主张"忠实写生"的画法，以为绘画以忠实模写自然为第一要义。又向学生演说，谓中国画的不忠于写实，为其最大的缺点；自然中含有无穷的美，唯能忠实于自然模写者，方能发见其美。就拿自己在师范学校时放弃了晚间的自修课而私下在图画教室中费了十七小时而描成的 Venus① 头像的木炭画揭示学生，以鼓励他们的忠实写生。当一九二〇年的时代，而我在上海的绘画专门学校中励行这样的画风，现在回想起来，真是闭门造车。然而当时的环境，颇能容纳我这种教法。因为当时中国宣传西洋画的机关绝少，上海只有一所美术专门学校，专科师范是第二个兴起者。当时社会上人士，大半尚未知道西洋画为何物，或以为美女月份牌就是西洋画的代表，或以为香烟牌子就是西洋画的代表。所以在世界上看来我虽然是闭门造车，但在中国之内，我这种教法大可卖野人头呢。但野人头终于不能常卖，后来我渐渐觉得自己的教法陈腐而有破绽了，因为上海宣传西洋画的机关日渐多起来，从东西洋留学归国的西洋画家也时有所闻了。我又在上海的日本书店内购得了几册美术杂志，从中窥知了一些最近西洋画界的消息，以及日本美术界的盛况，觉得从前在《正则洋画讲义》中所得的西洋画知识，实在太陈腐而狭小了。虽然别的绘画学校并不见有比我更新的教法，归国的美术家也并没有甚么发表，但我对于自己的信用已渐渐丧失，不敢再在教室中扬眉瞬目而卖野人头了。我懊悔自己冒昧的当了这教师。我在布置静物写生标本的时候，曾为了一只青皮的橘子而起自伤之念，以为我自己犹似一只半生半熟的橘子，现在带着青皮卖掉，给人家当作习画标本了。我想窥见西洋画的全豹，我也想到东西洋去留学，作了美术家而归国。但是我的境遇不许我留学。况且我这时候已经有了妻子。作教师所得的钱，赡养家庭尚且不够，哪里来留学的钱呢？经过了许久烦恼日月，终于决定非赴日本不可。我在专科师范中当了一年半的教师，在一九二一年的早春，向我的姊丈周印池君借了四百块钱（这笔钱我才于二三年前还他。我很感谢他第一个惠我的同情），就抛弃了家庭，独自冒险的到东京去了。得去且去，以后的问题以后再说。至少，我用完了这四百块钱而回国，总得看一看东京美术界的状况了。

但到了东京之后，就有许多关切的亲戚朋友，设法接济我的经济。我的岳父给我约了一个一千元的会，按期寄洋钱给我，专科师范的同人吴刘二

① 即维纳斯，罗马神话中爱和美的女神。

君，亦各以金钱相遗赠，结果我一共得了约二千块钱，在东京维持了足足十个月的用度，到了同年的冬季，金尽而返国。这一去称为留学嫌太短，称为旅行嫌太长，成了三不像的东西。同时我的生活也是三不像的。我在这十个月内，前五个月是上午到洋画研究会中去习画，下午读日本文。后五个月废止了日本文，而每日下午到音乐研究会中去学提琴，晚上又去学英文。然而各科都常常请假，拿请假的时间来参观展览会，听音乐会，访图书馆，看opera[①]，以及游玩名胜，钻旧书店，跑夜摊(Yomise)。因为这时候我已觉悟了各种学问的深广，我只有区区十个月的求学时间，决不济事。不如走马看花，吸呼一些东京艺术界的空气而回国罢。幸而我对于日本文，在国内时已约略懂得一点，会话也早已学得了几声。到东京后，旅舍中唤茶、商店中买物等事，勉强能够对付。我初到东京的时候，随了众同国人入东亚预备学校学习日语，嫌其程度太低，教法太慢，读了几个礼拜就辍学。自己异想天开，为了学习日本语的目的，向一个英语学校的初级班报名，每日去听讲两小时。他们是从A boy，A dog[②]教起的，所用的英文教本与开明第一英文读本程度相同。对于英文我已完全懂得，我的目的是要听这位日本先生怎样的用日本语来解说我已懂得的英文，便在这时候偷取日本语会话的诀窍，这异想天开的办法果然成功了。我在那英语学校里听了一个月讲，果然于日语会话及听讲上获得了很多的进步。同时看书的能力也进步起来。本来我只能看《正则洋画讲义》一类的刻板的叙述体文字，现在连《不如归》和《金色夜叉》(日本旧时很著名的两部小说)都会读了。我的对于文学的兴味，是从这时候开始的。以后我就为了学习英语的目的而另入一英语学校。我报名入最高的一班，他们教我读伊尔文的Sketch Book。这时候我方才知道英文中有这许多难记的生字(我在师范学校毕业时只读到《天方夜谭》)。兴味一浓，我便嫌先生教得太慢。后来在旧书店里找到了一册Sketch Book[③]讲义录，内有详细的注解和日译文，我确信这可以自修，便辍了学，每晚伏在东京的旅舍中自修Sketch Book。我自己限定于几个礼拜之内把此书中所有一切生字抄写在一张图画纸上，把每字剪成一块块的纸牌，放在一只匣子中。每天晚上，像摸数算命一般的向匣子中探摸纸牌，温习生字。不久生字都记诵，Sketch Book全部都会读，而读起别的英语小说来也很自由了。路上遇见英语学校的同学，询知他们只教了全书的几分之一，我心中觉得非常得意。从此我对于学问相信用机械的方法而下苦功。知识这样东西，要其能够于

① 意即歌剧。

② 意即"一个男孩，一只狗"，指极浅的英文基础课。

③ 指美国作家华盛顿·欧文(Washington Irving，1783—1859)的《见闻杂记》。(伊尔文是旧译，现在一般译文欧文。)

应用,分量原是有限的。我们要获得一种知识,可以先定一个范围,立一个预算,每日学习若干,则若干日可以学毕,然后每日切实的实行,非大故不准间断,如同吃饭一样。照我当时的求学的勇气预算起来,要得各种学问都不难:东西洋知名的几册文学大作品,我可以克日读完;德文法文等,我都可以依赖各种自修书而在最短时期内学得读书的能力;提琴教则本《Homahmn》①五册。我能每日练习四小时而在一年之内学毕;除了绘画不能硬要进步以外,其余的学问,在我都可以用机械的用功方法来探求其门径。然而这都是梦想,我的正式求学的时间只有十个月,能学得几许的学问呢?我回国之后,回想在东京所得的,只是描了十个月的木炭画,拉完了三本《Homahmn》,此外又带了一些读日本文和读英文的能力而回国。回国之后,我为了生活和还债,非操职业不可。没有别的职业可操,只得仍旧作教师。一直作到了今年的秋季。十年来我不断的在各地的学校中作图画音乐或艺术理论的教师。一场重大的伤寒病令我停止了教师的生活。现在蛰居在嘉兴的穷巷老屋中,伴着了药炉茶灶而写这篇稿子。

故我出了中学以后,正式求学的时期只有可怜的十个月。此后都是非正式的求学,即在教课的余暇读几册书而已。但我的绘画音乐的技术,从此日渐荒废了。因为技术不比别的学问,需要种种的设备,又需要每日不断的练习时间。研究绘画须有画室,研究音乐须有乐器,设备不周就无从用功。停止了几天,笔法就生疏,手指就僵便。作教师的人,居处无定,时间又无定,教课准备又忙碌,虽有利用课余以研究艺术的梦想,但每每不能实行。日久荒废更甚。我的油画箱和提琴,久已高搁在书橱的最高层,其上积着寸多厚的灰尘了。手痒的时候,拿毛笔在废纸上涂抹,偶然成了那种漫画。口痒的时候,在口琴上吹奏简单的旋律,令家里的孩子们和着了唱歌,聊以慰藉我对于音乐的嗜好。世间与我境遇相似而酷嗜艺术的青年们,听了我的自述,恐要寒心罢!

但我幸而还有一种可以自慰的事,这便是读书。我的正式求学的十个月,给了我一些阅读外国文的能力。读书不像研究绘画音乐的需要设备,也不像研究绘画音乐的需要每日不断的练习。只要有钱买书,空的时候便可阅读。我因此得在十年的非正式求学期中读了几册关于绘画、音乐艺术等的书籍,知道了世间的一些些事。我在教课的时候,常把自己所读过的书译述出来,给学生们作讲义。后来有朋友开书店,我乘机把这些讲义稿子交他刊印为书籍,不期的走到了译著的一条路上。现在我还是以读书和译著为生活。回顾我的正式求学时代,初级师范的五年只给我一个学业的基础,东

① 即《霍曼》。

京的十个月间的绘画音乐的技术练习已付诸东流。独有非正式求学时代的读书，十年来一直随伴着我，慰藉我的寂寥，扶持我的生活。这真是以前所梦想不到的偶然的结果。我的一生都是偶然的，偶然入师范学校，偶然欢喜绘画音乐，偶然读书，偶然译著，此后正不知还要逢到何种偶然的机缘呢。

读我这篇自述的青年诸君！你们也许以为我的读书生活是幸运而快乐的；其实不然，我的读书是很苦的。你们都是正式求学，正式求学可以堂堂皇皇的读书，这才是幸运而快乐的。但我是非正式求学，我只能伺候教课的余暇而偷偷隐隐的读书。作教师的人，上课的时候当然不能读书，开议会的时候不能读书，监督自修的时候也不能读书，学生课外来问难的时候又不能读书，要预备明天的教授的时候又不能读书。担任了它一小时的功课，便是这学校的先生，便有参加议会、监督自修、解答问难、预备教授的义务；不复为自由的身体，不能随了读书的兴味而读书了。我们读书常被教务所打断，常被教务所分心，决不能像正式求学的诸君的专一。所以我的读书，不得不用机械的方法而下苦功，我的用功都是硬作的。

我在学校中，每每看见用功的青年们，闲坐在校园里的青草地上，或桃花树下，伴着了蜂蜂蝶蝶、燕燕莺莺，手执一卷而用功。我羡慕他们，真像潇洒的林下之士！又有用功的青年们，拥着绵被高枕而卧在寝室里的眠床中，手执一卷而用功。我也羡慕他们，真像耽书的大学问家！有时我走近他们去，借问他们所读为何书，原来是英文数学或史地理化，他们是在预备明天的考试。这使我更加要羡慕煞了。他们能用这样轻快闲适的态度而研究这类知识科学的书，岂真有所谓“过目不忘”的神力么？要是我读这种书，我非吃苦不可。我须得埋头在案上，行种种机械的方法而用笨功，以硬求记诵。诸君倘要听我的笨话，我愿把我的笨法子一一说给你们听。

在我，只有诗歌、小说、文艺，可以闲坐在草上花下或偃卧在眠床中阅读。要我读外国语或知识学科的书，我必须用笨功。请就这两种分述之。

第一，我以为要通一国的国语，须学得三种要素，即构成其国语的材料、方法，以及其语言的腔调。材料就是“单语”，方法就是“文法”，腔调就是“会话”。我要学得这三种要素，都非行机械的方法而用笨功不可。

“单语”是一国语的根底。任凭你有何等的聪明力，不记单语决不能读外国文的书，学生们对于学科要求伴着趣味，但谙记生字极少有趣味可伴，只得劳你费点心了。我的笨法子即如前所述，要读 Sketch Book，先把 Sketch Book 中所有的生字写成纸牌，放在匣中，每天摸出来记诵一遍。记牢了的纸牌放在一边，记不牢的纸牌放在另一边，以便明天再记。每天温习已经记牢的字，勿使忘记。等到全部记诵了，然后读书。那时候便觉得痛快流畅，其趣味颇足以抵偿摸纸牌时的辛苦。我想熟读英文字典，曾统计字典上的字数，预算每天记诵二十个字，若干时日可以记完。但终于未曾实行。倘能假

我数年正式求学的日月,我一定已经实行这计划了。因为我曾仔细考虑过,要自由阅读一切的英语书籍,只有熟读字典是最根本的善法。后来我向日本购买一册《和英根底一万语》[1],假如其中一半是我所已知的,则每天记二十个字,不到一年就可记完,但这计划实行之后,终于半途而废。阻碍我的实行的,都是教课。记诵《和英根底一万语》的计划,现在我还保留在心中,等候实行的机会呢。我的学习日本语,也是用机械的硬记法。在师范学校时,就在晚上请校中的先生教日语。后来我买了一厚册的《日语完璧》,把后面所附的分类单语,用前述的方法一一记诵。当时只是硬记,不能应用,且发音也不正确;后来我到了日本,从日本人的口中听到我以前所硬记的单语,实证之后,我脑际的印象便特别鲜明,不易忘记。这时候的愉快也很可以抵偿我在国内硬记时的辛苦。这种愉快使我甘心消受硬记的辛苦,又使我始终确信硬记单语是学外国语的最根本的善法。

关于学习"文法",我也用机械的笨法子。我不读文法教科书,我的机械的方法是"对读"。例如拿一册英文圣书和一册中文圣书并列在案头,一句一句的对读。积起经验来,便可实际理解英语的构造和各种词句的腔调。圣书之外,他种英文名著和名译,我亦常拿来对读。日本有种种英和对译丛书,左页是英文,右页是日译,下方附以注解。我曾从这种丛书得到不少的便利。文法原是本于论理的,只要论理的观念明白,便不学文法,不分 noun 与 verb[2] 亦可以读通英文。但对读的态度当然是要非常认真。须要一句一字的对勘,不解的地方不可轻轻通过,必须明白了全句的组织,然后前进。我相信认真的对读几部名作,其功效足可抵得学校中数年英文教科。——这也可说是无福享受正式求学的人的自慰的话;能入学校中受先生教导,当然比自修更为幸福。我也知道入学是幸福的,但我真犯贱,嫌它过于幸福了。自己不费钻研而袖手听讲,由先生拖长了时日而慢慢的教去,幸福固然幸福了,但求学心切的人怎能耐烦呢?求学的兴味怎能不被打断呢?学一种外国语要拖长许久的时日,我们的人生有几回可供拖长呢?语言文字,不过是求学问的一种工具,不是学问的本身。学些工具都要拖长许久的时日,此生还来得及研究几许学问呢?拖长了时日而学外国语,真是俗语所谓"拉得被头直,天亮了!"我固然无福消受入校正式求学的幸福;但因了这个理由,我也不愿消受这种幸福,而宁愿独自来用笨功。

关于"会话",即关于言语的腔调的学习,我又喜用笨法子。学外国语必须通会话。与外国人对晤当然须通会话,但自己读书也非通会话不可。因为不通会话,不能体会语言的腔调;腔调是语言的神情所寄托的地方,不能

---

① 在日文中,日本国又称"大和",故"和英"即"日英"之意。

② noun 意即名词,verb 意即动词。

体会腔调，便不能彻底理解诗歌小说戏剧等文学作品的精神。故学外国语必须通会话。能与外国人共处，当然最便于学会话。但我不幸而没有这种机会，我未曾到过西洋，我又是未到东京时先在国内自习会话的。我的学习会话，也用笨法子，其法就是“熟读”。我选定了一册良好而完全的会话书，每日熟读一课，克期读完。熟读的方法更笨，说来也许要惹人笑。我每天自己上一课新书，规定读十遍。计算遍数，用选举开票的方法，每读一遍，用铅笔在书的下端划一笔，便凑成一个字。不过所凑成的不是选举开票用的“正”字，而是一个“读”字。例如第一天读第一课，读十遍，每读一遍画一笔，便在第一课下面画了一个“言”字旁和一个“土”字头。第二天读第二课，亦读十遍，亦在第二课下面画一个“言”字和一个“土”字，继续又把昨天所读的第一课温习五遍，即在第一课的下面加了一个“四”字。第三天在第三课下画一“言”字和“土”字，继续温习昨日的第二课，在第二课下面加一“四”字，又继续温习前日的第一课，在第一课下面再加了一个“目”字。第四天在第四课下面画一“言”字和一“土”字，继续在第三课下加一“四”字，第二课下加一“目”字，第一课下加一“八”字，到了第四天而第一课下面的“读”字方始完成。这样下去，每课下面的“读”字，逐一完成。“读”字共有二十二笔，故每课共读二十二遍，即生书读十遍，第二天温五遍，第三天又温五遍，第四天再温二遍。故我的旧书中，都有铅笔画成的“读”字，每课下面有了一个完全的“读”字，即表示已经熟读了。这办法有些好处：分四天温习，屡次反复，容易读熟。我完全信托这机械的方法，每天像和尚念经一般的笨读。但如法读下去，前面的各课自会逐渐的从我的唇间背诵出来，这在我又感得一种愉快，这愉快也足可抵偿笨读的辛苦，使我始终好笨而不迁。会话熟读的效果，我于英语尚未得到实证的机会，但于日本语我已经实证了。我在国内时只是笨读，虽然发音和语调都不正确，但会话的资料已经完备了。故一听到日本人的说话，就不难就自己所已有的资料而改正其发音的语调，比较到了日本而从头学起来的，进步快速得多。不但会话，我又常从对读的名著中选择几篇自己所最爱读的短文，把它分为数段，而用前述的笨法子按日熟读。例如Stevenson① 和夏目漱石的作品，是我所最喜熟读的材料。我的对于外国语的理解，和对于文学作品的理解，都因了熟读的方法而增进一些。这益使我始终好笨而不迁了。——以上是我对于外国语的学习法。

第二，对于知识学科的书的读法，我也有一种见地：知识学科的书，其目的主要在于事实的报告；我们读史地理化等书，亦无非欲知道事实。凡一种事实，必有一个系统。分门别类，源源本本，然后成为一册知识学科的书。

① 斯蒂文生（Robert Louis Stevenson，1850—1894），英国小说家。

读这种书的第一要点，是把握其事实的系统。即读者也须源源本本的谙记其事实的系统，却不可从局部着手。例如研究地理，必须源源本本的探求世界共分几大洲，每大洲有几国，每国有何种山川形胜等。则读与之后，你的头脑中就摄取了地理的全部学问的梗概，虽然未曾详知各国各地的细情，但地理是甚么样一种学问，我们已经知道了。反之，若不从大处着眼，而孜孜从事于局部的记忆，即使你能背诵喜马拉雅山高几尺，尼罗河长几里，也只算一种零星的知识，却不是研究地理。故把握系统，是读知识学科的书籍的第一要点。头脑清楚而记忆力强大的人，凡读一书，能处处注意其系统，而在自己的头脑中分门别类，作成井然的条理；虽未看到书中详叙细事的地方，亦能知道这详叙位在全系统中哪一门哪一类哪一条之下，及其在全部中重要程度如何。这仿佛在读者的头脑中画出全书的一览表，我认为这是知识书籍的最良的读法。

但我的头脑没有这样清楚，我的记忆力没有这样强大。我的头脑中地位狭窄，画不起一览表来。倘教我闲坐在草上花下或偃卧在眠床中而读知识学科的书，我读到后面便忘记前面。终于弄得条理不分，心烦意乱，而读书的趣味完全灭杀了。所以我又不得不用笨法子。我可用一本 note book① 来代替我的头脑，在 note book 中画出全书的一览表。所以我读书非常吃苦，我必须准备了 note book 和笔，埋头在案上阅读。读到纲领的地方，就在 note book 上列表，读到重要的地方，就在 note book 上摘要。读到后面，又须时时翻阅前面的摘记，以明此章此节在全体中的位置。读完之后，我便抛开书籍，把 note hook 上的一览表温习数次。再从这一览表中摘要，而在自己的头脑中画出一个极简单的一览表。于是这部书总算读过了。我凡读知识学科的书，必须用 note book 摘录其内容的一览表。所以十年以来，积了许多的 note book，经过了几次迁居损失之后，现在的废书架上还留剩着半尺多高的一堆 note book 呢。

我没有正式求学的福分，我所知道于世间的一些些事，都是从自己读书而得来的；而我的读书，都须用上述的机械的笨法子。所以看见闲坐在青草坪上，桃花树下，伴着了蜂蜂蝶蝶、燕燕莺莺而读英文数学教科书的青年学生，或拥着绵被高枕而卧在眠床中读史地理化教科书的青年学生，我羡慕得真要怀疑！

一九三〇年十一月十三日，嘉兴

① 意即笔记本。

谈自己的画

把日常生活的感兴用“漫画”描写出来——换言之,把日常所见的可惊可喜可悲可哂之相,就用写字的毛笔草草的图写出来——听人拿去印刷了给大家看,这事在我约有了十年的历史,仿佛是一种习惯了。中国人崇尚“不求人知”,西洋人也有“What's in your heart let no one know”①的话。我正同他们相反,专门画给人家看,自己却从未仔细回顾已发表的自己的画。偶然在别人处看到自己的画册,或者在报纸、杂志中翻到自己的插画,也好比在路旁的商店的样子窗中的大镜子里照见自己的面影,往往一瞥就走,不愿意细看。这是甚么心理?很难自知。勉强平心静气观察自己,大概是为了太稔熟,太关切,表面上反而变成疏远了的原故。中国人见了朋友或相识者都打招呼,表示互相亲爱;但见了自己的妻子,反而板起脸不搭白②,表示疏远的样子。我的不欢喜仔细回顾自己的画,大约也是出于这种奇妙的心理的罢?

但现在杂志编者定要我写这个题目,我非仔细回顾自己的画不可了。我找集从前出版的《子恺漫画》《子恺画集》等书来从头翻阅,又把近年来在各杂志和报纸上发表的画的留稿来逐幅细看,想看出自己的画的性状来,作为本文的材料。结果大失所望。我全然没有看到关于画的事,只是因了这一次的检阅,而把自己过去十年间的生活与心情切实的回味了一

① 意即:别让人知道你心里的事。

② 搭白,意即搭腔,是作者家乡方言。

遍，心中起了一种不可名状的感慨，竟把画的一事完全忘却了。

因此我终于不能谈自己的画。一定要谈，我只能在这里谈谈自己的生活和心情的一面，拿来代替谈自己的画罢。

约十年前，我家住在上海。住的地方迁了好几处，但总无非是一楼一底的“弄堂房子”，至多添一间过街楼。现在回想起来，上海这地方真是十分奇妙：看似那么忙乱的，住在那里却非常安闲，家庭这小天地可与忙乱的环境判然的隔离，而安闲的独立。我们住在乡间，邻人总是熟识的，有的比亲戚更亲切；白天门总是开着的，不断的有人进进出出；有了些事总是大家传说的。风俗习惯总是大家共通的。住在上海完全不然。邻人大都不相识，门整日严扃着，别家死了人与你全不相干。故住在乡间看似安闲，其实非常忙乱；反之，住在上海看似忙乱，其实非常安闲。关了前门，锁了后门，便成一个自由独立的小天地。在这里面由你选取甚样风俗习惯的生活：宁波人尽管度宁波式的生活，广东人尽管度广东式的生活。我们是浙江石门湾人，住在上海也只管说石门湾的土白，吃石门湾式的饭菜，度石门湾式的生活；却与石门湾相去数百里。现在回想，这真是一种奇妙的生活！

除了出门以外，在家里所见的只是这个石门湾式的小天地（以下所谈的，都是我曾经画过的）。有时开出后门去换掉些头发；有时从过街楼上挂下一只篮去买两只粽子；有时从洋台眺望屋瓦间浮出来的纸鸢，知道春已来到上海。但在我们这个小天地中，看不出春的来到。有时几乎天天同样，辨不出今日和昨日。有时连日没有一个客人上门，我妻每天的公事，就是傍晚时光抱了瞻瞻，携了阿宝，到弄堂门口去等我回家。两岁的瞻瞻坐在他母亲的臂上，口里唱着“爸爸还不来！爸爸还不来！”六岁的阿宝拉住了他娘的衣裾，在下面同他和唱。瞻瞻在马路上扰攘往来的人群中认到了带着一叠书和一包食物回家的我，突然欢呼舞蹈起来，几乎使他母亲的手臂撑不住。阿宝陪着他在下面跳舞，也几乎撕破了他母亲衣裾。他们的母亲笑着喝骂他们。当这时候，我觉得自己立刻化身为二人。其一人作了他们的父亲或丈夫，体验着小别重逢时的家庭团圆之乐；另一个人呢，远远的站了出来，从旁观察这一幕悲欢离合的活剧，看到一种可喜又可悲的世间相。

他们这样的欢迎我进去的，是上述的几与世间绝缘的小天地。这里是孩子们的天下。主宰这天下的，有三个角色，除了瞻瞻和阿宝之外，还有一个是四岁的软软，仿佛罗马的三头政治。日本人有 tototenka（父天下）、kakatenka（母天下）之名，我当时曾模仿他们，戏称我们这家庭为 tsetsetenka（瞻瞻天下）。因为瞻瞻在这三人之中势力最盛，好比罗马三头政治中的领胄。我呢，名义上是他们的父亲，实际上是他们的臣仆；而我自己却以为是站在他们这政治舞台下面的观剧者。丧失了美丽的童年时代，送尽了蓬勃的青年时代，而初入黯淡的中年时代的我，在这群真率的儿童生活中梦见了自己

过去的幸福,觅得了自己已失的童心。我企慕他们的生活天真,艳羡他们的世界广大。觉得孩子们都有大丈夫气,大人比起他们来,个个都虚伪卑怯;又觉得人世间各种伟大的事业,不是那种虚伪卑怯的大人们所能致,都是具有孩子们似的大丈夫气的人所建设的。

我翻到自己的画册,便把当时的情景历历的回忆起来。例如:他们跟了母亲到故乡的亲戚家去看结婚,回到上海的家里时也就结起婚来。他们派瞻瞻作新官人。亲戚家的新官人曾经来向我借一顶铜盆帽(当时我乡结婚的男子,必须戴一顶铜盆帽,穿长衫马褂,好像是代替清朝时代的红缨帽子、外套的。我在上海日常戴用的呢帽,常常被故乡的乡亲借去当作结婚的大礼帽用)。瞻瞻这两岁的小新官人也借我的铜盆帽去戴上了。他们派软软作新娘子。亲戚家的新娘子用红帕子把头蒙住,他们也拿母亲的红包袱把软软的头蒙住了。一个戴着铜盆帽好像苍蝇戴豆壳;一个蒙住红包袱好像猢狲扮把戏,但两人都认真得很,面孔板板的,跨步缓缓的,活像那亲戚家的结婚式中的人物。宝姊姊说"我作媒人",拉住了这一对小夫妇而教他们参天拜地,拜好了,又送他们到用凳子搭成的洞房里。

我家没有一个好凳,不是断了脚的,就是擦了漆的。它们当凳子给我们坐的时候少,当游戏工具给孩子们用的时候多。在孩子们,这种工具的用处真真广大:请酒时可以当桌子用,搭棚棚时可以当墙壁用,作客人时可以当船用,开火车时可以当车站用。他们的身体比凳子高得有限,看他们搬来搬去非常吃力。有时汗流满面,有时被压在凳子底下。但他们好像为生活而拼命奋斗的劳动者,决不辞劳。汗流满面时可用一双泥污的小手来揩摸,被压在凳子底下时只要哭过几声,就带着眼泪去工作了。他们真可说是"快活的劳动者"。哭的一事,在孩子们有特殊的效用。大人们惯说"哭有甚么用?"原是为了他们的世界狭窄的原故。在孩子们的广大世界里,哭真有意想不到的效力。譬如跌痛了,只要尽情一哭,比服凡拉蒙灵得多,能把痛完全忘却,依旧遨游于游戏的世界中。又如泥人跌破了,也只要放声一哭,就可把泥人完全忘却,而热衷于别的玩具。又如花生米吃得不够,也只要号哭一下,便好像已经吃饱,可以起劲的去干别的工作了。总之,他们干无论甚么事都认真而专心,把身心全部的力量拿出来干。哭的时候用全力去哭,笑的时候用全力去笑,一切游戏都用全力去干。干一件事的时候,把这事以外的一切别的事统统忘却。一旦拿了笔写字,便把注意力全部集中在纸上。纸放在桌上的水痕里也不管,衣袖带翻了墨水瓶也不管,衣裳角拖在火钵里燃烧了也不管。一旦知道同伴们有了有趣的游戏,冬晨睡在床里的会立刻从被窝钻出,穿了寝衣来参加;正在换衣服的会赤了膊来参加;正在洗浴的也会立刻离开浴盆,用湿淋淋的赤身去参加。被参加的团体中的人们对于这浪漫的参加者也恬不为怪,因为他们大家把全部精神沉浸在游戏的兴味中，大家入了“忘我”的三昧境，更无余暇顾到实际生活上的事及世间的习惯了。

成人的世界，因为受实际的生活和世间的习惯的限制，所以非常狭小苦闷。孩子们的世界不受这种限制，因此非常广大自由。年纪愈小，他的世界愈大。我家的三头政治团中瞻瞻势力最大，便是为了他年纪最小，所处的世界最广大自由的原故。他见了天上的月亮，会认真的要求父母给他捉下来；见了已死的小鸟，会认真的喊它活转来；两把芭蕉扇可以认真的变成他的脚踏车；一只藤椅子可以认真的变成他的黄包车；戴了铜盆帽会立刻认真的变成新官人；穿了爸爸的衣服会立刻认真的变成爸爸。照他的热诚的欲望，屋里所有的东西应该都放在地上，任他玩弄；所有的小贩应该一天到晚集中在我家的门口，由他随时去买来吃或玩；房子的屋顶应该统统除去，可以使他在家里随时望见月亮、鹞子和飞机；眠床里应该有泥土，种花草，养着蝴蝶与青蛙，可以让他一醒觉就在野外游戏。看他那热诚的态度，以为这种要求绝非梦想或奢望，应该是人力所能办到的。他以为人们的一切欲望应该都是可能的。所以不能达到目的的时候，便那样愤慨的号哭。拿破仑的字典里没有“难”字，我家当时的瞻瞻的词典里没有“不可能”之一词。

我企慕这种孩子们的生活的天真，艳羡这种孩子们的世界的广大。或者有人笑我故意向未练的孩子们的空想界中找求荒唐的乌托邦，以为逃避现实之所；但我也可笑他们的屈服于现实，忘却人类的本性。我想，假如人类没有这种孩子们的空想的欲望，世间一定不会有建筑、交通、医药、机械等种种抵抗自然的建设，恐怕人类到今日还在茹毛饮血呢。所以我当时的心，被儿童所占据了。我时时在儿童生活中获得感兴。玩味这种感兴，描写这种感兴，成了当时我的生活的习惯。

欢喜读与人生根本问题有关的书，欢喜谈与人生根本问题有关的话，可说是我的一种习性。我从小不欢喜科学而欢喜文艺。为的是我所见的科学书，所谈的大都是科学的枝节问题，离人生根本很远；而我所见的文艺书，即使最普通的《唐诗三百首》《白香词谱》等，也处处含有接触人生根本而耐人回味的字句。我读了“想得故园今夜月，几人相忆在江楼”，便会设身处地的作了思念故园的人，或江楼相忆者之一人，而无端的兴起离愁。读了“流光容易把人抛，红了樱桃，绿了芭蕉”，便会想起过去的许多的春花秋月，而无端的兴起惆怅。我看见世间的大人都为生活的琐屑事件所迷着，都忘记人生的根本；只有孩子们保住天真，独具慧眼，其言行多是欣赏者。八指头陀诗云：“吾爱童子身，莲花不染尘。骂之唯解笑，打亦不生嗔。对境心常定，逢人语自新。可慨年既长，物欲蔽天真。”我当时曾把这首诗托人用细字刻在香烟嘴的边上。

这只香烟嘴一直跟随我，直到四五年前，有一天不见了。以后我不再刻这诗在甚么地方。四五年来,我的家里同国里一样的多难:母亲病了很久,后来死了;自己也病了很久,后来没有死。这四五年间,我心中不觉得有甚么东西占据着,在我的精神生活上好比一册书里的几页空白。现在,空白页已经翻厌,似乎想翻出些下文来才好。我仔细向自己的心头探索,觉得只有许多乱杂的东西忽隐忽现,却并没有一物强固的占据着。我想把这几页空白当作被开的几个大"天窗",使下文仍旧继续前文,然而很难能。因为昔日的我家的儿童,已在这数年间不知不觉的变成了少年少女,行将变为大人。他们已不能像昔日的占据我的心了。我原非一定要拿自己的子女来作为儿童生活赞美的对象,但是他们由天真烂漫的儿童渐渐变成拘谨驯服的少年少女,在我眼前实证地显示了人生黄金时代的幻灭,我也无心再来赞美那昙花似的儿童世界了。

古人诗云:"去日儿童皆长大,昔年亲友半凋零。"这两句确切的写出了中年人的心境的虚空与寂寥。前天我翻阅自己的画册时,陈宝(就是阿宝,就是作媒人的宝姊姊)、宁馨(就是作新娘子的软软)、华瞻(就是作新官人的瞻瞻)都从学校放寒假回家,站在我身边同看。看到"瞻瞻新官人,软软新娘子,宝姊姊作媒人"的一幅,大家不自然起来。宁馨和华瞻脸上现出忸怩的笑,宝姊姊也表示决不肯再作媒人了。他们好比已经换了另一班人,不复是昔日的阿宝、软软和瞻瞻了。昔日我在上海的小家庭中所观察欣赏而描写的那群天真烂漫的孩子,现在早已不在人间了!他们现在都已疏远家庭,作了学校的学生。他们的生活都受着校规的约束,社会制度的限制,和世智的拘束;他们的世界不复像昔日那样广大自由;他们早已不作房子没有屋顶和眠床里种花草的梦了。他们已不复是"快活的劳动者",正在为分数而劳动,为名誉而劳动,为知识而劳动,为生活而劳动了。

我的心早已失了占据者。我带了这虚空而寂寥的心,彷徨在十字街头,观看他们所转入的社会,我想象这里面的人,个个是从那天真烂漫、广大自由的儿童世界里转出来的。但这里没有"花生米不满足"的人,却有许多面包不满足的人。这里没有"快活的劳动者",只见锁着眉头的引车者,无食无衣的耕织者,挑着重担的颁白者,挂着白须的行乞者。这里面没有像孩子世界里所闻的号啕的哭声,只有细弱的呻吟,吞声的呜咽,幽默的冷笑,和愤慨的沉默。这里面没有像孩子世界中所见的不屈不挠的大丈夫气,却充满了顺从、屈服、消沉、悲哀,和诈伪、险恶、卑怯的状态。我看到这种状态,又同昔日带了一叠书和一包食物回家,而在弄堂门口看见我妻提携了瞻瞻和阿宝等候着那时一样,自己立刻化身为二人。其一人作了这社会里的一分子,体验着现实生活的辛味;另一人远远的站出来,从旁观察这些状态,看到了可惊可喜可悲可哂的种种世间相。然而这情形和昔日不同:昔日的儿童生活相能"占据"我的心,能使我归顺它们;现在的世间相却只是常来"袭击"我

这空虚寂寥的心，而不能占据，不能使我归顺。因此我的生活的册子中，至今还是继续着空白的页，不知道下文是甚么。也许空白到底，亦未可知啊。

为了代替谈自己的画，我已把自己十年来的生活和心情的一面在这里谈过了。但这文章的题目不妨写作“谈自己的画”。因为：一则我的画与我的生活相关联，要谈画必须谈生活，谈生活就是谈画。二则我的画既不摹拟甚么八大山人、七大山人的笔法，也不根据甚么立体派、平面派的理论，只是像记账般的用写字的笔来记录平日的感兴而已。因此关于画的本身，没有甚么话可谈；要谈也只能谈谈作画时的生活与心情罢了。

一九三五年二月四日

学画回忆

我七八岁时入私塾，先读《三字经》，后来又读《千家诗》。《千家诗》每页上端有一幅木板画，记得第一幅画的是一只大象和一个人，在那里耕田，后来我知道这是二十四孝中的大舜耕田图。但当时并不知道画的是甚么意思，只觉得看上端的画，比读下面的“云淡风轻近午天”有趣。我家开着染坊店，我向染匠司务讨些颜料来，溶化在小盅子里，用笔蘸了为书上的单色画着色，涂一只红象，一个蓝人，一片紫地，自以为得意。但那书的纸不是道林纸，而是很薄的中国纸，颜色涂在上面的纸上，渗透了下面好几层。我的颜料笔又吸得饱，透得更深。等得着好色，翻开书来一看，下面七八页上，都有一只红象、一个蓝人和一片紫地，好像用三色版套印的。

第二天上书的时候，父亲——就是我的先生——就骂，几乎要打手心；被母亲和大姊劝住了，终于没有打。我哭了一顿，把颜料盅子藏在扶梯底下了。晚上，等到父亲上鸦片馆去了，我再向扶梯底下取出颜料盅子，叫红英——管我的女仆——到店堂里去偷几张煤头纸来，就在扶梯底下的半桌上的洋油灯底下描色彩画。画一个红人，一只蓝狗，一间紫房子……这些画的最初的鉴赏者，便是红英。后来母亲和诸姊也看到了，她们都说“好”；可是我没有给父亲看，防恐挨骂。

后来，我在父亲晒书的时候，我看到了一部人物画谱，里面花样很多，便偷偷的取出了，藏在自己的抽斗里。晚上，又偷偷的拿到扶梯底下的半桌上去给红英看。这回不想再在书上着色；却想照样描几幅看，但是一幅也描不像。亏得红英想工[1]好,教我向习字簿上撕下一张纸来,印着了描。记得最初印着描的是人物谱上的柳柳州像。当时第一次印描没有经验,笔上墨水吸得太饱,习字簿上的纸又太薄,结果描是描成了,但原本上渗透了墨水,弄得很齷齪,曾经受大姊的责骂。这本书至今还存在,我晒旧书时候还翻出这个弄齷齪了的柳柳州像来看:穿着很长的袍子,两臂高高的向左右伸起,仰起头作大笑状。但周身都是斑斓的墨点,便是我当日印上去的。回思我当日首先就印这幅画的原因,大概是为了他高举两臂作大笑状,好像父亲打呵欠的模样,所以特别感兴味罢。后来,我的"印画"的技术渐渐进步。大约十二三岁的时候(父亲已经去世,我在另一私塾读书了),我已把这本人物谱统统印全。所用的纸是雪白的连史纸,而且所印的画都着色。着色所用的颜料仍旧是染坊里的,但不复用原色。我自己会配出各种间色来,在画上施以复杂华丽的色彩,同塾的学生看了都很欢喜,大家说"比原本上的好看得多!"而且大家问我讨画,拿去贴在灶间里,当作灶君菩萨;或者贴在床前,当作新年里买的"花纸儿"。

那时候我们在私塾中弄画,同在现在社会里抽鸦片一样,是不敢公开的。我好像是一个土贩或私售灯吸的,同学们好像是上了瘾的鸦片鬼,大家在暗头里作勾当。先生在馆的时候,我们的画具和画都藏好,大家一摇一摆的读《幼学》书。等到下午,照例一个大块头来拖先生出去吃茶了,我们便拿出来弄画。我先一幅幅地印出来,然后一幅幅地涂颜料。同学们便像看病时向医生挂号一样,依次认定自己所欲得的画。得画的人对我有一种报酬,但不是稿费或润笔,而是种种玩意儿:金铃子一对连纸匣;挖空老菱壳一只,可以加上绳子去当作陀螺抽的;"云"字顺治铜钱一枚(有的顺治铜钱,后面有一个字,字共二十种。我们儿时听大人说,积得了一套,用绳编成宝剑形状,挂在床上,夜间一切鬼都不敢走近来。但其中,好像是"云"字,最不易得;往往为缺少此一字而编不成宝剑。故这种铜钱在当时的我们之间是一种贵重的赠品),或者铜管子(就是当时炮船上用的后膛枪子弹的壳)一个。有一次,两个同学为交换一张画,意见冲突,相打起来,被先生知道了。先生审问之下,知道相打的原因是为画;追求画的来源,知道是我所作,便厉声喊我走过去。我料想是吃戒尺了,低着头不睬,但觉得手心里火热了。终于先生走过来了。我已吓得魂不附体;但他走到我的座位旁边,并不拉我的手,却问我"这画是不是你画的?"我回答一个"是"字,预备吃戒尺了。他把我的身体拉开。抽开我的抽斗,搜查起来。我的画谱、颜料,以及印好而未着色的画,就都被他搜出。我以为这些东西全被没收了:结果不然,他但把画谱拿了去,坐在自己的椅子上一张一张的观赏起来。过了好一会,先生旋转头来叱一声"读!"

① 想工,意即办法,是作者家乡方言。

大家朗朗的读“混沌初开,乾坤始奠……”这件案子便停顿了。我偷眼看先生,见他把画谱一张一张的翻下去,一直翻到底。放假①的时候我挟了书包走到他面前去作一个揖,他换了一种与前不同的语气对我说:“这书明天给你。”

明天早上我到塾,先生翻出画谱中的孔子像,对我说:“你能照这样子画一个大的么?”我没有防到先生也会要我画起画来,有些“受宠若惊”的感觉,支吾的回答说“能”。其实我向来只是“印”,不能“放大”。这个“能”字是被先生的威严吓出来的。说出之后心头发一阵闷,好像一块大石头吞在肚里了。先生继续说:“我去买张纸来,你给我放大了画一张,也要着色彩的。”我只得说“好”。同学们看见先生要我画画了,大家装出惊奇和羡慕的脸色,对着我看。我却带着一肚皮心事,直到放假。

放假时我挟了书包和先生交给我的一张纸回家,便去向大姊商量。大姊教我,用一张画方格子的纸,套在画谱的书页中间。画谱纸很薄,孔子像就有经纬格子范围着了。大姊又拿缝纫用的尺和粉线袋给我在先生交给我的大纸上弹了大方格子,然后向镜箱中取出她画眉毛用的柳条枝来,烧一烧焦,教我依方格子放大的画法。那时候我们家里还没有铅笔和三角板、米突尺,我现在回想大姊所教我的画法,其聪明实在值得佩服。我依照她的指导,竟用柳条枝把一个孔子像的底稿描成了;同画谱上的完全一样,不过大得多,同我自己的身体差不多大。我伴着了热烈的兴味,用毛笔钩出线条;又用大盆子调了多量的颜料,着上色彩,一个鲜明华丽而伟大的孔子像就出现在纸上。店里的伙计,作坊里的司务,看见了这幅孔子像,大家说“出色!”还有几个老妈子,尤加热烈的称赞我的“聪明”,并且说:“将来哥儿给我画个容像,死了挂在灵前,也沾些风光。”我在许多伙计、司务和老妈子的盛称声中,俨然成了一个小画家。但听到老妈子要托我画容像,心中却有些儿着慌。我原来只会“依样画葫芦”的。全靠那格子放大的枪花②,把书上的小画改成为我的“大作”;又全靠那颜色的文饰,使书上的线描一变而为我的“丹青”。格子放大是大姊教我的,颜料是染匠司务给我的,归到我自己名下的工作,仍旧只有“依样画葫芦”。如今老妈子要我画容像,说“不会画”有伤体面;说“会画”将来如何兑现?且置之不答,先把画缴给先生去。先生看了点头。次日画就粘贴在堂名匾下的板壁上。学生们每天早上到塾,两手捧着书包向它拜一下;晚上散学,再向它拜一下。我也如此。

自从我的“大作”在塾中的堂前发表以后,同学们就给我一个绰号“画家”。每天来访先生的那个大块头看了画,点点头对先生说:“可以。”这时候学校初兴,先生忽然要把我们的私塾大加改良了。他买一架风琴来,自己先

① 指放学。

② 作者家乡方言中有“掉枪花”的说法,意即“耍手段”。

练习几天，然后教我们唱"男儿第一志气高，年纪不妨小"的歌。又请一个朋友来教我们学体操。我们都很高兴。有一天，先生呼我走过去，拿出一本书和一大块黄布来，和蔼的对我说："你给我在黄布上画一条龙，"又翻开书来，继续说："照这条龙一样。"原来这是体操时用的国旗。我接受了这命令，只得又去向大姊商量；再用老法子把龙放大，然后描线，涂色。但这回的颜料不是从染坊店里拿来，是由先生买来的铅粉、牛皮胶和红、黄、蓝各种颜料。我把牛皮胶煮溶了，加入铅粉，调制各种不透明的颜料，涂到黄布上，同西洋中世纪的fresco① 画法相似。龙旗画成了，就被高高的张在竹竿上，引导学生通过市镇，到野外去体操。此后我的"画家"名誉更高；而老妈子的画像也催促得更紧了。

我再向大姊商量。她说二姊丈会画肖像，叫我到他家去"偷关子"。我到二姊丈家，果然看见他们有种种特别的画具：玻璃九宫格、擦笔、conte②、米突尺、三角板。我向二姊丈请教了些画法，借了些画具，又借了一色照片来，作为练习的范本。因为那时我们家乡地方没有照相馆，我家里没有可用玻璃格子放大的四寸半身照片。回家以后，我每天一放学就埋头在擦笔照相画中。这是为了老妈子的要求而"抱佛脚"的；可是她没有照相，只有一个人。我的玻璃格子不能罩到她的脸上去，没有办法给她画像。天下事有会巧妙的解决的。大姊在我借来的一包样本中选出某老妇人的一张照片来，说："把这个人的下巴改尖些，就活像我们的老妈子了。"我依计而行，果然画了一幅八九分像的肖像画，外加在擦笔上面涂以漂亮的淡彩：粉红色的肌肉，翠蓝色的上衣，花带镶边；耳朵上外加挂上一双金黄色的珠耳环。老妈子看见珠耳环，心花盛开，即使完全不像，也说"像"了。自此以后，亲戚家死了人我就有差使——画容像。活着的亲戚也拿一张小照来叫我放大，挂在厢房里；预备将来可现成的移挂在灵前。我十七岁出外求学，年假、暑假回家时还常常接受这种义务生意。直到我十九岁时，从先生学了木炭写生画，读了美术的论著，方才把此业抛弃。到现在，在故乡的几位老伯伯和老太太之间，我的擦笔肖像画家的名誉依旧健在；不过他们大都以为我近来"不肯"画了，不再来请教我。前年还有一位老太太把她的新死了的丈夫的四寸照片寄到我上海的寓所来，哀求的托我写照。此道我久已生疏，早已没有画具，况且又没有时间和兴味。但无法对她说明，就把照片送到照相馆里，托他们放大为二十四寸的，寄了去。后遂无问津者。

假如我早得学木炭写生画，早得受美术论著的指导，我的学画不会走这条崎岖的小径。唉，可笑的回忆，可耻的回忆，写在这里，给学画的人作借镜罢。

一九三四年二月作

① 意即壁画。

② 一种蜡笔。

《子恺漫画选》自序

一九五四年秋天，人民美术出版社来信，提议刊印我旧作漫画的选集，并且教我自己选定。我对刊印表示同意，但要求由我请托王朝闻同志代选。因为我相信客观意见往往比主观意见正确；而且王朝闻同志前年曾经在《人民日报》上发表过关于我的画的文章（此文后来收集在他的《新艺术论集》中），请他选画最为适当。人民美术出版社对我表示同意，王朝闻同志也概允我的请示，这画集便选定了。

人民美术出版社和王朝闻同志都希望我自己写一篇序言，对读者谈谈我当时的创作经验；借王朝闻同志的话来说，便是要我说明我"怎么会发生《阿宝两只脚，凳子四只脚》这种作品的创作冲动。"他们的意思都是希望我的话能给读者作参考，帮助他们在生活中发现画材。

然而真惭愧，我创作这些画时的动机实在卑微琐屑得很，全然没有供读者作参考的价值。因为这无非是家庭亲子之情，即古人所谓"舐犊情深"，用画笔来草草的表现出罢了，其实全不足道。不过既蒙嘱咐，姑且把三十年前的琐事和偶感约略谈谈：

我作这些画的时候，是一个已有两三个孩子的二十七八岁的青年。我同一般青年父亲一样，疼爱我的孩子。我真心的爱他们：他们笑了，我觉得比我自己笑更快活；他们哭了，我觉得比我自己哭更悲伤；他们吃东西，我觉得比我自己吃更美味；他们跌一交，我觉得比我自己跌一交更痛……我当时对于

我的孩子们，可说是“热爱”。这热爱便是作这些画的最初的动机。

我家孩子产得密，家里帮手少，因此我须得在教课之外帮助照管孩子，就像我那时有一幅漫画中的“兼母之父”一样。我常常抱孩子，喂孩子吃食，替孩子包尿布，唱小曲逗孩子睡觉，描图画引孩子笑乐；有时和孩子们一起用积木搭汽车，或者坐在小凳上“乘火车”。我非常亲近他们，常常和他们共同生活。这“亲近”也是这些画材所由来。

由于“热爱”和“亲近”，我深深的体会了孩子们的心理，发现了一个和成人世界完全不同的儿童世界。儿童富有感情，却缺乏理智；儿童富有欲望，而不能抑制。因此儿童世界非常广大自由，在这里可以随心所欲的提出一切愿望和要求：房子的屋顶可以要求拆去，以便看飞机；眠床里可以要求生花草，飞蝴蝶，以便游玩；凳子的脚可以给穿鞋子；房间里可以筑铁路和火车站；亲兄妹可以作新官人和新娘子；天上的月亮可以要它下来……成人们笑他们“傻”，称他们的生活为“儿戏”，常常骂他们“淘气”，禁止他们“吵闹”。这是成人的主观主义看法，是不理解儿童心理的人的粗暴态度。我能热爱他们，亲近他们，因此能深深的理解他们的心理，而确信他们这种行为是出于真诚的，值得注意的，因此兴奋而认真的作这些画。

进一步说，我常常“设身处地”的体验孩子们的生活；换一句话，我常常自己变成了儿童而观察儿童。我记得曾经作过这样的一幅画：房间里有异常高大的桌子、椅子和床铺。一个成人正在想爬上椅子去坐，但椅子的座位比他的胸脯更高，他努力攀跻，显然不容易爬上椅子；如果他要爬到床上去睡，也显然不容易爬上，因为床同椅子一样高；如果他想拿桌子上的茶杯来喝茶，也显然不可能，因为桌子面同他的头差不多高，茶杯放在桌子中央，而且比他的手大得多。这幅画的题目叫作《设身处地作了儿童》。这是我当时的感想的表现：我看见成人们大都认为儿童是准备作成人的，就一心希望他们变为成人，而忽视了他们这准备期的生活。因此家具器杂都以成人的身体尺寸为标准，以成人的生活便利为目的，因此儿童在成人的家庭里日常生活很不方便。同样，在精神生活上也都以成人思想为标准，以成人观感为本位，因此儿童在成人的家庭里精神生活也很苦痛。过去我曾经看见：六七岁的男孩子被父母亲穿上小长袍和小马褂，戴上小铜盆帽，教他学父亲走路；六七岁的女孩子被父母带到理发店里去烫头发，在脸上敷脂粉，嘴上涂口红，教她学母亲交际。我也曾替他们作一幅画，题目叫作《小大人》。现在想象那两个孩子的模样，还觉得可怕，这简直是畸形发育的怪人！我当时认为由儿童变为成人，好比由青虫变为蝴蝶。青虫生活和蝴蝶生活大不相同。上述的成人们是在青虫身上装翅膀而教它同蝴蝶一同飞翔，而我是蝴蝶敛住翅膀而同青虫一起爬行。因此我能理解儿童的心情和生活，而兴奋的认真地描写这些画。

以上是我三十年前作这些画时的琐事和偶感,也可说是我的创作动机与创作经验。然而这都不外乎“舐犊情深”的表现,对读者有甚么益处呢?那里有供读者参考的价值呢?怎么能帮助他们在生活中发现画材呢?

无疑,这些画的本身是琐屑卑微,不足道的。只是有一句话可以告诉读者:我对于我的描画对象是“热爱”的,是“亲近”的,是深入“理解”的,是“设身处地”的体验的。画家倘能用这样的态度来对付更可爱的、更有价值的、更伟大的对象而创作绘画,我想他也许可以在生活中——尤其是在今日新中国的生气蓬勃的生活中——发现更多的画材,而作出更美的绘画。如果这句话是对的,那么这些画总算具有间接帮助读者的功能,就让它们出版罢。

附记:王朝闻同志在百忙中替我选画,我衷心的感谢他。还有这画集的封面题字,是封面画中的阿宝(她现在叫作丰陈宝,已经是三十六岁的少妇了)的女儿朝婴所写的,她们母女两代替我完成这封面,也是难得的事,不可以不记。

一九五五年元宵记于上海

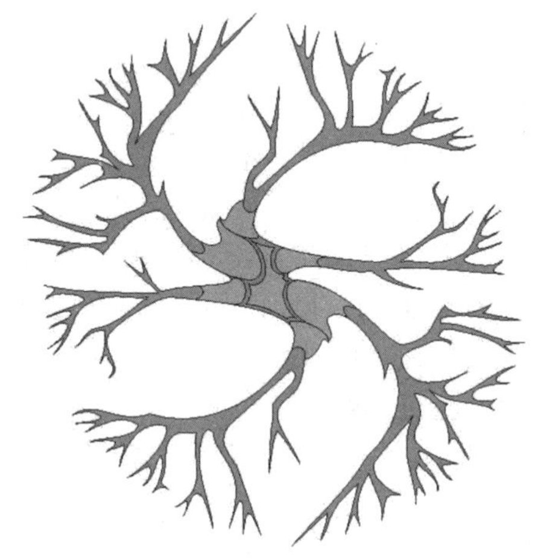

我的漫画

人都说我是中国漫画的创始者，这话半是半非。我小时候，《太平洋画报》上发表陈师曾的小幅简笔画《落日放船好》、《独树老夫家》等，寥寥数笔，余趣无穷，给我很深的印象。我认为这真是中国漫画的始源。不过那时候不用漫画的名称。所以世人不知"师曾漫画"，而只知"子恺漫画"。"漫画"二字，的确是在我的书上开始用起的。但也不是我自称，却是别人代定的。约在民国十二年左右，上海一班友人办《文学周报》。我正在家里描那种小画，乘兴落笔，俄顷成章，就贴在壁上，自己欣赏。一旦被编者看见，就被拿去制版，逐期刊登在《文学周报》上，编者代为定名曰："子恺漫画"。以后我作品源源而来，结集成册。交开明书店出版，就仿印象派画家的办法（印象派这名称原是他人讥评的称呼，画家就承认了），沿用了别人代定的名称。所以我不能承认自己是中国漫画的创始者，我只承认漫画二字是在我的画上开始用起的。

其实，我的画究竟是不是"漫画"，还是一个问题。因为这二字在中国向来没有。日本人始用汉文"漫画"二字。日本人所谓"漫画"，定义如何，也没有确说。但据我知道，日本的"漫画"乃兼指中国的急就画、即兴画，及西洋的卡通画的。但中国的急就、即兴之作，比西洋的卡通趣味大异。前者富有笔情墨趣，后者注重讽刺滑稽。前者只有寥寥数笔，后者常有用钢笔细描的。所以在东洋，"漫画"二字的定义很难下。但这也无用考据。总之，漫画二字，望文生义：漫，随意也。凡随意写出的画，都不妨称为漫画，因为我作漫画，感觉同写随笔一样。不过或用线条，或用文字，表现工具不同而已。

我作漫画断断续续至今已有二十多年了。今日回顾这二

十多年的历史,自己觉得,约略可分为四个时期:第一是描写古诗句时代;第二是描写儿童相的时代;第三是描写社会相的时代;第四是描写自然相的时代。但又交互错综,不能判然划界,只是我的漫画中含有这四种相的表现而已。

我从小喜读诗词,只是读而不作。我觉得古人的诗词,全篇都可爱的极少。我所爱的,往往只是一篇中的一段,甚至一句。这一句我讽咏之不足,往往把它译作小画,粘在座右,随时欣赏。有时眼前会现出一个幻象来,若隐若现,如有如无。立刻提起笔来写,只写得一个概略,那幻象已经消失。我看看纸上,只有寥寥数笔的轮廓,眉目都不全,但是颇能代表那个幻象,不要求加详了。有一次我偶然再提起笔加详描写,结果变成和那幻象全异的一种现象,竟糟蹋了那张画。恍忆古人之言:"意到笔不到",真非欺人之谈。作画意在笔先。只要意到,笔不妨不到;非但笔不妨不到,有时笔到了反而累赘。有的人看了我的画,惊骇的叫道:"噫,这人只有一个嘴巴,没有眼睛鼻头!""噫,这人的四根手指粘成一块的!"甚至有更细心的人说:"眼镜玻璃后面怎么不见眼睛?"对于他们,我实在无法解嘲,只得置之不理。管自读诗读词。捕捉幻象,描写我的"漫画"。《无言独上西楼》《几人相忆在江楼》《人散后,一钩新月天如水》等便是我那时的作品。初作《无言独上西楼》,发表在《文学周报》上时,有一人批评道:"这人是李后主,应该穿古装,你怎么画成穿大褂的现代人?"我回答说:"我不是作历史画,也不是为李后主词作插图,我是描写读李词后所得的体感。我是现代人,我的体感当然作现代相。"这才足证李词是千古不朽之作,而我的欣赏是被动的创作。

我作漫画由被动的创作而进于自动的创作,最初是描写家里的儿童生活相。我向来憧憬于儿童生活,尤其是那时,我初尝世味,看见了当时社会里的虚伪骄矜之状,觉得成人大都已失本性,只有儿童天真烂漫,人格完整,这才是真正的"人"。于是变成了儿童崇拜者,在随笔中、漫画中,处处赞扬儿童。现在回忆当时的意识,这正是从反面诅咒成人社会的恶劣。这些画我今日看时,一腔热血,还能沸腾起来,忘记了老之将至。这就是《办公室》《阿宝两只脚,凳子四只脚》《弟弟新官人,妹妹新娘子》《小母亲》《爸爸回来了》等作品。这些画的模特儿——阿宝、瞻瞻、软软——现在都已变成大学生,我也垂垂老矣。然而老的是身体,灵魂永远不老。最近我重展这些画册的时候,仿佛觉得年光倒流,返老还童,从前的憧憬,依然活跃在我的心中了。

后来我的画笔又改方向,从正面描写成人社会的现状了。我住在红尘万丈的上海,看见无数屋脊中浮出一只纸鸢来,恍悟春到人间,就作《都会之春》。看见楼窗里挂下一只篮来,就作《买粽子》。看见工厂职员散工归家,就作《星期六之夜》。看见白渡桥边白相人调笑苏州卖花女,就作《卖花声》。

我住在杭州及故乡石门湾，看见市民的日常生活，就作《市井小景》《邻人之爱》《挑荠菜》，……我客居乡村，就作《话桑麻》《云霓》《柳荫》，……这些画中的情景，多少美观！这些人的生活，多少幸福！这几乎同儿童生活一样的美丽。我明知道这是成人社会的光明的一面。还有残酷、悲惨、丑恶的黑暗的一面，我的笔不忍描写，一时竟把它们抹杀了。

后来我的笔终于描写了。我想，佛菩萨的说法，有“显正”和“斥妄”两途。西谚曰：“漫画以笑语叱咤人间”，我为何专写光明方面的美景，而不写黑暗方面的丑态呢？于是我就当面细看社会上的苦痛相、悲惨相、丑恶相、残酷相，而为它们写照。《颁白者》《都市奇观》《邻人》《鬻儿》《某父子》，以及写古诗的《瓜车翻覆》《大鱼啖小鱼》等，便是当时的所作。后来的《仓皇》《战后》《警报解除后》《轰炸》等也是这类的作品。

有时我看看这些作品，觉得触目惊心。恍悟“斥妄”之道，不宜多用，多用了感觉麻木，反而失效。于是我想，艺术毕竟是美的，人生毕竟是崇高的，自然毕竟是伟大的。我这些辛酸凄楚的作品，其实不是正常艺术，而是临时的权变。古人说：“恶岁诗人无好语。”我现在正是恶岁画家；但我的眼也应该从恶岁转入永劫，我的笔也不妨从人生转向自然，寻求更深刻的画材。我忽然注意到破墙的砖缝里钻出来的一根小草，作了一幅《生机》。这幅画真正没有几笔，然而自己觉得比以前所作的数千百幅精工得多，以后就用同样的笔调，作出《春草》《战场之春》《抛核处》等画。有一天到友人家里，看见案上供着一个炮弹壳，壳内插着红莲花，归来又作了一幅《炮弹作花瓶，世界永和平》。有一天在汉口看见一枝截去了半段的大树正在抽芽，回来又作了一幅《大树被斩伐》。《护生画集》中所载《遇赦》《悠然而逝》《蝴蝶来仪》等，都是这一类的作品。直到现在，我还时时描写这一类的作品。我自己觉得真像沉郁的诗人。诗人作诗喜沉郁。“沉郁者，意在笔先，神在言外。写怨夫思妇之怀，写孽子孤臣之感。凡交情之冷淡，身世之飘零，皆可于一草一木发之；而发之又须若隐若现，欲露不露。反复缠绵，终不许一语道破。”（陈亦峰语）此言先得我心。

古人说：“行年五十，方知四十九年之非。”我在漫画写作上，也有今是昨非之感。以后如何变化，要看我的心情如何而定了。

一九四七年十一月

我译《源氏物语》

我是四十年前的东京旅客，我非常喜爱日本的风景和人民生活，说起日本，富士山、信浓川、樱花、红叶、神社、鸟居等都浮现到我眼前来。中日两国本来是同种、同文的国家。远在一千九百年前，两国文化早已交流。我们都是席地而坐的人民，都是用筷子吃饭的人民。所以我觉得日本人民比欧美人民更加可亲。过去我有许多日本人的先生和朋友。名画家藤岛武二、三宅克己、大野隆德、已故的日中友好协会副会长内山完造等，我都熟悉。我曾经翻译过日本的文学家夏目漱石、石川啄木的小说，以及德富芦花的名作《不如归》。这些译本现今在我国刊印流传，为广大人民所爱读。而在另一方面，我所著的《缘缘堂随笔》，也曾经由日本的文学家吉川幸次郎翻译为日本文；谷崎润一郎曾经在他的随笔《昨今》里评论我的随笔，并向日本读者推荐。原来我们两国人民，风俗习惯互相近似，所以我们互读译文，觉得比欧美文学的译文更加亲切。

日本在世界上是文化发达最早的国家之一。日本的《古事记》和《日本书纪》，都是一千几百年前的作品，即我国唐朝时代的作品，文章都很富丽典雅，不亚于我们汉唐的古典文学。那时候，欧洲文化还非常幼稚，美洲更谈不到。只有中日两国的文学，早就在世界上大放光辉，一直照耀到几千年后的今日。而日本文学更有一个独得的特色，便是长篇小说的最早出世。日本的《源氏物语》，是公历一〇〇六年左右完成的，是将近一千年前的作品。这是世界上最早的长篇小说。我国的长篇小说《三国演义》和《水浒》、意大利但丁的《神曲》，都比《源氏物语》迟三四百年出世呢。这《源氏物语》是世界文学的珍宝，是日本人民的骄傲！在英国、德国、法国，早已有了译本，早已脍炙人口。而在相亲相近的中国，一向没有译本。直到解放后的今日，方才从事翻译；而这翻译工作正好落在我肩膀上。这在我是一种莫大的光荣！

记得我青年时代，在东京的图书馆里看到古本《源氏物语》。展开来一看，全是古文，不易理解。后来我买了一部谢野晶子的现代语译本，读了一遍，觉得很像中国的《红楼梦》，人物众多，情节离奇，描写细致，含义丰富，令人不忍释手。读后我便发心学习日本古文。记得我曾经把第一回"桐壶"读得烂熟。起初觉得这古文往往没有主语，字句太简单，难于理会；后来渐渐体会到古文的好处，所谓"言简意繁"，有如中国的《论语》《左传》或《檀弓》。当时我曾经希望把它译成中国文。然而那时候我正热衷于美术、音乐，不能下此决心，况且这部巨著长达百余万字，奔走于衣食的我，哪里有条件从事这庞大的工作呢？结果这希望只能成为梦想而已。岂知过了四十年，这梦想竟变成了事实。这是多么可喜可庆的事！

我国人民政府一向维护中日友好，重视日本古典文学。解放后十余年，民生安定、国本巩固之后，便大力从事文艺建设，借以弥补旧时代的缺陷。关于日本古典文学介绍方面，首先提出的是《源氏物语》。经过出版当局的研究考虑，结果把这任务交给了我。我因有上述的前缘，欣然受任，已于去年秋天开始翻译。到现在已经完成了六回。全书五十四回，预计三年左右可以译毕，一九六五年左右可以出书。我预料这计划一定会实现。

关于《源氏物语》的参考书，在日本不下数十种之多，大部分我已经办到，并且读过。在译本中，我认为谷崎润一郎最为精当：既易于理解，又忠于古文，不失作者紫式部原有的风格。然其他各本，亦各有其长处，都可供我参考。我执笔时，常常发生亲切之感。因为这书中常常引用我们唐朝诗人白居易等的诗句，又看到日本古代女子能读我国的古文《史记》《汉书》和《五经》（《易经》《书经》《诗经》《礼记》《春秋》）；而在插图中，又看见日本平安时代的人物衣冠和我国唐朝非常相似。所以我译述时的心情，和往年我译述俄罗斯古典文学时不同，仿佛是在译述我国自己的古书。我相信这译文会比西洋文的译文自然些，流畅些。但也难免有困难之处，举一个例：日本文中，樱花的"花"和口鼻的"鼻"都称为"hana"。《源氏物语》中有一个女子，鼻尖上有一点红色，源氏公子便称这女子为"末摘花"，而用咏花的诗句来暗中讥笑这女子的鼻子，非常富有风趣。但在中国文中，不可能表达这种风趣。我只能用注解来说明。然而一用注解便煞风景了。在短歌中，此种例子不胜枚举，我都无法对付，真是一种遗憾。为了避免注解的煞风景，我有时不拘泥短歌中的字义，而另用一种适当的中国文来表达原诗的神趣。

这尝试是否成功，在我心中还是一个问题。

现在我已译完第六回“末摘花”，今后即将开始翻译第七回“红叶贺”。说起红叶，我又惦念起日本来。樱花和红叶，是日本有名的“春红秋艳”。我在日本滞留的那一年，曾到各处欣赏红叶。记得有一次在江之岛，坐在红叶底下眺望大海，饮正宗酒。其时天风振袖，水光接天；十里红树，如锦如绣。三杯之后，我浑忘尘劳，几疑身在神仙世界了。四十年来，这甘美的回忆时时闪现在我心头。今后我在翻译《源氏物语》的三年之间，一定会不断的回想日本的风景和日本人民的风韵闲雅的生活。我希望这东方特有的优良传统永远保留在日本人民的生活中。

一九六二年